終末の訪問者

ポール・トレンブレイ
入間眞［訳］

THE CABIN AT THE END OF THE WORLD
PAUL TREMBLAY

竹書房文庫

リサとコールとエマに、そしてわたしたちに

土の中に戻って　おれたちは自分の手を見つめ
疑いを声に出す　死ぬことを選ぶやつなんているのか
どうせみんなたどり着くのに　どうせみんなたどり着くのに
——フューチャー・オブ・ザ・レフト『The Hope That House Built』歌詞

そうしてる間に、空から飛行機が落ちてくる
人びとが消え去り、銃弾が飛び交う
やつらが好き勝手をしても驚きやしない
(チキンみたいな味がするんだとさ)
——クラッチ『Animal Farm』歌詞

……なぜなら、死の毛布がかけられたとき、わたしたちはそれを蹴飛ばしてしまい、
この世界で裸のまま震えているから。
——ナディア・ブキン『Seven Minutes in Heaven』(短編集『She Said Destroy』より)

目次

終末の訪問者

来たれ、そして見よ

1
ウェン

黒い髪をした女の子は玄関前の木製階段を下り、黄ばみつつある草むらに足を踏み入れる。くるぶし丈ほどの草やクローバーの花びらが、暖かいそよ風でさざ波のように揺れている。女の子は前庭を見渡し、バッタたちが落ち着きなく機械めいた動きをしたり、せわしなく跳躍する様子に目をこらす。胸に抱えているガラス製の広口びんは、ほんのりとグレープゼリーの香りがして、内側が少しべたべたする。空気穴をたくさんあけたふたを回し開ける。

ウェンは、手製のテラリウムに捕まえたバッタを茹《ゆ》だってしまう前に逃がす、とアンドリュー父さんに約束した。広口びんに直射日光が当たらないように気をつければ、バッタたちは無事でいるだろう。とはいえ、中で激しくジャンプして、ふたにあけた穴を縁取る鋭いバリで怪我《けが》をしないか心配だ。そこで、小型のバッタを捕まえることにする。身体が小さければ、そんなに高く跳ぶ力がないだろうし、びんの中でゆったりと脚を伸ばせるというもの。びっくりしてふたの金属のとげまで跳ぶことがないよう、バッタには低い声でそっと話しかけよう。新たな方針に満足すると、ウェンはひとつかみの草を根こそぎ抜き取り、前庭の緑色と黄色の海にあばたを残す。その草を広口びんの中に入れて注意深く位置を整えたあと、ワンダーウーマンが描かれた灰色のTシャツで手をぬぐう。

ウェンはあと六日で八歳の誕生日を迎える。彼女のふたりの父親は、その日が彼女の本当の誕生日なのか、それとも中国湖北省の児童養護施設があてがった日付なのか、疑問に思っている（ウェンはふたりがそう話しているのを耳にした）。成長曲線と照らし合わせると、ウェンの身長は五十六パーセンタイル、体重は四十二パーセンタイルに相当する。少なくとも六ヵ月前に小児科医に診てもらったときはそうだった。ウェンはその数字の意味について、マイヤー先生に詳しく説明してもらった。身長が中央値の五十を超えているのはうれしかったけれど、体重のほうが下回っているのは悔しかった。ウェンは運動神経がよくて細身の割に力も強く、頑固でまっすぐな性格なので、意地の張り合いでもベッドの上でおこなう筋書きのあるレスリングでも父さんたちに負けたことがない。目の色はダークブラウンで、細い毛虫のような眉が目の上でくねくね動く。鼻下のくぼみの右側にはかすかな傷跡があるが、光の具合によってしか、あるいはそれと知って探さないかぎり見えない（と彼女は言われている）。その白い傷は、二歳から四歳までのあいだに何度か受けた口唇裂の手術痕だ。病院に行ったことについて最初の日と最後の日だけ記憶に残っているが、そのあいだの日のことは覚えていない。そのあいだの通院や処置がどこかに消えてしまっていることが、彼女は気になっている。ウェンは人懐こく、社交的で、同じ年齢のほかの子どもたちと同じようにおっちょこちょいだが、手術で再建された笑みは容易に見せない。彼女の笑みは努力して得なければならないものなのだ。

ニュー・ハンプシャー州北部の雲ひとつない夏の日。ここからカナダ国境までは数マイルしか離れていない。陽光に葉をきらめかす木々の下にたたずむ小さなキャビンは、ゴーデット湖の南のほとりにぽつんと存在する赤い点のようだ。ウェンは玄関の階段の隣にできた日陰に広口びんを置くと、両手を大きく広げ、まるで水の中を進むように草むらの中へと歩いていく。アンドリュー父さんが見せてくれた手本どおりに、草の上のほうを右足で前後になぎ払う。アンドリュー父さんはヴァーモント州の農場で育ったので、バッタ探しのエキスパートなのだ。コツは足先を大鎌のように振ること、ただし実際に草は刈らない、と教えてくれた。ウェンがピンと来ていないのを見て、父さんはその道具がどんなものでどのように使うかを説明するためにスマートフォンを取り出したが、大鎌の画像を検索しようとしたところで、このキャビンに携帯電話の電波が届かないことをふたりして思い出した。アンドリュー父さんは代わりに紙ナプキンに絵を描いてくれた。長い柄の先に三日月形の刃物がついた、『ロード・オブ・ザ・リング』の映画に出てくる戦士やオークが持っているようなものだ。とても危険な道具に見えたし、人が草を刈るのになぜこんなに長くて大げさなものを必要とするのかわからなかったけれど、ウェンは自分の脚を長い柄に、足先をカーブした刃に見立てるアイディアがとても気に入った。

ウェンの手のひらの幅ほどもある大きな茶色のバッタが、うるさくて耳ざわりな羽音とともに足もとから飛び上がり、彼女の胸で跳ね返る。ウェンはバッタがぶつかった衝撃で後ろによろめき、危うく倒れそうになる。

彼女はくすくす笑う。「だめ、あなたは大きすぎる」

大鎌の足でなぎ払う探索を再開する。先ほどのものよりずっと小さなバッタがあまりに高くジャンプし、空に向かう放物線の途中で姿を見失うものの、数フィート左に着地したところを見つける。テニスボールと同じ蛍光グリーンの体色で、サイズも申し分ない。ただし、捕まえられたらの話だ。バッタは俊敏で、動きの予測がむずかしい。ウェンは両手をそろりそろりと伸ばすが、罠《わな》を閉じる寸前に跳んで逃げられてしまう。思わず声をたてて笑いながら、前庭をジグザグに進んで追いかける。傷つける気はないし、最後には逃がすつもりだし、じかに観察して学び、あなたたちが健康で幸せになる手助けをしたいだけだ、と口に出して伝える。

砂利《じゃり》のドライブウェイに面した草地の端で、ウェンはとうとう小さなアクロバット師を捕まえる。両手を合わせて作った洞窟の中に入っているのが、生まれて初めて捕獲した一匹だ。声をひそめて「やった！」と叫ぶ。バッタはとてもきゃしゃで、彼女の閉じた指のあいだから外に出ようとジャンプしたときだけ存在が感じられる。合わせた手を少しだけ開いて中を覗《のぞ》きこみたい気持ちを理性でこらえる。庭を走って戻り、広口びんにバッタを入れるなりふたをすばやく回して閉める。バッタは電子のように跳ね回り、ガラスや金属のふたにぶつかるが、急に動きを止め、草の上に止まってひと息つく。

「あなたがナンバー1よ」ウェンは後ろのポケットから手のひらサイズのノートを取り出す。最初のページには波打つ線で表のマス目と見出しが前もって書いてあり、そこに〝1〟の番号と、だいたいのサイズ（適当に〝二インチ〟と書く）と、体色（〝みどり色〟）と、性別（〝メスのキャロライン〟）と、エネルギーレベル（〝高い〟）を書き入れる。広口びんを日陰に戻すと、ウェンはふたたび前庭に歩いていく。同じサイズのものをあっという間に四匹捕まえる。茶色が二匹、緑色が一匹、その中間の色が一匹。学校の友だちにちなんで、リヴ、オーヴィン、サラ、ギータと名づける。

六匹めのバッタを探しているとき、足音が聞こえてくる。キャビンのそばで曲がり、湖の岸辺をなぞってから周囲の森の中へとくねっていく、永遠に続くほど長い未舗装の道を誰かが徒歩か小走りでやってくるようだ。二日前にウェンたちがここに到着したとき、未舗装の道を通り抜けるのに二十一分四十九秒もかかった。時間はウェンが計った。エリック父さんがいつものようにゆっくりすぎるスピードで運転したからだ。

土や石を踏みつける音がだんだん近づき、大きくなってくる。図体の大きな何かが重々しい足取りで歩いてくるらしい。図体のとても大きな何か……ひょっとするとクマかもしれない。もしもリスより大きな動物を見かけたら大声で父さんたちを叫んでキャビンに逃げこむこと、とエリック父さんに約束させられている。この事態はわくわくするべきなのか、怖がるべきなのか。茂っている木々のあいだからは何も見えない。ウェンは草むらの真ん中に立ちつくし、必要とあらば駆けだす準備をする。もしも危険な獣だったら、それより速く走ってキャビンに入れるだろうか？　ウェンは、クマだといいな、と思う。一度でいいから会ってみたい。いざとなったら死んだふりもできるんだから。クマかもしれない何かは、茂みでよく見えないドライブウェイの入口までやってきている。ウェンの好奇心は急にギアチェンジし、やってくる何か、もしくは誰かに対応しなければならないのがめんどうに思えてくる。何しろ今は大事なプロジェクトを実行中なのだ。

曲がり角から男の人があらわれる。ドライブウェイをきびきびと歩いてくるさまは、まるで自分の家に帰ってきたかのようだ。ウェンからすれば、どんなおとなも雲の上までそびえているので身長を判断するのはむずかしいけれど、その男の人は父さんたちよりもはるかに背が高い。今まで会ったおとなの中で一番背が高いかもしれないし、胴体も木の幹を二本合わせたより太い。

男の人はクマの前足並みに大きな手を振り、ウェンにほほ笑みかけてくる。唇の再建手術を何度も受けてきたウェンは、いつも相手のほほ笑みに注目し、観察してきた。笑顔本来の意味を持たない笑顔を浮かべる人たちのなんと多いことか。彼らの笑みはたいてい冷ややかで見せかけにすぎず、それはいじめっ子のにやにや笑いがこぶしと変わらないのと同じだ。もっとたちが悪いのは、おとなたちが見せる困惑した悲しいほほ笑み。手術室に入る前や出たあと、鏡を見なくても自分の顔がほかの人とまだちがうことを思い知らされたことを、ウェンは覚えている。待合室やロビーや駐車場で向けられる弱々しい〝まあ、かわいそうな子だこと〟の笑みのせいだ。

やってきた男の人はにっこりと温かい笑みを浮かべている。顔のカーテンをごく自然に開け放っているようだ。ウェンには本物の笑みと偽物の笑みの具体的なちがいをはっきりと説明できないけれど、見ればちゃんとわかる。あの男の人の笑みは偽物ではない。ほかの人間にも伝染するような本物の笑み。ウェンは手の甲で口元を隠しながら、唇を結んだ笑みを男の人に向ける。

彼の装いは森をジョギングしたりハイキングするのに適したものではない。不格好な黒い靴はゴムの厚底で、彼の身長をさらに高くしている。あれはスニーカーじゃないし、エリック父さんが履くすてきなドレスアップシューズでもない。むしろアンドリュー父さんが履くドクターマーチンに似ている。ウェンがそのブランドを覚えているのは、靴に人の名前がついているのがおもしろいからだ。男の人は埃《ほこり》っぽいブルージーンズと白のワイシャツを身に着け、シャツのすそをズボンの中に入れている。ボタンを一番上までとめているので、消火栓みたいな首が窮屈そうだ。

「やあ」と言う彼の声は、その図体ほど大きくない。ティーンエイジャーっぽい声で、ウェンの学校の放課後プログラムの学生指導員みたいだ。

「こんにちは」

「わたしの名前はレナード」

ウェンは自分の名前を告げないでおく。父さんたちを連れてくるから、と言うより先にレナードが質問してくる。

「ご両親に断る前に、きみと少し話をしてもいいかな？　ご両親ともぜひ話をしたいんだけど、まずはふたりだけでおしゃべりしよう。いいかい？」

「どうかな。知らない人と話をしちゃいけないんだ」

「それは正しいし、きみはとても賢い。はっきり言っておくよ、わたしはきみと仲よくなるためにここに来たんだ。じきに知らない人じゃなくなる」彼がふたたびほほ笑む。ほとんど満面の笑みだ。

ウェンも笑みを返す。今度は手で隠さない。

「きみの名前をきいてもいいかな？」

ウェンは承知している。それ以上何も言わず、くるっと向きを変え、すばやくキャビンの中に入るべきだ。知らない人の危険性については父さんたちと数えきれないほど話し合っており、都市で暮らすなら、とても多くの人がいるのだから用心するのは当然だと思う。想像もつかない数の人びとが歩道を歩き、地下鉄内にあふれ、高いビル群の中で生活し、働き、買い物をし、そういう人たちが乗った車やバスで道路はいつも渋滞している。いい人たちの中にひとりの悪い人が混じっているかもしれないこと、その悪い人が路地やワゴン車やドアの向こうや遊び場や街角の食料品店にひそんでいるかもしれないことをウェンは理解している。でも、この場所に、森に囲まれた湖のそばの草地に、太陽と青空と静かな木々の下に立っていると、とても安全だと感じる。このレナードは大丈夫だと思う。ウェンは心の中で言う。この人は大丈夫そうに見えるよ。

レナードはドライブウェイと草地の境目あたり、ウェンからほんの数歩だけ離れた場所に立っている。彼の小麦色の髪はまとまりがなく、ケーキのアイシングみたいに幾重にも渦を巻いている。目はテディベアのように丸くて茶色い。年齢は父さんたちよりも若いだろう。顔は青白くてすべすべで、毎日夕方になるとアンドリュー父さんの顔にあらわれる無精ひげの影はまったくない。レナードは大学生かもしれない。どこの大学に通っているのか、きいたほうがいいだろうか？　そうしたら、アンドリュー父さんがボストン大学で教えていることを伝えられる。

「あたしの名前はウェンリン。でも、父さんたちも友だちも学校のみんなも〝ウェン〟って呼ぶ」

「そうか、会えてうれしいよ、ウェン。それじゃ、今は何をしてるのか教えてほしい。こんな天気のいい午後にどうして湖で泳がないのかな？」

おとなが言いそうなことだ。彼は大学生じゃないかもしれない。ウェンは答える。「湖はすごく冷たいもん。だから、バッタを捕ってる」

「本当かい？　わたしもバッタ捕りは大好きだ。子どものころによくやったよ。すごく楽しいからね」

「うん、楽しい。でも、これはもっと真剣なんだ」ウェンは顎を少し突き出してみせる。すぐには〝イエス〟が返ってこないけれどじっと待っていればいつかは〝イエス〟を引き出せる質問を投げかけたときにエリック父さんが見せる反応のまねだ。

「そうなのかい？」

「バッタを捕まえたら、名前をつけて、健康かどうか観察するの。動物の研究ではそうやるし、あたしは大きくなったら動物たちを助けたいから」ウェンは早口でしゃべったせいで頭が少しぼうっとしてくる。学校でこんなふうに話すと先生たちから、何を言っているかわからないからもっとゆっくり話すように注意される。いつか臨時教員のイグレシアス先生から、口から言葉がもれているみたいね、と言われたことがあった。それ以来、イグレシアス先生のことは好きじゃない。

「すごく感心したよ。何か手伝おうか？　ぜひ手伝いたいな。確かに子どものころよりはだいぶ身体が大きくなってるけれど」彼は両手を広げ、自分の成長ぶりが信じられないという顔で肩をすくめる。「でも、今でもとてもやさしくできるよ」

「いいよ。あたしはびんを持って、中から跳び出さないようにしてるから、あと二、三匹捕まえてくれる？　大きいのじゃないやつ。大きいのだと中が狭くなるから、小さいのがいい。今、見せてあげる」ウェンは広口びんを取りに階段まで歩いていく。玄関ドアの横にある窓が開いており、つま先立ちで中を覗いてみる。父さんたちが外の様子を見たり聞いたりしていないか、姿を探す。キッチンにもリビングにもいない。裏のデッキに出てラウンジチェアに寝転んで日光浴をしているにちがいない（エリック父さんはきっと日焼けして、ロブスターみたいに肌が真っ赤になっても「痛くない」とか「アロエは必要ない」とか言うと思う）。そこで本を読んだり、音楽や退屈なポッドキャストを聴いているのだろう。ウェンは一瞬、レナードとバッタを捕ることを父さんたちに告げに行こうかと考える。彼女はそうせずに広口びんを取り上げる。バッタたちが熱したポップコーンみたいに飛び跳ね、ふたにぶつかって音をたてる。ウェンはバッタたちを落ち着かせてからレナードのところへ行く。彼はすでに庭の真ん中で前かがみになり、草の中を探している。

ウェンは彼の隣に近づき、広口びんを差し出してみせる。「ほら。大きいのはだめだから」

「了解」

「それとも、あたしが捕まえて、あなたがびんを見ていたい？」

「少なくとも一匹は自分で捕まえたいな。すごく久しぶりなんだ。わたしはもうきみみたいに俊敏じゃないから、バッタをおどかさないようにすごくゆっくり動こう。ああ、ほら、あそこにいる」彼は身をかがめ、干からびた茎の先端から逆さにぶら下がっている一匹に両腕を伸ばす。バッタは太陽をさえぎってゆるやかに動く巨人に催眠術をかけられたかのようにぴくりとも動かない。レナードの両手がそっと合わさってバッタを呑《の》みこむ。

「わあ、上手だね」

「どうも。それで、これをどうすればいい？　そのびんを地面に置いて中の連中が落ち着いてから、ふたを開けてこれを入れたらどうかな？」

ウェンは彼の提案どおりにする。レナードが片膝をついて広口びんを見つめる。ウェンも彼の動きをまねる。ウェンは、彼の手の中の暗闇でバッタが跳び回っているか、肌の上を歩いているのが感じられるか、ききたいと思う。

ふたりで黙って待ったのち、彼が「よし、やってみよう」と言う。ウェンがふたを回して開ける。レナードが片手をずらしてごついこぶしの中にバッタを閉じこめてから、空《あ》いたほうの手でそっとふたを傾けて開ける。バッタをびんの中にぽとりと落とすなり、ふたをもとどおりにして時計回りに閉める。ふたりで顔を見合わせて笑う。

レナードが言う。「ふたりで捕まえた。もう一匹ほしいかい?」

「うん」ウェンはノートを取り出し、所定の欄に〝二インチ〟〝みどり色〟〝オスのレナード〟〝中ぐらい〟と書き入れる。バッタに彼の名前をつけたことを内心でくすくす笑う。

レナードがもう一匹を手早く捕獲すると、難なくびんの中に入れる。

ウェンはノートに記入する。一インチ、ちゃ色、メスのイジー、ひくい。

彼が問う。「これで何匹になった?」

「七匹」

「パワーにあふれた魔法の数字だ」

「ラッキーな数字じゃないの?」

「いいや、ラッキーなのはときどきさ」

7がラッキーナンバーなのはみんな知っていることなので、レナードの答えはウェンの気に障《さわ》る。「ラッキーだと思う。バッタにとって7はラッキーだよ」

「たぶん、きみの言うとおりだ」

「わかった。じゃあ、もういいよ」

「今度は何をする?」

「観察するのを手伝って」ウェンが広口びんを地面に下ろすと、それを真ん中にはさむようにふたりであぐらをかいてすわる。ウェンはノートと鉛筆を取り出す。手のひらで押さえているページが一瞬の風ではためく。

レナードがきく。「このふたの穴はきみが自分であけたの？」

「エリック父さんがあけた。いっしょに地下室に行って、古いハンマーとドライバーを見つけたんだ」

地下室は薄気味悪い場所で、どの隅にも暗がりとクモの巣があり、深くて暗い湖の底のにおいがした。コンクリートの床は素足には冷たくてざらざらした。地下室に行くときは靴を履くことになっていたのに、ウェンは興奮のあまり忘れてしまったのだ。キャビンのぼろぼろの骨格であるむき出しの材木の梁《はり》には、ロープや錆《さ》びたガーデニング用具や古びたライフジャケットが吊《つ》り下がっていた。ケンブリッジの自宅マンションにもこんな地下室があったらいいのに、とウェンは思った。当然のことながら、地下室から上に戻ると、エリック父さんから地下室は立入禁止だと言い渡された。ウェンは抗議したけれど、地下室には鋭くとがったものや錆びたものがたくさんあり、そもそもそれらは自分たちのものではないから勝手に触ったり使ったりしてはいけない、と言われてしまった。リビングのふたり用ソファにすわっていたアンドリュー父さんは、地下室禁止宣言を聞いたとたんうなり声をもらし、「愉快父さんは厳しすぎるんだ」と言った。〝愉快父さん〟というのは、家族一の心配屋ですぐに「だめだ」と言うエリック父さんをからかうあだ名だ。エリック父さんがいつものように冷静な口調で「ぼくは本気だよ。地下室を見てみろ。あそこは死の罠だ」と反論すると、アンドリュー父さんが「確かに恐ろしいぞ、ほら罠だ！」と言うなりウェンを引き寄せ、不意打ちのハグをしてから、彼女をくるりと回転させ、人呼んで〝フェイスキス〟を仕掛けてきた。彼女の頬と鼻のあいだに唇を押しつけ、ふざけて顔と顔をこすり合わせてくる。アンドリュー父さんの顎の無精ひげがくすぐったくて、ウェンは笑い声と悲鳴を上げながら身をよじって逃れた。彼女が広口びんを抱えて玄関ドアまで走っていくと、アンドリュー父さんが背後から叫んできた。「でも、愉快父さんの言うことは聞かなきゃだめだ。だって、おれたちを愛してるんだからね。そうだろ？」それに対してウェンは「やだ！」と叫び返し、父さんたちがわざと大げさに怒った顔をするのを尻目に外へ出てドアを閉めたのだった。

ウェンが広口びんから顔を上げると、レナードがこちらをじっと見ている。彼は巨大な岩石よりも大きく、頭をかしげながら目をすがめている。明るい太陽がまぶしいのか、ウェンを理解しようとしているのか、どちらかだろう。

「なあに？　何を見てるの？」

「ごめんよ、無作法だったね。なんて言うか、その、キュートだと思って……」

「キュート？」ウェンは腕組みをしてみせる。

「いや、クールと言いたかったんだ。クールだね、そんなふうに父親を名前で呼ぶなんて。エリック父さん、だよね？」

ウェンはため息をつく。「あたしには父さんがふたりいるんだ」腕組みをしたまま続ける。「名前で呼ぶのは、あたしがどっちに話してるかわかるように」

クラスメートのロドニーも父親がふたりいるけれど、この夏の終わりにブルックリンに引っ越すことになっている。サーシャには母親がふたりいるけれど、ウェンは彼女のことがあまり好きではない。すごく威張るからだ。家の近所や学校には母親ひとりだけの子や父親ひとりだけの子もいるし、義理と呼ばれる両親を持つ子も、親のことをママのパートナーとかパパのパートナーと呼ぶ子も、親に特別な呼び名のない子もいる。でも、ウェンの知っている子たちのほとんどは母親と父親がひとりずついる。ディズニー・チャンネルのお気に入りの番組に出てくる子どもたちもみんな母親と父親がひとりずつだ。ある一時期、学校の休み時間や遊び場に行くたびに（チャイニーズスクールでは絶対にしないけれど）、子どもたちの肩をたたいては、自分に父親がふたりいることを教えて相手の反応を確かめていた。それを聞いて驚く子はほとんどいなかった。中には自分の親の片方に腹を立てていて、うちもママがふたり、もしくはパパがふたりだったらよかったのにと言う子も何人かいたほどだ。別の一時期には、クラス内のささやき声やおしゃべりがすべて自分のことを話題にしているように思えたり、先生や放課後指導員たちがふたりの父親について質問してきては「それはすばらしいね」と言うのをやめてほしいと思ったりした。

レナードが言う。「ああ、それは確かに理にかなってる」

「みんな名前で呼べばいいと思う。そのほうがフレンドリーだし。相手が年上だからって、わざわざ〝ミスター〟とか〝ミス〟とか〝ミセス〟って呼ばなきゃいけないのもわけがわかんない。エリック父さんはあなたと会ったらきっとあたしに、あなたのことをミスターなんとかかと呼びなさいって言うと思う」

「それはわたしの苗字《みょうじ》じゃないよ」

「え？」

「〝なんとか〟」

「ん？」

「なんでもない。きみがわたしを〝レナード〟と呼ぶことを正式に許可しよう」

「わかった。ねえ、レナード、父さんがふたりいるのって変だと思う？」

「いいや。ちっとも。父さんがふたりいるのが変だと誰かに言われるのかい？」

ウェンは肩をすくめる。「まあね。ときどき」

スコットという男の子がいて、神さまはおまえのパパたちを好きじゃないと言い、父さんたちをホモと呼び、停学になった挙句に別のクラスに移された。ウェンと父さんたちは家族会議を開き、〝まじめで大事な話〟というやつをした。ウェンは父さんたちから、世の中にはうちみたいな家族を理解しない人たちがいて、無教養（父さんたちの言葉だ）で攻撃的な言葉を投げつけてくるかもしれない、と警告された。それはその人たちのせいではなく、心に憎しみをたくさん持っているほかの無知な人たちから教えられたからかもしれず、それはとても悲しいことだ、と。ウェンは、父さんたちが言っているのは町に隠れていてあたしを連れ去ろうとする悪い人や見知らぬ危険な人たちのことだ、と思った。けれど、スコットの言ったことや、ほかの人たちがなぜそんな発言をするのかについてさらに話をするうちに、そういう人たちがごくふつうの人たちに思えてきた。自分たち三人はごくふつうの人じゃないのだろうか？　ウェンは父さんたちのために理解したふりをしたものの、本当は理解できなかったし、今も理解していない。どうしてあたしたち家族はほかの人に説明したり理解してもらわないといけないのだろう？　父さんたちが〝まじめで大事な話〟をするぐらい自分を信頼してくれたのはうれしくて誇らしかったけれど、その話題について考えたくないとも思っている。

レナードが言う。「わたしは変だとは思わない。きみとお父さんたちはすてきな家族だと思うよ」

「あたしもそう思う」

レナードがすわり直し、身体をひねって後ろを見る。キャビンの砂利敷きの小さな駐車場に停めてある黒いSUVに目をやり、それから誰もいないドライブウェイに、さらにここからはよく見えない未舗装道路のほうに視線を向ける。彼はウェンに顔を戻し、息を吐き、顎をさすってから言う。「彼らは活動してないようだね」

　ウェンは彼が父さんたちのことを話していると思い、大声で言い返そうと身がまえる。父さんたちはたくさん活動をしていて、重要な仕事を持っている重要な人たちだ、と。

　レナードはヴェスヴィオ火山が噴火寸前なのを察知したらしく、広口びんを指さす。

「バッタたちのことだよ。活動してない。じっとおとなしくすわってる。わたしたちみたいに」

「どうしよう。この子たち、具合が悪いと思う？」ウェンはかがみこみ、顔をガラスの数インチ手前まで近づける。

「いや、大丈夫だと思う。バッタは必要なときしかジャンプしないんだ。あんなふうに跳び上がるにはたくさんのエネルギーがいるからね。わたしたちに追いかけられて疲れてるんだろう。ガラスにぶつかるほど跳ねていたら、そっちのほうが心配だ」

「そうかもね。でも、あたしは心配」ウェンは身を起こし、ノートに〝つかれてる　びょうき　かなしい　おなかすいてる　こわがってる？〟と書き入れる。

「ところで、きみが何歳なのかきいてもいいかい、ウェン？」

「あと六日で八歳になる」

　レナードのほほ笑みがわずかに曇る。まるで彼女の答えが悲しむべきことであるかのように。「そうか、もうすぐ誕生日おめでとう」

「パーティを二回やるんだよ」ウェンは大きく息を吸い、一気にまくし立てる。「ひとつはこのキャビンであたしたちだけのパーティをやって、バッファロー肉のハンバーガーを食べて……バッファロー・スタイルのチキンじゃないよ……それからコーンの入ったコブサラダとアイスクリームケーキを食べて、夜には花火をやって、夜中まで寝ないで流れ星を見て、それから……」ウェンは話したいスピードに口が追いつかず、思わず笑ってしまう。レナードも笑う。ウェンは気を取り直して続ける。「それから、うちに帰ったら、親友のウスマンとケルシーと、もしかするとギータも誘って科学博物館に行って、電気の展示とチョウの部屋と、たぶんプラネタリウムも見て、水陸両用車《ダックボート》に乗って、またケーキとアイスクリーム」

「すごい。すべて入念に計画して決めてあるんだね」

「八歳になるのが待ちきれない」ポニーテールの髪がはらりと顔にかかり、ウェンはすぐに耳の後ろにかける。

「実はきみにあげたいものがあるんだ。大したものじゃないけれど、早めの誕生日プレゼントということで」

ウェンは眉をしかめ、ふたたび腕組みをする。父さんたちから、知らない人を信用してはいけない、特に何かをくれる人はだめだ、ときつく言われている。レナードとふたりきりでいる時間はそれほど長くないけれど、そろそろ長く感じ始めている。「プレゼントって？　なんであたしにくれるの？」

「ちょっと変だし、おかしいのはわかってるけど、今日はきみか、きみみたいな誰かに会うような気がして、道を歩いてくる途中でこれを見つけたんだ」彼がシャツの胸ポケットを探る。「それで、どういうわけかこれを摘まないといけないと思った。ふだん、そんなことはまったくないんだけれど。だから、これを摘んできた。きみに持っててほしい」

レナードがしおれた小さな花を取り出す。細くて白い花びらが広がっている。

先ほどまで見知らぬ人からのプレゼントを警戒していたのに、ウェンはそれを見たとたんにきまりが悪いほどがっかりしてしまい、それを隠そうともしない。「お花？」

「きみがいらないなら、バッタといっしょにびんに入れてもいい」

そのつもりはなかったのに自分が意地悪な人間になった気がして、ウェンは急にいたたまれなくなってしまう。そこで冗談を言ってみる。「これはバッタ（グラスホッパー）で、〝フラワー〟ホッパーじゃないよ」本当に意地悪な感じがして、ウェンはいっそう気分が悪くなる。

レナードが笑う。「まさしく。彼らの生息環境にはあまり手を加えないほうがいいかもしれない」

ウェンは草の中に気絶するふりをしそうなほどほっとする。レナードが花を差し出してくる。ウェンは誤って彼の手に触れないように注意しながら受け取る。

彼が言う。「ポケットの中に入れてたから、少しつぶれてるけれど、ばらばらにはなってない」

　ウェンは背筋を伸ばし、自分の人さし指ほどの長さの茎をまっすぐに直す。茎はくたっとしていて、すぐに枯れてしまいそうだ。花の中心は小さな黄色い玉になっている。七枚の花びらは細長くて白い。彼はこれを髪か耳の後ろに飾ってほしいのか、それともキャビンの中に走っていってコップの水に挿してほしいのか。ウェンはもっといい考えを思いつく。「もう枯れそうだから、花びらでゲームをしない？」

「きみの好きにしていいよ」

「順番に花びらを一枚ずつ抜いて、そのとき質問したら相手は答えなきゃいけないの。じゃあ、あたしからね」ウェンは花びらを一枚むしり取る。「あなたは何歳？」

「二十四歳と六ヵ月。わたしにはその六ヵ月が重要なんだ」

　ウェンは花をレナードに手渡す。「一度に抜くのは一枚だけだからね」

「こんな太い指だけど、精いっぱいがんばるよ」彼はウェンの指示どおりに指先で慎重かつしっかり花びらをつまみ、一枚であることを念入りに確かめて抜く。「できた、ふう」

　彼が花を返してくる。

「あたしへの質問は？」

「そうだね。すまない。ええと……」

「質問はすぐ、答えもすぐ」

「ああ、ごめんよ。ええと、好きな映画は?」

「『ベイマックス』」

「わたしも大好きだ」彼がこともなげに言う。ウェンはレナードに会ってから初めて彼が嘘をついているのではないかと思う。

レナードが花を返し、ウェンが花びらをむしる。その手つきはすばやい。「みんないつも好きな食べものを質問するけど、あたしは好きじゃない食べものを知りたい」

「それは簡単だ。ブロッコリー。大の苦手なんだ」レナードが花を受け取って花びらを引き抜く。さっと振り向いてもう一度ドライブウェイを見てから質問してくる。「生まれて最初の記憶は?」

予想もしない質問だ。ウェンは、質問がフェアじゃないしむずかしすぎる、と言いそうになるけれど、自分で勝手にルールを作っていると責められたくないので口をつぐむ。友だちにそう文句を言われたことがあるのだ。ウェンはゲームをするとき、フェアであることにとても気を使う。「あたしの最初の記憶は、自分が大きな部屋にいたこと」両手を大きく広げ、その拍子にノートが膝から草の上に落ちる。「あたしはとてもちっちゃくて、たぶん赤ちゃんで、お医者さんと看護師さんたちがあたしを見てる」それ以上のことはレナードに教えない。その部屋にはほかにもベッドやベビーベッドが並び、壁が緑色のタイル張りで（その不快な緑色をはっきり覚えている）、泣いている子たちがいて、医者と看護師たちがウェンを覗きこんできて、近づいてきた顔は月ぐらい大きく、彼らはウェンと同じ中国人だった。

ウェンは広口びんすれすれに手を伸ばし、それを倒しそうになりながらも、レナードがルールを破って追加の質問をしてくる前に花を引ったくる。花びらを一枚抜き、それを指のあいだで丸める。「どんなモンスターが怖い？」

レナードが間髪をいれずに答える。「巨大なやつだな。ゴジラとか、『ジュラシック・パーク』の恐竜とか。あの映画シリーズは本当に怖かった。Tレックスに食われたり踏みつぶされたりする悪夢をいつも見てたよ」

ウェンは大きなモンスターを怖いと思ったことは一度もないが、レナードの話を聞いてから、とても手が届かないほど高く伸びた木が風で簡単にしなったりゆさゆさと揺れるのを見たら、大きなものが怖いという感覚がわかる気がする。

レナードの番だ。彼が花びらを引き抜いて質問する。「きみの唇のところにある小さくて白い傷跡はどうしてできたのかな？」

「これが見えるの？」

「かすかにね。きみが顔をある向きに動かすときに少しだけ」

ウェンは視線を下げ、それを見ようと唇を突き出してみる。もちろん傷跡はそこにある。鏡を見るといつも見える。どこかに消えて二度と見えなければいいと思うこともあれば、永遠にそこにあってほしいと思いながら鉛筆で線を濃くするみたいに傷跡を指でなぞることもある。

「すまない。気を悪くさせるつもりはなかったんだ。きくべきじゃなかったね。ごめんよ」

ウェンはあぐらの足を組み替えてから言う。「大丈夫」

彼女の口唇裂の裂け目は右の鼻孔にまで達し、暗い空っぽの空間がふたつ重なり合ってひとつの空間になっていた。去年の秋、赤ちゃんのときの写真を見せてほしいと父さんたちに頼んだ。手術する前の、養子縁組の前のものだ。父さんたちの説得には時間がかかったものの、結局は見せてもらえた。白い毛布の上に仰向けに寝そべり、自分だと確信が持てないその顔の横に丸めたこぶしをかかげてカメラを見ている赤ん坊の五枚の写真。ウェンはその写真を見たときに思いもかけず動揺し、初めて本当の自分自身と対面したのだと実感した。この本当の自分はもういなくなり、忘れ去られ、追い出され、さらに悪いことに、不完全で望まれなかった子として今も自分の中のどこかに隠され、閉じこめられている。ウェンはショックのあまり手が震え、全身におののきが広がった。父さんたちに慰められてようやく気持ちの落ち着いた彼女は、写真を見せてくれたふたりにひどくよそよそしい礼を言った。そして、もう二度と見ないだろうから写真をどこかにしまっておいてほしいと頼んだ。なのに、ウェンはまた見た。しかも頻繁に。父さんたちは写真の入った木箱をベッドの下に置いており、ウェンは隙を見ては部屋に忍びこんで写真を見た。箱の中には、中国で撮った父さんたちの写真もあった。エリック父さんは頭にまばらな髪がまとわりついているので変な顔に見え（ウェンが覚えているかぎり、エリック父さんはずっと頭を剃《そ》り上げている）、アンドリュー父さんは黒くて長い髪が今とまったく変わらない。児童養護施設で三人で撮った写真も何枚かあり、その中の一枚では父さんたちが彼女を真ん中にして抱っこしている。毛布にしっかりくるまれたウェンはパン一斤分の大きさしかなく、毛布からは頭と目しか覗いていない。いつも最初に父さんたちといっしょに写っている写真を見て、それから自分だけの写真を見る。写真を見るたびに、本当の自分は赤ちゃんの写真の中にいるという恐怖感が薄れていった。それは型からはずされた粘土の顔の上にぼさぼさの髪がちょこんとのった、小さな赤ちゃんの姿。ウェンは写真に写っている口唇裂の裂け目と皮膚の境目を指でなぞり、それから自分の唇をいろいろ動かしてみて、その部位が分離して隙間があるときの感覚を思い出そうとした。箱をベッドの下にすべらせて戻すたびに、実の両親が自分を児童養護施設に引き渡したのはこの見た目のせいだろうかと考えた。彼女が中国生まれで養子であることを、エリック父さんとアンドリュー父さんはけっして隠そうとしなかった。父さんたちは何冊もの本を買ってきて、中国の文化をできるだけ多く学ぶように勧め、今年の一月にはウェンを（毎日通っている学校に加えて）チャイニーズスクールに入学させて土曜の午前に中国語の読み書きを習わせることにした。実の両親について父さんたちに尋ねることはめったにない。わかっていることはほとんどない。赤ちゃんは匿名で施設に預けられたと言われたそうだ。いつかアンドリュー父さんが、ウェンの両親はとても貧しくて赤ちゃんの世話をきちんとできず、どこか別の場所でもっといい暮らしができるように望んだだけかもしれない、と推測したことがある。

ウェンはレナードに答える。「あたし、赤ちゃんのとき〝口唇裂〟っていうやつで、それを治したんだ。たくさんのお医者さんが長い時間をかけて治してくれたの」

「お医者さんたちはみごとな仕事をしたし、きみの顔はきれいだよ」

ウェンは彼にそう言ってほしくなかったので無視する。そろそろ父さんたちを連れてくるべきかもしれない。レナードのことを恐れても心配してもいないけれど、どこか変だと感じ始めている。父さんたちのことを口に出せば、ここに呼んでくるのと同じであるような気がしてくる。「アンドリュー父さんは耳の後ろから首までの大きな傷跡がある。髪を長く伸ばしてるのはそれが見えないようにするため」

「その傷はどうしてついたんだい？」

「子どものころまちがって頭を殴られたんだって。父さんが近くにいるって気づかないで野球のバットを振った子がいたんだよ」

「それは痛そうだ」

エリック父さんが頭を剃るとき、切り傷や傷跡がないか見てほしいとウェンに頼むことがあるけれど、そのこともレナードに話そうかと考える。エリック父さんは自分やアンドリュー父さんとちがって傷跡がないし、頭に小さな赤い切り傷が見つかっても、次に見るときにはすっかり治って消えている。

ウェンは言う。「フェアじゃないよ」

「何がフェアじゃないんだい？」

「あなたはあたしの傷跡が見えるのに、あたしにはあなたの悪いところが見えない」

「傷跡があるからといって、悪いところがあるわけじゃないよ、ウェン。それはとても大事なことなんだ。わたしは……」

ウェンはため息をついてさえぎる。「わかってる、わかってる。そういう意味じゃないよ」

レナードがふたたび身体をひねり、何かを見つめるかのようにそのままの姿勢を保つ。しかし、彼の背後にはSUVとドライブウェイと木々以外に何もない。そのとき、森の向こうからかすかな音が聞こえてくる。道から聞こえるのかもしれない。ふたりですわって耳を澄ましていると、音がだんだん大きくなってくる。

レナードがウェンに向き直って言う。「わたしにはきみやお父さんみたいに傷跡がないけれど、きみがわたしの心を覗いたら、傷ついてるのが見えるだろう」その顔にもはや笑みはない。表情が悲しげで、心底悲しげで、今にも泣きだしそうだ。

「どうして傷ついてるの?」

今やふたりが静かにしなくても音がはっきり聞こえてくる。聞き慣れた音。先ほどレナードがあらわれたときのように未舗装の道路を踏みしめて歩いてくる足音だ。そういえば、レナードはどこからやってきたのだろう? ウェンは尋ねるべきだった。そうすべきだったのはわかっている。遠くから来たのはまちがいない。今はとてもたくさんのレナードたち(それともクマ? 今度こそ本物のクマかもしれない)が道を歩いてくる音がする。

ウェンはきく。「もっと人が来るの? あなたの友だち? いい人たち?」

レナードが答える。「そう、もっと人が来る。きみはもうわたしの友だちだよ、ウェン。そのことできみに嘘をつくつもりはない。彼らのことについても嘘は言わない。彼らを友だちを呼べるかどうか、正直わからないんだ。彼らのことをよく知らないけれど、われわれにはとても大事な仕事がある。世界の歴史の中で最も大事な仕事だよ。それをきみにわかってほしいんだ」

ウェンは立ち上がる。「もう行かなきゃ」足音がいっそう近づいてくる。もうドライブウェイの端まで来ているけれど、まだ曲がり角から見えない。ウェンはほかの人たちを見たくない。たぶん、彼らを見なければ、見るのを拒めば、どこかへ立ち去るだろう。彼らの足音はとても大きい。クマではなく、レナードの巨大なモンスターと恐竜がふたりを捕まえに来るのかもしれない。

レナードが告げる。「中に入って父さんたちのところに行く前に、今から言うことを聞くんだ。これはとても重要だから」あぐらから片膝立ちになるレナードの目には涙があふれている。「ちゃんと聞いてるかい？」

ウェンはうなずき、一歩後ずさる。三人のおとなが角を曲がってドライブウェイに入ってくる。女の人がふたり、男の人がひとり。三人ともブルージーンズをはき、それぞれが黒・赤・白という色ちがいのボタンダウンシャツを着ている。背の高いほうの女の人は色白で髪が茶色、着ている白いシャツはレナードのシャツと少しちがう種類の白だ。レナードのシャツは月のように柔らかく輝いているのに、彼女のはくすんでいて灰色に近い。レナードと見知らぬ三人の服装のコーディネートは父さんたちに話すべき大事なことだ、とウェンは思う。すべてを伝えれば、父さんたちは四人がそろってジーンズとボタンダウンシャツを着ている理由がわかって、あとから来た三人が柄の長い奇妙な道具を持っている理由も説明してくれるだろう。

レナードが言う。「きみは外見も内面も美しい人間だ。わたしがこれまで出会った中で最も美しい人間のひとりだよ、ウェン。きみの家族も完璧ですてきだ。どうかそのことを知っててほしい。これはきみたちにまつわることじゃない。みんなにまつわることなんだ」

三人の持つ道具はどれも大鎌ではないけれど、大鎌の悪夢ヴァージョンのように恐ろしげで、先端には三日月の形の刃の代わりに荒々しい物体がついている。木製の柄は三本とも太くて長い棒で、もとはシャベルかレーキの柄だったのだろう。赤いシャツのずんぐりした男の人は、柄の先にいくつもの錆びたハンドシャベルを釘《くぎ》かネジで固定している。下に向いている反対側の先端には、疵《きず》や欠けのあるぶ厚くて赤い無骨な金属のブロックがついていて、どうやら使い古したスレッジハンマーのヘッドらしい。彼が迫ってくるにつれて道具の柄がより大きく太く見え、まるでパドルを切り落としたボートのオールを持っているみたいだ。ウェンがキャビンまで後ずさっても、柄の両端にハエの体毛のように無造作に生えている釘やネジの頭が見える。背の低いほうの女の人は黒いシャツを着ており、持っている柄の先にはレーキの鉤爪《かぎづめ》の風車があり、金属の指が曲げられて大きなごつごつした玉になっているので、彼女の道具は世界一危険なロリポップキャンディに見える。もうひとりの女の人は灰色がかった白のシャツで、道具の先には刃物が一本ついていて一方の端が渦巻き状に曲げられ、もう一方の端は一点が鋭くとがった直角三角形になっている。

ウェンのぎこちない後退は不安定な早足に変わる。「あたし、もう中に入る」あえてそう口にしないと、キャビンに入らずにその場に立ちつくして彼らをじっと見続けてしまいそうだ。

レナードは両膝をついた格好で恐ろしく太い腕を左右に広げている。彼の大きな顔は、隠しごとのない顔がすべてそうであるように悲しげだ。「これから起こることは、何ひとつきみのせいじゃない。きみは悪いことを何もしていない。けれど、きみたち三人はある厳しい決断を下さなきゃならない。残念だけど、恐ろしい決断だよ。そうしなくてすめばいいのにと、わたしはこの傷ついた心の底から願ってる」

ウェンは見知らぬ人たちが持つ木材と金属のまがまがしい融合物から目を離さず、後ろ向きのままよろめくように階段を上っていく。

レナードが大声を上げるが、彼は怒っているのでも苦痛を感じているのでもない。ウェンとの距離が広がっても聞こえるように大きな声を発しているのだ。「ウェン、お父さんたちはわれわれを中に入れたがらないだろう。でも、われわれを入れなければならない。そうしなければならないと伝えてくれ。われわれはきみたちに危害を加えに来たんじゃない。この世界を救うには、きみたちの助けが必要なんだ。頼む」

2 エリック

小さな刷毛《はけ》でさっと描いたような低い白波が、岩場の岸やキャビンの機能的だが老朽化した桟橋の金属支柱に静かに打ちつける。桟橋は灰色に色あせた板が反り返り、まるで湖に棲《す》む伝説の怪物の化石化したあばら骨のようだ。エリックは、手入れが悪くてきしむ構造物には誰も近づかないよう注意喚起したかったが、その前にアンドリューが桟橋の突端でスズキを釣る方法を教えるとウェンに約束してしまった。とはいえエリックは、釣り針にミミズをつける段階でウェンが釣りをあきらめるのではないかと思っている。ミミズの内臓や、のたくる動きや、息絶えるところを見ても平気だったとしても、スズキの閉じた口を引きちぎるようにして針を抜かねばならないとなったらやめるだろう。だが、釣りが大好きになって、餌つけも含めて何もかも自分でやりたいと言いだす可能性もある。

ウェンの独立心にはほとんど反抗的ともいえる激しさがあるのだ。ウェンはかなりアンドリューに似て育っており、それは愛《いと》おしくあるものの、安全面が心配でならない。昨日の午後遅く、ウェンが水着に着替えたとき、エリックはぐらつく桟橋についてアンドリューと話し合おうとしたのだが、彼はそれを無視して足もとの構造物を激しく揺らしながら突端まで全力疾走し、湖面に飛びこんだのだった。

エリックとアンドリューは、広々としたゴーデット湖を見晴らせるキャビン裏手の高いデッキでゆったりと寝そべっている。この深くて黒みがかった湖は一万五千年前に氷河で底を削られてできたもので、果てしなく広がるマツやモミやカバの森に囲まれている。森の向こうに目をやると、南側に手の届かない雲のように遠いホワイトマウンテンの山並みがそびえ、おかげで湖は天然の要害となって人の出入りを容易に許さない。その壮大な眺めはいかにもニューイングランド地方の風景だが、都会の日常からしたら別世界のようだ。湖畔にはキャビンやキャンプ場が数えるほどしかなく、エリックたちのデッキからはひとつも見えない。ここに到着してから目撃した船は、対岸に沿って静かにすべっていた黄色のカヌーだけ。三人で無言で眺めていると、カヌーは世界の見えない縁に落ちて消えた。

ここから最も近いキャビンは、かつての伐採道路を二マイル進んだ先にある。アンドリューとウェンがまだ目を覚ましていない早朝、エリックはその無人のキャビンまでジョギングしてみた。最近ダークブルーに塗り直されたようで、鎧戸《よろいど》は白く、白い玄関ドアにはスノーシューズが飾られていた。思わず窓から中を覗《のぞ》いて敷地を探検してみたいという衝動がこみ上げてきたが、留守のはずの所有者に見つかって自分の行動をしどろもどろで釈明しなければいけなくなるのでは、というばかげた恐怖によって回れ右をして帰ってきた。

エリックは暑くて明るい日差しに照らされながら、背もたれを斜めにしたシェーズラウンジに横たわっている。タオルを敷き忘れたので、編まれたプラスティック製のバンドが背中に貼りつく。日焼け止めを塗らないと、ほんの数分で肌が焼けてしまうだろう。子どものころはひりひりするのを我慢してまでわざと日焼けをし、あとで皮をむいて姉たちを気味悪がらせたものだ。破らないように注意して剝がした大きな皮を身体に貼りつけ、大好きなステゴサウルスの背中や尾の骨板に見立てたりもした。

エリックから数フィート離れてアンドリューが腰を下ろしているが、その青白い肌のどこも陽光にさらしていない。大きな赤いしみのある古いピクニックテーブルに影を落とすパラソルの下、ベンチシートで両脚を抱えて身体を丸めている。黒いバギーショーツとボストン大学の校章の入ったグレーの長袖Tシャツを身に着け、長い髪をアーミーグリーンのフラットキャップにたくしこんでいる。アンドリューが熱心に読んでいるのは、二十世紀のラテンアメリカ作家とマジックリアリズムに関する評論集だ。エリックはその本の内容を知っている。というのも、キャビンに着いてからアンドリューが自分の読んでいる本のことを三度も話してきたばかりか、このデッキにいる二十分のあいだにもガブリエル・ガルシア＝マルケスについて書かれた箇所をふたつ音読したからだ。エリックは『百年の孤独』を大学時代に読んだが、残念ながらほとんど記憶に残っていない。これ見よがしに気を引こうとしたり、エリックに認めてもらおうとするアンドリューの態度は、愛おしくもありいらだたしくもある。

エリックはこの夏に世間で評判になっている小説の同じ段落を何度も読み返している。登場人物のひとりが失踪する典型的なスリラー小説で、不自然でばからしいプロットに早くもうんざりしているが、彼が集中できないのは本のせいではない。

エリックは言う。「ウェンが何をしてるか、誰か見に行ったほうがいいな」言葉を慎重に選ぶ。質問ではないからアンドリューは即座に「ノー」と答えられない。これは意見だから、彼は何か言葉を返す必要がある。

「誰か、っておれのことか？」

「いいや」とエリックは応じる。アンドリューの耳に〝そうさ、もちろん。でなけりゃ、こんなことは言わない〟と聞こえるように言ったつもりだ。どうして自分のほうが心配ばかりする親、しつけに厳しい親、最悪のシナリオにこだわる親になってしまったのか、エリックにはわからない。自分ではペンシルヴェニア州西部出身らしく気さくで話しやすく、分別があり、つねに合意と妥協の形成に努めようとする性格だと自負しているのに。カトリック家庭に生まれた九人兄弟の八番めの子である彼は、誰とでも話ができて誰とでも仲よくなれる能力により、とまどいだらけの十代と、カミングアウトによって両親からピッツバーグ大学の最終学期の学費の支払いを拒否されたあとの激動の二十代前半を切り抜けてきた。両親への返答としてエリックは、多くの寛大な友人たちの部屋を泊まり歩きながら、キャンパスに近い人気のサンドイッチ店で二年間働き、残りの学費を支払って学位を取得した。そのあいだ両親（主に母親）とは電話で話し、彼らが態度を変えてくれることをずっと信じていた。そして、そのとおりになった。卒業証書を受け取った日、両親は友人のアパートメントまで会いに来て涙を流し、拒否した学費に少し上乗せした額の小切手を謝罪とともに手渡してきた。エリックはその小切手を使ってすぐにボストンに引っ越した。現在は〈フィナンシーア〉社でマーケット・アナリストを務めており、その対人能力を買われてときどき会議でもめるスタッフと部長の仲裁に呼び出される。エリックは人生においてたいていのことがらにのんびりかまえて取り組むが、たったひとつの例外が親業だ。アンドリューに無理やり裏のデッキに引っぱり出されなかったら、キャビンの中にとどまり、庭でひとりで遊ぶウェンを窓から静かに見守っていただろう。

アンドリューが本から目を上げずに言う。「クマだ。ウェンはクマに興味津々なんだ」

エリックの手から本が落ち、デッキで大きな音をたてる。「きみはちっともおもしろくない」

　キャビンのオーナーからの指示書には、クマが寄ってくるからゴミ袋を外に出さないように、と大文字で書いてあった。敷地にはゴミを隠して置いておくためだけの小さな物置がある。ゴミは自分たちで町の集積場まで車で四十分かけて運ぶ（非居住者は火曜日、木曜日、土曜日のみ）ことになっており、ひと袋あたり二ドル支払わねばならない。カナダ国境にほど近い、童話のゴルディロックスが迷子になったような森（彼女は三匹のクマに出会ったのだ）の中に建つ美しいけれど人里離れたキャビンの代わりに、州の中央部にある旅行者にも人気のウィニペソーキー湖にしていたら、クマを気に病むこともなかっただろうに。エリックは身を起こし、剃《そ》り上げた頭をなでてみる。触ると熱い。まちがいなく日焼けしている。

　アンドリューが答える。「ああ、おれはおもしろくないさ」

「さっきのはおもしろくない」

「ここからあの子を大声で呼んでもいい。だが、それだとクマを驚かせるかもしれないな。襲ってくる可能性が高くなるぞ」

「きみは最低だな」エリックはそう言って苦笑しながら立ち上がり、デッキの手すりまで歩いて伸びをしてから湖を眺めるふりをする。キャビンの中に入ったり、デッキの階段を下りて前庭までぐるりと歩いていったりするそぶりは見せない。

「クマぐらいあらわれたっていい。おれはクマが好きだ」アンドリューが本を閉じる。彼のダークブラウンの目と笑みがこれ見よがしに大きい。

「バッタなら裏の庭でも探せるのに」エリックはデッキの下を手ぶりで示すが、裏庭と言えるほどのものはなく、マツの葉や苔《こけ》が散らばる砂地にマツの木が何本か立ち並んでいるだけだ。指で顎先のひげをひねってから振り返る。「あの子は飲みものか、お菓子か、日焼け止めをほしがってるかもしれない」

「あの子は大丈夫だよ。あと五分か十分したら、おれが見に行くか連れてくるかする。その前におれたちを探しに来るかもしれないし。だから、すわってくれ。心配するな。日光浴を楽しめ。でなきゃ、そこに立って太陽がおれに当たらないようにさえぎっててくれ。おまえはもう肌がピンクに染まりつつあるけどな。おれよりも日に焼けやすいんだ」

エリックはピクニックテーブルからサッカー・アメリカ代表チームのロゴがついた白いTシャツを拾い上げて着る。「ぼくはおろおろしないようにしてる。あの子を……」そこで言葉を切り、手すりに寄りかかって腕を組む。「あの子を放っておこうと努力してるんだ」

「わかってるさ。おまえはよくやってる」

「こういう気持ちが嫌なんだ。本当に嫌なんだよ」

「自分を責めるのはよせ。おまえはまずまず世界最高の父親だ」

「まずまず？　ほとんど世界最高の父親さ」

アンドリューが笑う。「そうだな。最高同然だよ、たぶん」

「ぼくのランキングをもっと明確に示してくれないか？　パーセンタイルだとどのくらい？」

「おれは数字が苦手なんだ。けど、おまえは最高の父親の頂点に近い。そう書かれたコーヒーマグやTシャツを持っててもおかしくないぐらいだ」明らかにエリックをからかって楽しんでいる。

エリックもさすがに我慢できなくなってくる。「きみも世界最高の父親のひとりだよな？」フェアでないことを知りつつも口走る。「これできみへのクリスマス・プレゼントが決まった」

「おいおい、エリック。おれたちはまずまず最高という点ではいい勝負だぞ」

「ぼくは〝最高同然〟がいい」

「その意気だ。でも、聞けよ。たとえ最高の父親でも不安を抱くし、口うるさく言うし、大失敗もする。おまえも自分に大失敗する許可を与えるべきだし、ウェン自身にもしくじることを許すべきだよ。完璧になんかなれないことを受け入れろ」こうしてアンドリューの熱弁の幕が開く。たいていこのあとは、ウェンを養女にする前に数週間続いた議論について触れ、多くの親や世間の人びとを支配するトカゲの脳みそレベルの恐怖に屈するべきでないと話し合ったことに言及し、それから大学教授モードに切り替わり、子どもの知性や感情の発達には親に監視されない遊びが重要であると指摘する論文を引き合いに出すのだ。アカデミックな仕事の面ではアルゴリズムのごとく細心かつ緻密なアンドリューがいつから気まぐれで気楽な賢人になってしまったのか、エリックにはよくわからない。しかし、ふたりの人生にウェンを迎え入れて以来、これがエリックとアンドリューの役割分担になってしまった。ふたりはそれぞれの役割を受け入れ、すばらしいと同時に恐ろしく、充実しつつもわが身を後回しにする親という身分を自認することに安らぎを見いだしている。

「ああ、わかってる、わかってる。それでも、ぼくはあの子の様子を見に行くつもりだ」

「エリック！」

「日に焼けたから中に入るだけさ。喉も渇いたし、退屈だし、この本は最低だし」エリックは狭いキッチンに通じているガラスの引き戸に向かう。

アンドリューが両脚を突き出して通り道をふさいでくる。「なんぴとも通さぬぞ」

「これはなんだ？　世界一毛深い有料の橋か？」

「大しておもしろくないぞ」アンドリューは脚を引っこめず、本を読むふりをする。指を舐《な》めてページをめくるさまがわざとらしい。

エリックはアンドリューのすね毛をつまんですばやく引っぱる。

「痛っ！　ひどいやつだな」アンドリューが本でたたこうとするので、エリックは跳びすさってかわすが、身を乗り出してきた次のひと振りで左ももの裏を打たれてしまう。

「マジックリアリストたちで殴るなよ！」

　エリックはアンドリューの帽子のつばをたたいて鼻までずり下げると、ふたたび殴ろうとしてくる彼の手から本を奪い取る。だが、片腕をつかまれて引っぱられ、ピクニックベンチによろめいてしまう。ふたりは本をめぐって格闘する。軽いジャブの応酬はやがて温かいキスに落ち着く。

　アンドリューが身を離し、勝ち誇った顔でにやにや笑いを受かべて言う。「わかった、もう本から手を離しても大丈夫だ」

「本当か？」言いながらエリックは本をすばやく引ったくろうとする。

「よせったら。カバーが破ける。おまえが手を離したら、もう一度殴ってやる」

「そしたら、きみと本を投げ飛ばして……」

　背後で引き戸ががたつきながら開き、その大きな音にエリックは反射的にガラスの破片が降ってくるのを予期する。ウェンがデッキに走り出てきて超音速でしゃべりだす。引き戸のレールを前後に跳んでキャビン内とデッキを行き来しながら、外に出るのを恐れるかのようにきょろきょろしながら話し続け、こっちに来て、というように手を振る。

「ウェン、落ち着け」とアンドリューが言う。

エリックも声をかける。「何かあったのか？　大丈夫か？」

泣いてはいないので、スズメバチに刺されたとか、どこかを負傷したのではないらしい。森の中で何か物音を聞いて驚いたのかという考えが頭をかすめるが、この様子は驚いたというレベルではない。明らかにおびえており、エリック自身の警戒と鼓動が高まる。

ウェンはキャビンとデッキを行き来するダンスをやめないが、言葉を明瞭にゆっくりと発音しようと試みている。「急いで中に入って。お願いだから入って。どうしても。早く。人がたくさん来て、ここに入ろうとしてて、父さんたちと話したがってて、その中に怖い人もいる」

ウェン

ウェンは父親たちが投げかけてくる質問にはもう答えず、困惑と心配を見せるふたりを急《せ》かしてキャビンの中に入れる。引き戸を閉め、ロックを忘れてもガラス戸がレールをすべらないように、短く切ってあるホッケースティックをフレームにかませておく。それは、ゆうべ寝る前にアンドリュー父さんが教えてくれた方法だ。

ウェンは父さんたちをキッチンからリビングに押し出し、鍵をかけた玄関ドアのほうに向かわせる。キャビンの中は、共有エリアであるリビングとキッチンでほとんどの空間が占められる。壁板は木製でしみひとつない。ウェンはとっくに全部の部屋を歩いて回り、板がゆるんだところがないか、たたいて調べてある。壁には湖と森の地図、額に入った夕暮れどきの山の風景、手彫りの水鳥がついた飾り板などが、アンティークっぽいスキー板とストック、ベーキングパウダーと炭酸飲料〈モキシー〉の古いブリキ看板、ニュー・ハンプシャーのどんな雑貨店でも見つかるようなガラクタとともに無造作にかけられている。キッチンの左側には、世界一窮屈なシャワーブースのあるささやかなバスルーム。シャワーヘッドはシャワーそのものより漏れる水のほうが多い。玄関ドアの右側には長方形の寝室がふたつ。ウェンの寝室には壁に固定された二段ベッドがある。きのうのうちに上下の段に寝てみて、下の段のほうが気に入った。ふたつの寝室の右側には地下室に続くらせん階段の降り口が開いている。降り口のまわりには太ももまでの高さの鉄製の柵がめぐらせてある。その隣、壁際には石と漆喰《しっくい》でできた暖炉と煙突。暖炉の前には薪《まき》ストーブと小さな薪の山、ストーブ用具のラックがあり、ラックにはミニスコップ、掃除用ブラシ、火ばさみ、火かき棒が入っている。共有エリアを斜めに横切るように置かれて存在感を示すアーミーグリーンの長いカウチは、生地がサボテンみたいにチクチクする。その左側にはふっくらしたブルーのふたり用ソファ、ちょっとつついたら倒れそうな脚の細いサイドテーブル。サイドテーブルの上には明るい黄色のシェードがついた小さなランプが置かれ、まるで毒キノコみたいに見える。ふたり用ソファの左側、少しキッチンに入ったあたりに長方形のテーブルがあり、その上にはソリティアをやりかけたトランプが放置されている。高い天井を見上げると、歩道橋になりそうなほどの幅がある二本の木の梁《はり》のあいだに馬車の車輪を転用した民芸風のシャンデリアが吊《つ》るされ、埃《ほこり》とクモの巣にまみれている。玄関ドアの真向かいに当たる右側の壁には窓と薄型テレビがある。テレビはキャビンでただひとつの最新家電製品で（冷蔵庫とコンロは父さんたちより年を取っているにちがいない）、屋根のパラボラアンテナにつながっている。テレビはあまりに部屋にそぐわないせいでまともに機能するとは思えず、枠とガラスの向こうに永遠の夜が閉じこめられた黒い窓のように見える。

共有エリアを進む三人の足取りはのろく、ぎくしゃくしている。父さんたちは矢継ぎ早に質問し、ウェンに返答を求め続けてくる。彼女は頭を冷静に保とうとするけれど、ふたりの話すスピードが速すぎて追いつかない。たとえ追いつけたとしても、答えるには何日も何日もかかるだろう。

とにかくウェンは短い文ではっきり答えることに最善をつくす。

「あの人たちが誰なのか知らない。

窓に行って見てみて。

話をしたいって言ってる。

全部で四人。
大きい人はレナード。
すごくいい人だけど、変なことを言い始めた。
あたしたちが世界を救うのを助けなきゃいけないんだって。
車はないみたい。
ここまで歩いてきたんだと思う。
みんな同じような服を着てる。
ジーンズと同じ種類のシャツ、だけど色がちがう。
わかんない。
ほかの人は何も言わなかったもん。
レナードだけ。
あたしたちが何か決めなきゃいけないんだって。
何かよくないことみたい。
ほかの人たちは大きくて怖そうな道具を持ってる。
大鎌みたいだけど大鎌じゃない。
わかんない。
手作りしたものみたい」

父さんたちは怖そうな道具についてもっと知りたがっている。ウェンは自分の声がどこか遠い場所からぼんやり響く雑音のように聞こえる。まるで自分が自分の身体の外にいて、でもキャビンの中にはいない感じだ。ウェンは気持ちが混乱し、ひょっとしたら父さんたちの質問も父さんたちを連れに来たのも頭で想像しただけで、本当はまだ前庭にいて、太陽のスポットライトを受けて立ちつくし、恐ろしい道具を持った人たちが自分のほうに向かって歩いてくるところなのかもしれない、と思う。

誰かが玄関ドアをノックする。ノックは七回（ウェンはちゃんと数える）。静かで礼儀正しく、リズミカルだ。七はラッキーとはかぎらない、とレナードが言っていた。

父さんたちが玄関ドアの両側に分かれて立つ。ウェンはテーブルのところまでさがり、共有エリアとキッチンのあいだの目に見えない境界線のあたりをうろうろする。背後のガラス引き戸を通して太陽の光が容赦なく射しこんでくる。ウェンは両手の親指をこぶしの中に入れて強く握りしめる。以前は髪の毛を噛《か》むのが緊張したときの癖だった。何週間か前にチャイニーズスクールで新興組と呼ばれるクラスから、ほとんどの生徒が彼女より一歳か二歳年下の基礎組に転入させられたあと、ウェンは親指をぎゅっと握っているところをふたりの先生に目撃されている。ピンイン（発音表記）と文法を教えるラオシー・クアン先生は、ウェンが親指をこぶしの中に入れているのを見ると、作文の授業を中断することなくほほ笑みを浮かべ、彼女の両手をやさしく広げさせた。歴史と文化を教えるロバート・ルー先生（生徒たちに自分のことをボブ先生と呼ばせる）は、ウェンに緊張してるのかと尋ねてから、あまりにくだらなくて逆に笑えるジョークを言った。ボブ先生はいい人だけれど、ウェンは泣きたくなってしまう。とても親切なので申し訳なくなってしまうくらいだ。本当はもうチャイニーズスクールをやめたい。勉強がむずかしすぎるから。話し言葉も、書き言葉も、中国人の両親を持つほかの生徒たちみたいに即座に理解できない。家でしゃべる練習もできないし、宿題もその週のうちに終えられない。はっきりと言葉にあらわせないけれど、自分を捨てた実の両親に対して怒りが生まれつつあり、親が子どもを捨てていい、もしくは捨てざるをえない場所である中国という国にも怒りを感じている。授業中は、平日に通う学校の友だちがウェン抜きで土曜日にどんな楽しい遊びをしているかを空想して時間をやりすごしている。

キャビンの外から「やあ、こんにちは。わたしの名前はレナード。友人数名とともにここにやってきた。もしもし、中にいるかい？」と聞こえてくる。その声はドアにさえぎられてくぐもっているけれど明瞭だ。

アンドリュー父さんがエリック父さんにささやく。「帰ってもらうよう、あいつにうまく言ってくれ。たぶん、おかしな宗教か何かじゃないか？　一軒ずつパンフレットを配っては世界を救ってるんだ」

エリック父さんがささやき返す。「たぶん、そうだろう。けど、ウェンは彼らが変な道具を持ってると言ってた……大鎌みたいな、だっけ？」振り向くエリック父さんに、ウェンはうなずいてみせる。

「勘弁してくれ……」アンドリュー父さんがポケットからスマートフォンを取り出し、電源を入れたところでまたポケットにしまう。

ウェンは、ここでは携帯電話が使えないこと、きのう大鎌を検索しようとして断念したことをアンドリュー父さんに思い出させたいと思う。父さんたちがこの場所を選んだのは、きっとＷｉ‐Ｆｉも携帯の電波も届かないだろうから電話の電源を切って、三人だけでぶらぶらしたり、泳いだり、話したり、トランプやボードゲームをしたりと、デジタルに邪魔されずにすごせると考えたからだ。テントの代わりにキャビンを使うキャンプみたいなものだ、とアンドリュー父さんは言っていた。ウェンは電話の電源を切るメリットに納得していなかったけれど、キャビンキャンプにわくわくするふりをした。自分のスマートフォンは二段ベッドの下の引き出しにしまってある。キャビンに着いたときに湖の景色や、なんとしてもよじ登ってその上を歩いてみたい天井の梁や、二段ベッドなどを写真に撮っただけで、そのあとはスマートフォンを一度も取り出していない。アンドリュー父さんがなぜ携帯をすぐ出せるようにポケットに入れているのか、よくわからない。使ってはいけないときに使っているのだろうか？　電波が来ないというのは嘘なのだろうか？

アンドリュー父さんが玄関ドアの左にある窓にこっそり近づき、カーテンの隅をそっとめくって外の様子を見る。手を伸ばして静かに窓を閉め、掛け金をかけてから声をひそめる。「玄関の階段にいるやつはやたらと図体がでかいぞ」

エリック父さんがドアの前で何度か回ってから、ようやく外に告げる。「やあ、どうも、レナード。ぼくらは……」

レナードがそれをさえぎって言う。「きみはアンドリュー父さん？　それともエリック父さん？　さっき、きみたちのすてきなお嬢さん、ウェンに会った。とても賢くて、思慮深くて、やさしい子だな。きみたちには自慢の娘だろうね」

アンドリュー父さんがまたスマートフォンを取り出し、画面をチェックしてから悪態をつき、怒ったようにポケットに戻す。それからしゃがんで、窓の下の隅に触れそうなほど顔を近づける。「やつの左側にもっと人がいるみたいだけど、よく見えない」

玄関ドアの前にいるエリック父さんがアンドリュー父さんに顔を向ける。両腕を垂らし、耳がドアにくっつきそうになるまで身体を右に傾ける。「ぼくはエリックだ。何か困ってるのか？　まさか誰かが訪ねてくるとは思ってなかった。失礼な態度を取るつもりはないんだが、できればぼくらにはかまわないでほしい」

レナードが言う。「わかってる、きみたちの休暇を邪魔して申し訳なく思ってる。こんな美しい場所に押しかけてすまない。この湖には初めて来た。信じてほしいが、われわれ四人は数日前までこの湖に来るとは夢にも思ってなかったんだ。ここできみたちと話をするとも思ってなかった。だけど、きみと話す必要があるんだ、エリック、それからアンドリューとウェンとも。どうしても話をしないといけない。それだけはいくら強調しても足りない。きみたちにわれわれを信用する理由がないのはわかってるけれど、わたしを信用してもらわねばならない。ウェンはわたしを信用してくれてるはずだ。わたしの印象では、あの子は人を見る確かな目を持ってると思う」

エリック父さんがウェンのほうを振り向く。その顔は虚《うつ》ろで表情が読めないけれど、父さんはこのことをあたしのせいだと考えているのかな、とウェンは思う。これから何が起ころうと、それは自分のせいなのかもしれない。レナードとその親しげな笑みが見えたときにすぐにキャビンに逃げ帰らず、その場にとどまって彼と話をしたから。見知らぬ人と話しちゃいけないのに話したんだから、そのあとに起ることはみんな自分のせいだ。

エリック父さんが言う。「話なら今してるじゃないか、レナード。ぼくらはちゃんと聞いてる。きみの望みはなんだ？」

アンドリュー父さんが窓に顔を向けたままエリック父さんに近づく。小声で話し始めるけれど、ウェンにはドアごしにレナードにも十分に聞こえる音量に思える。「女がひとりいて何か手に持ってる。まるで鍬《くわ》とシャベルを合わせたみたいなものだ。なんであんなものを持ってるんだろう？」

エリック父さんがドアごしに尋ねる。「きみのほかには誰がいるんだ？」

レナードが答える。「友人のサブリナ、エイドリアン、レドモンドだ。われわれ四人がここに来たのは、どうにかして……大勢の人たちを救おうとしてるからだ。だけど、そのためにはきみたちの手助けがいる。いや、〝手助け〟は適切な言葉じゃないな。きみたちなしでは、われわれは誰も救えない。どうかわたしを信じてほしい。中に入れてくれないか？　われわれはただ話をしたいだけだ。もっと詳しく話して説明したいが、ドアごしじゃ、ただでさえむずかしい会話がほとんど不可能になって……」

レナードがしゃべり続けるあいだ、エリック父さんが足音を忍ばせて玄関ドアから右側の窓に移動する。埃っぽいレースカーテンを二本指でつまみ、射しこむ日差しが額を照らす分だけめくる。しばらく外を見てから、はっと息を呑《の》んで窓から飛びのく。「彼らは何を持ってきてる？　あれはなんだ？」

アンドリュー父さんが窓を変えて別の視界を確保し、エリック父さんは玄関ドアの前に戻って木の面をじっと見つめる。両手を頭の上にのせ、まるで頭が胴体から飛んでいかないようにしているみたいだ。

アンドリュー父さんが窓の外をこそこそ覗くのをやめ、カーテンを頭の上に持ち上げたところで、おびえたうめき声をもらす。それを聞いたウェンは急に膝から力が抜け、父さんたちといっしょならずっと安全だという信念が根底から揺らいでしまう。

ウェンは小さな声で「ごめんなさい……」とつぶやく。なぜ申し訳なく感じるのか説明できないけれど、そう思う。

アンドリュー父さんが窓を勢いよく閉めてロックし、よろよろとエリック父さんの後ろに行ってから、井戸みたいに深くて大きな目でキャビンの中を見回す。

エリック父さんがきく。「彼らは何を持ってる？　きみは見えたか？　なぜここに来たんだろう？」

アンドリュー父さんが答える。「わからん。でも、手をこまねいてるつもりはない。今すぐ警察に電話する」

「警察が来るまでどれくらいかかるだろう？」

アンドリュー父さんは答えず、小走りでリビングを通り抜け、キッチンの冷蔵庫の横の壁にかかっているベージュ色の固定電話に向かう。

ウェンはふたり用ソファに登ってしゃがむと、エリック父さんに告げる。「あの人たちにどこかに行くように、もう一度言って。お願い、追い返して」

エリックがうなずき、外の四人に向かって大声を上げる。「聞いてくれ、きみたちはとてもいい人たちだと思うけど、このキャビンに知らない人を入れたくないんだ。悪いが、この敷地から出ていってくれないだろうか？」

アンドリュー父さんがガチャンと大きな音をたてて受話器を置く。それから、もう一度持ち上げて耳に当て、さらに同じことを繰り返す。「くそ！　くそ！　くそ！　発信音がしない。どうなってる……」

　エリック父さんが振り向く。「どういう意味だ？　プラグは差してあるか？　ちゃんとつながってるか確認しろ。ゆるんでるかもしれない。きのうは発信音が聞こえたぞ。部屋に入ってすぐ確かめたんだ」それはまちがいない。エリック父さんのあとにウェン自身も受話器を耳に当てて発信音を確かめ、バネみたいに伸びる長いコードを身体に巻きつけていたら、おもちゃじゃないから遊んではだめだ、とエリック父さんに注意されたのだ。ウェンがコードをほどいたあと、エリック父さんがもう一度電話を確かめた。

　アンドリュー父さんが電話機を壁からはずし、ジャックに接続されている半透明のコードを調べる。プラグを抜いてから差し直し、受話器を取り上げてみる。「何度確かめても使えない。この電話は……」

　別の男の人の声が聞こえてくる。レナードの親しげな話し声よりも太い、年を取った人の声。どこかうれしそうで、ずっとあとになって初めてすごくおかしいとわかる冗談を言っているか、話している本人しか笑えない冗談を言っているみたいだ。

「おれたちは、あんたたちが中に入れてくれて話をしてからじゃないと帰らないぜ」

　男の人が自分の持っている武器の太い棒をぎゅっと握り、ドアと壁を通してまっすぐこちらを見つめながら話している光景を、ウェンは想像する。あれはまちがいなく武器で、悪い人かオークだけが組み立てて持ち運ぶものに決まっている。あの人は確かに意地悪で醜いオークみたいに見えた。

キャビンの外では、今しゃべったレナードではない男の人に対して何か厳しい口調のささやき声が投げかけられている。別の状況だったら、四人の見知らぬ人たちの声は森を吹き抜けて葉を揺らす強い風のように聞こえたかもしれない。

レナードが言う。「すまなかった。レドモンドはわれわれと同じように不安で……熱心になってるんだ。彼の意思が純粋であるのは、わたしが保証する。きみたちがどれほど緊張してるか想像できるし、われわれが玄関にあらわれたらそうなるのは当然だ。われわれにとっても、これは容易なことじゃない。われわれもこんな立場に置かれたのは初めてなんだ。人類の歴史上、誰も経験したことがないんだ」

エリック父さんが冷静ながらもためらうことなく言う。「レナード、ここまできみの話を辛抱強く聞いてきた。ぼくらは興味がない」そこで言葉を切り、きれいに整えてある顎ひげをなでてから続ける。「もう帰ってほしい。きみたちの誰かが困ってるとか、そういうのではなさそうだし、ほかに誰か助けになってくれる人が見つかると思う」いつものエリック父さんらしく落ち着いて見えるけれど、言葉のどこかに裂け目があるようで、裂け目の口はそこからウェンが絶望的な闇に転がり落ちてしまいそうなほど大きい。

アンドリュー父さんもその声の変化を感じ取ったにちがいない。一直線に駆け寄って、自分が盾になるようにエリック父さんの前に踏み出すと、外に向かって叫ぶ。「間に合ってると言ってるんだ！　今すぐ失《う》せろ！」足を踏みかえながら、両腕の袖をひじまでまくり上げる。

エリック父さんが後ろから夫の胸にゆっくりと両腕を回し、ドアから引き離す。アンドリュー父さんは抵抗しない。

レナードからも、ほかの人からも応答がない。沈黙が希望（立ち去ったかもしれない）にも脅威（何かほかのことをする準備ができたので話をやめたのかもしれない）にも感じられるほど長く続く。

やがてレナードが口を開く。「これは脅しだと思わないでほしいんだが、アンドリュー……きみはアンドリューだよな？」レナードが言葉を切り、アンドリュー父さんが相手から見えないのにうなずいてみせる。「われわれは、きみたちと直接会って話す機会を得るまでここを離れない。われわれがしなければならないことはとても重要なんだ。それが実現するまでは帰ることができないし、帰るつもりもない。申し訳ないが、われわれがこの状況を変えることはできない。われわれにはほかに選択肢がないんだ。みんなでこのことに取り組む以外に道はないんだよ」

エリック父さんが言う。「なるほど、ぼくらに選択の余地を残さないわけだな。では、警察に通報する。今すぐに」エリック父さんのよく通る自信に満ちた声を聞くと、誰もが耳を傾けたいと思い、誰もが話しかけていっしょにいたいと思う。もはやその声がない。

声がすっかり縮んで弱まってしまい、ウェンはもうこの新しい声しか聞けないのかと恐ろしくなる。

アンドリュー父さんが手を伸ばし、エリック父さんの腕をそっとつかむ。その腕は今も肩と胸に回されている。

女の人のひとりが言う。「ねえ、あの、それができないのはわかっているの。つまり、警察への通報が。ここは携帯電話が通じないでしょ？　わたしの携帯もダニエル・ウェブスター・ハイウェイのどこかからずっと通じないもの。悪いけれど固定電話の線を切らせてもらった。ちなみに、わたしはサブリナ」彼女のぎこちない自己紹介は、電話線を切ったという告白と同じくらいぞっとさせる。

父さんたちがゆっくりと玄関ドアから後ずさる。そのまま進み続けたらカウチの背もたれにぶつかって転んでしまうだろう。

エリック父さんがアンドリュー父さんに言う。「携帯電話をチェックしたか？」

「バーが立ってない。一本もだ。なんにも」

「ウェン、おまえの電話を持ってきて、電源を入れてみて、使えるかどうか教えてくれるか？」

ウェンはふたり用ソファから飛び出すと、電話を取りに寝室に走る代わりに、ドアから撤退した父さんたちの前まで歩いていく。そして、玄関ドアに向かって叫ぶ。「あたしたちにかまわないで、レナード！　もうあたしたちを怖がらせないで！　あなたは友だちじゃない！　もういなくなって！　いなくなってよ！」ウェンは自分の声が震えずに怒りがこもっているように聞こえてほしいと願う。おびえていると思われたくない。自分の中のどこかにエリック父さんの声が存在していると信じたい。

父さんたちがふたりいっしょにやってきて、ウェンの目の高さまでしゃがむ。左右からウェンをぎゅっと抱きしめ、慰めらしき言葉をかけてくる。うなじに当たるエリック父さんの腕は汗ばみ、アンドリュー父さんはキャビンのまわりで追いかけっこをしたあとみたいに呼吸が速い。ウェンは父さんたちの言葉には耳を貸さず、レナードの返答に耳を澄ます。

レナードが応じる。「わかってる、ごめんよ、ウェン。きみにはすまないと思う。心からそう思ってる。わたしはきみの友だちだよ。何があろうとね。でも、ここを離れるわけにはいかないんだ。今はまだ。どうかドアを開けるよう、父さんたちに頼んでほしい。そうしてくれたら、すべてがもっと容易になるんだ」

アンドリュー父さんが怒鳴る。「うちの子に話しかけるな！」

エリック父さんが「しいっ」と言うけれど、ウェンはふたたび声を上げる。「その恐ろしい武器を持ってるのはどうして？　なんでそんなものが必要なの？」

レナードが言う。「武器じゃないよ、ウェン。あれは……道具さ。今すぐドアを開けてくれたら、道具は地面に放り出して、そのまま外に置いておく。どうか信じてほしい、約束するよ、あれは武器なんかじゃない」

別の男の人が大声を出す。「心配すんな。あんたたちに使うわけじゃない」

父さんたちがたちまち話し合いを始める。低くてうなるような早口なので、ウェンにはどっちが何を言っているのかわからない。

「〝あんたたちに使うわけじゃない〟？」

「どういう意味だろう？」

「さっぱりわからない」

「いったい何が起きてるんだ？」

「電話が使えたらな」

「もう一度携帯をチェックするんだ」

「これからどうする？」

「わからない。とにかく落ち着かないと」

「やつらをここには入れない」

「ああ、入れるもんか」

「絶対にだ」

レドモンドという男の人が、この状況を楽しむような声で叫ぶ。「よう、聞けよ！」

父さんたちが話をやめる。

「レナードの言うとおりにするんだ。ドアを開けろ。どっちにしてもおれたちは中に入るぜ」

アンドリュー父さんがウェンの頭ごしに叫ぶ。「くそったれ！　こっちには銃があるんだぞ！」

ウェンはいきなり抱擁から解き放たれる。思わずよろめき、硬材の床に倒れそうになってしまう。両側からきつく抱きしめられて足が床から浮いていたのだ。父さんたちはどちらもそのことに気づかずにいたらしい。

アンドリュー

エリックが問う。「何を言いだすんだ？」

アンドリューはそれを無視して外に叫ぶ。「冗談で言ってるんじゃないぞ！」

冗談で言ってるんじゃないと言うやつの言葉はちゃんと聞いたほうがいい、というのがアンドリューの父親の口癖だった。クレイ・メリウェザー（アンドリューにとってはけっして〝パパ〟ではなく、後年になってようやく〝なあ、親父〟に愛情をこめられるようになった）は、ヴァーモント州中部出身の修理工兼便利屋だった。ある朝、クレイが実家の農場にあるガレージから出てみると、そこにドナという女性が待っていた。彼女はジャマイカの小さな町のコミューンに住んでおり、傷んだバナナみたいな色のおんぼろダットサンを（彼女の所有物ではないが）持っていた。クレイは二週間かけて車を無償で修理し、四ヵ月後に彼女と結婚した。まさにおかしな夫婦だった。ドナは二十代の初めからベジタリアンで、家の小さな菜園で育てたものを少しばかり売り（けっして十分ではない）、以前は手相やオーラを見たが、今は仕事（彼女いわく〝ギグ〟）としてホリスティックヒーリングを実践している。クレイは七十歳を超えた今でもフルタイムの便利屋として働き、週末ごとに狩猟を楽しんでいる。彼は政治的姿勢をある点で軟化させた（別の点では硬化させた）がおおむね保守的で、ドナはそうではない。夫婦そろって熱心な読書家で、共通のお気に入りの作家はトム・ロビンズ、ダフネ・デュ・モーリア、ウォルター・モズリイなど。ドナとクレイはずっと仲よく暮らし、ヴァーモント州を離れたことがない。アンドリューは、実家の農場で孤立に近い状態で育ったひりつくような記憶がノスタルジーによって鈍化していたとはいえ、なかなかヴァーモント州を離れることができず、ようやくそれを実行できたのは十八歳のときだった。

アンドリューは先ほどより切羽つまった様子のエリックに玄関ドアから引き離され、右腕を強くつかまれる。「よせ、もうやめろ」

　アンドリューはもう止まらない。三十年近く銃を扱ってきた中でそれを人に向けたことは一度もないが、今は大きな恐怖と怒りを感じるせいで、ドアを開けてレナードだろうがレドモンドだろうがほかの誰だろうが最初にあらわれた相手の額に真っ黒な銃口を向ける光景を思い描いている。いや、ターゲットとして思い浮かべるのは赤いシャツのレドモンドだ。ちらっと窓の外に目をやったとき、ずんぐりした体型を醜悪な赤いシャツに包み、ラインバッカーのマッチョを誇示しながら暴力と災厄の燃料を燃やし続けるレドモンドを見た。頭の中でアンドリューは彼に銃を向ける。これまでの人生で幾度となく対処せざるをえなかった、憎悪に満ちた無教養な原始人たちと同じにおいがする彼に。アンドリューは公共の場にいるとき、いつもああいう連中の目や耳を意識する。連中に干渉されずに安全でいようと自分の行動に配慮や調整を加えるたびに、恥ずかしさや後ろめたさ、恐怖や怒りでいっぱいになってしまう。徒党を組む偏狭な男たち、社交クラブの男子学生たち、排他的な同窓グループの正会員たち、罪を憎んで人を憎まずを信条として神を畏れる者たち――レドモンドはそうした同じ種に属する者たちの代表であり典型に思える。レドモンドの話しかたにはなじみがある。たとえ初対面でも初めての相手ではない。彼に銃を向けることにはなんの抵抗も感じないだろうし、恐怖というおなじみの敵により彼の愚鈍で獣めいた目が曇るのを見たらうれしくさえ思うかもしれない。アンドリューの手に実際に銃があればの話だが。

アンドリューは続ける。「トーラスの三八口径スナブノーズだ。ここに押し入ろうとすれば、厄介なことになるぞ」できるだけ鋭く激しい声で言う。学校教師が取り乱しているように聞こえるかもしれないが、彼自身の耳には典型的なコミックブックおたくみたいにしか聞こえない。その声はエリックのように理性と権威にあふれる、ゆったりと落ち着いたバリトンではない。

アンドリューは初めてエリックに会ったとき、顔を見る前に声を聞いた。ふたりが会ったのは共通の友人が主催した嘘みたいに狭い四角形の裏庭に五十人がぎゅうぎゅうに詰めこまれたBBQだった。パーティ参加者たちの「すみません」と「失礼」は、けっして古びないジョークのように延々と繰り返された。アンドリューは友人や同僚の小さな輪の中にいて、何かで笑っていた。何で笑ったのかは覚えていないが、愉快に酔い、少しはめをはずし、この上なく幸せな笑い声を上げていた。そのとき、エリックの話し声を聞いたのだ。ヨーロッパの某サッカーチームと選手の高額すぎる移籍金について、アンドリューの背後で熱弁を振るっていた。あのときの彼の声は、夏の楽しいどんちゃん騒ぎの中から明瞭に立ち上がるほどすばらしい周波数で振動していた。アンドリューはサッカーに関心はなかったが、あれは誰だろう、と思った。

外からレナードが言う。「頼むから、そんなことは……」

レドモンドが口をはさむ。「その銃を見せてもらおう。窓のところでかまえてみなよ、さあ」〝さあ〟の抑揚は軽蔑するようでも脅すようでもある。

「おまえに向けたら、そのときに見える」

エリックが隣に並んで耳元にささやいてくる。「本当に銃を持ってきてるのか？　ここにあるのか？」

自宅マンションでは、アンドリューは銃をノートサイズのケースに入れて鍵をかけ、それをクローゼットの棚にしまっている。ケースは八ヵ月前に新品で購入した。バッテリー駆動式で、タッチパネルへの暗証番号入力か掌紋による生体認証で開けることができ、バッテリーが切れたときのためにセーフティキーもある。

アンドリューは銃とともに育った。彼が望もうが望むまいが、いつも父親に狩猟に連れ出されたものだ。十歳のとき、父親から二二口径のハンティントン・ライフルを与えられた。アンドリューは動物を撃つことを楽しめなかったが（それでも二頭のシカとたくさんのリスは撃った）、的を狙う射撃は好きで、十代前半は納屋の裏手に千歩ほど歩いた場所にある灰色に枯れた切り株を撃つことに多くの時間を費やした。ボストンに引っ越したとき、ヴァーモント州にまつわるものは銃も含めてすべて捨てた。十三年前、ボストン・ガーデンの近くにあるバーで暴行を受けたあと、護身術とボクシングのレッスンに通い、肉体に力を得た気分になって、悪夢も以前ほど頻繁には見なくなり、さまざまな不安も通常のレベル（それがなんであれ）に近づいたが、それだけでは十分でなかった。暴行から一年たたないうちにマサチューセッツ州の銃器免許と登録証を取得し、射撃場の会員になった。エリックは当初、マンションに銃を所持することに強く反対し、ウェンとの養子縁組が決まる前後に銃に関する話し合いを何度かした。アンドリューは自分が恐怖に反応したり屈したわけではないと主張し、あの暴行の経験が自分の中に不安定な感覚を残したのだと、エリックに説明した。後頭部をビールびんで殴られたことで自分の一部がもがれてしまい、それがまだ戻らないのだ、と。銃を撃つことは幼少期や十代のアンドリューの一部であり、過去の自分の小さな一部でも取り戻せれば、もとの完全な状態に近いと感じられるかもしれない。アンドリューはその説明が必ずしも的確でないことを自覚していたが、月に一度射撃場で紙の標的のシルエットをあの襲撃者だと想像しながら引き金を絞るとものすごく心地よくて正しいと感じる自分を認めるよりは聞こえがいいとわかっていた。

アンドリューは答える。「銃はあるともないとも言える」

「どういうことだ?」

「銃のケースはSUVのサイドパネルの収納コンパートメントに入ってる」

アンドリューが銃を携行しようと衝動的に決めたのは、キャビンへ向けて出発するわずか数分前のことだった。エリックとウェンがドライブ用のコーヒーとドーナッツを通りの先まで買いに行っているとき、アンドリューはマンション内を歩きながら、大事なものを忘れていないかと確認していた。そこでふいに銃が大事であることに気がついたのだ。湖で一週間すごすあいだ、エリックはクマや野生動物のことを心配するだろう。そして、自分はリベラルな社会ではないニュー・ハンプシャー州の片田舎にいることに不安を抱くだろう。アンドリューは一瞬、自分とエリックとウェンがスーパーマーケットで食料品を調達しているところを〝おれの地元ででかい顔すんな〟タイプのふたり組に見つかって罵詈《ばり》雑言や脅しとともに駐車場まで追いかけられる場面や、偏見まみれのくそ田舎者たちがキャビンまで尾行してきて同性愛嫌悪を言葉以上の形で実行に移す場面を想像した。最悪のシナリオを想像してくよくよ考える自分をすぐに戒め（だからといって、それが実際に起こらない・起こりえないわけではないことは経験的に知っている）、銃を持っていくことがばからしいと思えるように〝デュエリング・バンジョー〟（映画『脱出』のテーマ曲）をハミングしてみた。それはうまくいかず、ＳＵＶ車内にガンケースを持ちこんでサイドパネルの中に隠した。エリックには銃を持っていくことを告げなかった。フェアでないことは承知していたが、それについて話し合うはめになるのが嫌だった。アンドリューが銃を所持することに関して、エリックはできうるかぎり理解を示してくれた。とはいえ、休暇旅行に銃を携行したと知ったら、まったくいい気はしないだろう。銃とケースにウェンが近づかないよう何度も家族で話し合ってきたのに、エリックは彼女がキャビンで監視なしで遊ぶことに神経質にならざるをえなくなり、彼女がケースを見つけてどういうわけか開けてしまうという最悪のシナリオにこだわることになっただろう。

レドモンドが言う。「さあ、早く頼むぜ。おれたちは演《だ》しものを楽しみにしてる。何も見せてくれないのか？　何もなしか？　だと思ったぜ。あいつは歯を食いしばって嘘をついたんだ。銃なんか最初から……」

レナードが怒鳴る。「いい加減にしろ！」

その深みのある声は打ちつけるようで、わずかに調子がはずれている。誰もいないはずの家からいきなり犬に吠《ほ》えられたようにショッキングで、ウェンが泣きだし、両手で耳をふさぐ。アンドリューは、レドモンドが何をするかわからないクロマニョン人であるだけでなく、ドア一枚隔てて立っているレナードも異様な巨体であることを思い出す。

レナードが言う。「怒鳴ってすまない。今のはきみやきみの家族に向けたものじゃない。レドモンドに直接言ったんだ」そこで下りた短い沈黙には、ここまで交わされたどの言葉にも劣らないほどぞっとさせられる。「銃は必要ないんだ、アンドリュー。われわれがここに来たのは……きみたちに危害を加えるためじゃない。ただ面と向かって話したいだけだ。外にいて話せることはもうこれ以上ない。だから、今から中に入る。いいかい？」

ドアノブが回され、ラッチボルトのかかったドアが枠の中でガタガタと鳴る。突然侵入を試みるレナードの行為はチェスの対戦中に〝チェックメイト〟を告げられるのに等しく、アンドリューとエリックとウェンは無言のまま何もできずに見ているしかない。

アンドリューは家族の麻痺《まひ》状態から抜け出して叫ぶ。「だめだ、いいわけない！」

エリックがドアに体当たりをし、黒くくすんだ板に言う。「きみたちには十分に理解を示して、ぼくらにかまわないでくれと丁寧に頼んできたつもりだ。もう行ってくれ」荒い息でつけ加える。「きみたちはウェンを怖がらせてる」彼はたちまち後悔する顔をアンドリューに向け、食いしばった歯のあいだから言う。「どうする？　どうすればいい？」

外からレナードが告げる。「お願いだから、ドアを開けてくれ」

「消えろ！　とっとと失せろ！」アンドリューはグリーンの帽子をきつくかぶり、その場でぐるぐる回る。どうすればいいのかわからない。

ウェンは床にすわりこみ、カウチの背面にもたれている。手で目をおおい、「いなくなって、レナード！　もう友だちじゃない！」と繰り返し叫ぶ。

ドアの左側にある窓から、黒いボタンダウンシャツを着た女が中を覗いてくる。アンドリューを見やり、子どもが水槽のガラスをたたくように、手にした道具の柄の先で網戸を軽くたたく。彼女の姿はすぐに窓から見えなくなり、ほかの仲間たちに何か言っている。ひそひそと話し合う声が聞こえ、玄関ドアの右側の窓の外をぼんやりした赤い影がよぎるのが見える。アンドリューは、キャビンの外壁に沿って裏のデッキへ歩いていくレドモンドの足音が聞こえるような気がする。

レナードが口を開く。レドモンドを怒鳴りつけたあと、彼の声に興奮があらわれることはなく、まるで録音された音声のようだ。あの落ち着きと礼儀正しさは、彼らの集団的狂気の証拠にほかならない。「われわれはきみたちに危害を加えに来たんじゃない。ものごとを正すために、救うべきものを救うために、きみたちの助けが必要なんだ。われわれを助けられるのはきみたちしかいない。最初の一歩として、このドアを開けて……」

アンドリューは正面の窓に駆け寄り、粗末なレースカーテンを閉める。次いでキッチンに飛びこみ、冬物の毛布のように厚いダークブルーのカーテンを閉めてガラス引き戸をおおい、日光のほとんどをさえぎる。引き戸の下部とカーテンロッドの上部の細い隙間だけが、キッチンシンクの上の窓と同じように光を放射している。キャビン内のほかの部分は暗くなる。

ウェンがサイドテーブルの上にある黄色いシェードつきの小さなランプを慎重に点灯させる。彼女はランプのスポットライトの中に閉じこめられ、こぶしの中に親指を守るように握りこんで、それを口に当てて立っている。

アンドリューはウェンに歩み寄って抱きしめる。ウェンは抱擁を返してこない。アンドリューは背後を手で探り、キッチンとバスルームのあいだの壁にあるスイッチを入れる。馬車の車輪の天井灯は六個の電球のうち四個しか点灯しない。ウェンから、これでもう大丈夫かときかれたら、アンドリューは世間のよき親たちと同じことをしようと思う。すなわち、嘘をつくのだ。

ウェンが言う。「あたし、怖い」

「みんなでいっしょに怖がろう。いいね？」

彼女がうなずく。「あの人たち、入ってくる？」

「入ろうとするかもしれない」

アンドリューはウェンの頭頂部にキスをする。唇も口の中もからからだ。帽子を脱ぎ、彼女の頭にかぶせてやる。大きすぎてぶかぶかだが、ウェンは脱ごうとしない。つばを目の位置まで下げ、帽子の中に入るだけ髪をたくしこんでいる。

エリックが「アンドリュー」と言いながら共有エリアを歩いてくる。レナードはすでに話をやめており、玄関ドアを開けようともしない。「連中は帰ったのかな？」

アンドリューはその質問に意味がないことを百も承知だ。エリックは何か口にしないと叫んでしまいそうなのだろう。当然ながら、彼らはまだ立ち去っていない。アンドリューは心のどこかで、彼らに包囲されたまま何日も、何年も、人生の終わりまでキャビンに閉じこめられることになるだろうと考える。今はむしろそんな地獄めいた想像に固執して、彼らが消え去るという望みをあえて持たないほうがいい。なぜなら、この局面では希望は人を酔わせ、知性を鈍化させるから。希望は危険なものなのだ。アンドリューはそばでウェンが聞いているから明るくふるまうことにする。自分のためにも明るくふるまわねばならない。「あの人たちはおれたちを怖がらせようとしてるだけだと思う。実はとても臆病で、本当に中に入るなんてことは……」

重い足音が裏のデッキに上る階段から聞こえる。エリックとアンドリューは同時にカウチを見やり、エリックが片方の端に走る。アンドリューはウェンに、バスルームに隠れて中から鍵をかけ、何があっても出てくるな、と言いかける。だが、そうする代わりにガラス引き戸への通り道を開けるためにディナーテーブルと椅子とふたり用ソファをカウチから離して押し出す。脚が硬材の床をこすって音をたてるのもかまわず押し、そのあとキッチンのリノリウムの上をすべらせる。ウェンも手伝い、サイドテーブルをランプごとバスルームのほうへ移動させる。

「いいぞ、ウェン」

アンドリューはエリックとふたりでカウチを持ち上げる。古いカウチベッドなので戦車並みに重い。アンドリューは引き戸のほうへ歩き始めるが、急にエリックが持っている端を下げるので、共有エリアに戻るようにつんのめってしまう。エリックが言う。「待て、一度カウチを回そう。背面をガラスにくっつける向きに変えるんだ」

そんなことはどうでもいい、とアンドリューは思う。彼らが引き戸のガラスを割ったら、カウチがどちら向きだろうと侵入を防げない。これがパニックによるまちがった動きであり貴重な時間の浪費だと感じるが、アンドリューは何も言わず、ふたりしてよろめきながら運び、うめきながら急いで百八十度回転させたカウチを引き戸の前に下ろす。中身のスプリングと金属の骨組みがぶつかって不協和音をたてる。

　アンドリューはすぐにきびすを返し、キッチンシンクの上の窓を閉めて鍵をかける。ほかの窓はすべて閉まっているだろうか？　寝室の窓は人間が通り抜けられるほど広い。彼はキッチンの引き出しを開けて一番大きなナイフを探す。キッチンナイフが必要になるだろう。とにかく何か武器が必要だ。「寝室の窓とカーテンが閉まってるか確かめてくれ」

「ああ、まずいぞ」

「どうした？」

「地下室への階段。あれをどうする？」床にあいた四角形の穴から、らせん階段が地下に下りている。地下室には外と通じた出入口があり……。

　レナードが外のどこかから叫んでいる。今は玄関ドアの前にはおらず、バスルームかキッチンのほうに移動しているらしい。「頼むから、どこかのドアを開けてくれ！　こんなことをしないでくれ！　きみたちを怖がらせるつもりはない！　きみたちを傷つけるためにに来たんじゃないんだ！」

「警察がもうこっちに向かってる！　ここに一歩でも入ってみろ、撃つからな！」アンドリューは手に何も持たずにキッチンを離れる。エリックが部屋の中央に立ちつくし、その目は地下室への階段に釘《くぎ》づけになっている。

　アンドリューは駆け寄って彼の腕をつかむ。「地下室のドアは錠が下りてるか？」

「わからない。たぶん、閉まってない。今日、ウェンとふたりであそこから外に出て……

そのあと鍵をかけたか覚えてない。かけてないと思う。今も開けっ放しかもしれない」

「下に降りて確かめるべきか？」

ふたりはがらんとした共有エリアの真ん中に引き寄せられる。そこで耳を澄ます。誰かが地下室を歩く音が聞こえるようでもあり、聞こえないようでもある。

「かもな」エリックがキャビン内を見回す。「もしくは、この入口をふさぐ。それなら、たとえ地下から入ってきても、階段からここには上がれない」

ふたり用ソファを運んでくる。バリケードとしては軽すぎるとわかっているが、地下室から上がってくる相手の動きを多少なりとも鈍らせ、そのあいだに家族三人で玄関ドアから外に飛び出してＳＵＶにたどり着くだけの時間を稼げるかもしれない。車に向かう途中でひとりかふたり撃退できるだろうが、四人全員は無理だろう。アンドリューは階段の降り口に近づくにつれて不安がこみ上げ、足もとの暗闇から伸びてくる手に両足首をつかまれて下へ下へと引っぱられる光景が頭に浮かんでしまう。

エリックが言う。「よし、ソファをぼくのほうに少し傾けてくれ。手すりと柵のあいだに脚を嚙ませられる」

アンドリューはふたり用ソファが小さすぎて階段を転げ落ちるのではないかと心配になるが、エリックの言ったとおり、床平面から一フィートほど下方の手すりにがっちり食いこんでいる。容易にははずれそうにない。アンドリューは階段の封鎖を強化するために急いでキッチンテーブルを取りに走る。本当は自分たちの逃げ道をふさがないほうがいいのではないかと思っている。しかも、地下室には武器やバリケードとして使えるさまざまなモノがあるのに、もはやそれらを取りにも行けない。この部屋には身を守るために使えるものがあまりない。ましてや彼らの持っているまがまがしい凶器に対抗できるものなどひとつもないのだ。

アンドリューはテーブルをふたり用ソファの上にのせる。脚のうち二本は壁と床と手すりのあいだのスペースにおさまり、あとの二本はソファの上で不格好なつっかえ棒になっている。テーブルを上から強く押しつけると、天板の中央に亀裂が入って内側にたわむ。

エリックが暖炉の前の薪ストーブに近づき、ラックから火かき棒と火ばさみをつかむ。「これを使え」と言ってアンドリューに火かき棒を手渡してくる。

手の中で金属がひんやりと冷たく、心強くなるどころか、ひと握りの砂と同じくらい役に立たないような気がする。何かほかにないかと部屋を見回してみても、博物館行きのおんぼろスキー板とストック、壁に吊るされたガラクタしかない。

エリックが薪の入っている金網製のバスケットをつかみ上げ、階段の横に置く。

「それをどうするつもりだ?」

「こうしておけば、薪で連中を殴れるんじゃないか?」その防衛術が自明のことであるかのように、エリックがバスケットを指さす。そして、薪を階段に投げ落とすまねをすると、ばつの悪そうな笑みを隠そうとする。

「そうだな。やつらを薪でぶったたこう」

アンドリューとエリックは思わず場ちがいな笑い声を上げる。非現実感がもたらす恐怖と無感覚による涙が、一瞬だけばか笑いの涙になる。

エリックが手で顔をこすり、アンドリューよりも先に冷静さを取り戻す。「ウェン、こっちへおいで」

ウェンは父親たちの大笑いの理由も問わず、言われたとおりに部屋を横切ってくる。その目は地下室への降り口に積まれた家具をじっと見ている。

アンドリューはエリックを引き寄せ、ウェンに聞こえないように声を落とす。「やつらが本気で中に入ろうとしたら、おれたちはSUVまで走ろう。玄関ドアからだ。おれが最初に飛び出して、おまえとウェンがたどり着けるようにやつらを引きつける。もしもおれがいっしょにSUVに乗れなかったら、とにかくおまえたちふたりで出発して助けを呼ぶんだ」アンドリューはポケットから車のキーを取り出す。

「だめだ、よせ。ぼくに渡さないでくれ。ここを出ていくなら、三人いっしょだ」

ウェンがエリックの腕を引っぱってきく。「父さん、あたしも何か持っていい?」

裏のデッキで足音が鳴る。四人のうちのひとりが決然とした歩調で歩いている。

「父さん、ねえ、あたしも何か持っていい?」

「ああ、いいよ」アンドリューは薪ストーブのところへ行き、ミニスコップをつかんで戻ってくる。

ウェンがそれをソフトボールのバットのように持ち、試しにスイングする。彼女がかかとでくるっと回り、アンドリューはスコップに膝を直撃されないよう横によける。アンドリューもエリックも彼女に「気をつけろ」と言わない。

アンドリューは火かき棒を両手できつく握りしめる。これ以外に何かできることがあるはずだ。「ナイフはどうだ？　キッチンにある。ナイフを持ってたほうがいい」

エリックがため息をつく。「まさかそんなこと本気で……」

「本気さ。マジでやらなきゃいけないかもしれない」

「やらなきゃ、って何を……」

裏のデッキの建てつけの悪い網戸（ウェンがすでに二度もレールからはずしてしまっている）が強引に開けられる。

レドモンドが大声で言う。「この網戸は修理してもらったほうがいいぞ！　ただし、手付け金でボラれないようにな。いい子だから、中に入れてくれ。そしたら、おれが修理してやる。無料でいいから」青いカーテンのおかげでデッキもレドモンドも見えないが、それで家族三人が安全に隠れられるわけではない。

ウェンが叫ぶ。「いなくなって！」

「おれだってそうしたかったよ」レドモンドが言い、引き戸のガラスを〝トン・ト・ト・トン・トン……トン・トン〟とノックする。

地下室でも明らかに物音がする。何かが引きずられてコンクリート床をこする音、木製の階段をそっと上ろうとする低い靴音、板のきしみ。

レドモンドが抑揚のない声で言う。「今のノックが合図のはずだったんだが、まあいいや」破壊音とともに何かがガラス引き戸を突き抜け、カウチのバリケード上方でカーテンがふくらむ。キッチンに大胆に突き出される大きな青いこぶしが、すぐに外に引き戻される。二度、三度と突かれた挙句、カーテンとロッドが引き戸の幅広の枠から引きちぎられてしまう。キャビン内に核爆発並みのまばゆい光が射しこみ、その中にレドモンドの影がぬっと出現する。彼は手製の凶器の先についているスレッジハンマーヘッドを使い、引き戸に残っているガラスを神経質なほど丁寧に除去すると、うなり声を発しながら身をかがめ、肩でカウチをキッチン内に押し戻す。レドモンドの靴底とカウチの脚の下でガラス片が砕ける音がする。

アンドリューは計算する。レドモンドがキッチンにほぼ入りこみ、別の少なくとも一名が地下室にいる。つまり、外に残っているのは多くても二名。自分とエリックならその二名を相手にするか、彼らをかわしてＳＵＶにたどり着くことができるはずだ。できるはずだ。そうしなければならない。

アンドリューは車のキーをつかみ出し、エリックのバギーショーツのポケットにねじこむ。「さあ、行こう！」

エリックは異議を唱えず、ウェンをすくい上げて胸に抱きしめる。ウェンが両腕を彼の肩に回して首筋に顔をうずめると、エリックは彼女の尻の下に左腕を回し、空《あ》いているほうの手で迫力のない火ばさみを振りかざす。

アンドリューは玄関ドアまで走りながら、さらに状況を評価する。レドモンドがキャビンに入り、共有エリアを抜けて追いついてくるまでどのくらいの時間がかかるだろう？エリックとウェンが玄関ドアから出る時間を稼ぐために、自分がレドモンドを足止めするべきか？　それともドアに集中し、もたつくことなく開け、自分が真っ先に飛び出してエリックとウェンの通り道を切り開くべきか？　自分が最初にSUVに乗りこんで最初に銃を手にしたなら、連中を遠ざけて車で出ていくのは苦もないことだろう。だが、自分が車にたどり着けず、エリックとウェンも乗りこめなかったらどうなる？　必死で道路を走っていくのか、それともおびえたウサギのように森の中に散り散りに飛びこむのか？　キャビンの裏手に走って湖に向かうことも可能かもしれない。連中はそれを予期していないのではないか？　自分もエリックも泳ぎが得意だし、必要ならウェンを引いて向こう岸まで渡れるだろう。きっとうまくいく……。

アンドリューはドアとラッチボルトとノブのツイストロックだけを注視する。レドモンドには目もくれず、彼がカウチの障害物を乗り越えたかどうかも知らない。自分より少なくとも二歩後ろについてきているエリックとウェンをも振り向かない。だが、アンドリューはあまりに勢いをつけすぎたため、止まれずにドアに激突し、火かき棒を床に落としてしまう。すぐに拾い上げる。

背後からエリックが叫ぶ。「アンドリュー!」

右手にある寝室の戸口にくすんだ白シャツを着た女があらわれる。手に長い凶器を持ち、先端の奇怪に曲がった刃物をこちらに向けてくる。彼女ごしに見えるアンドリューとエリックの寝室と、大きく開いた侵入口の窓は、まるでエッシャーの絵のようだ。

彼女が言う。「お願い、止まって。本当はこんなはずじゃないの」

玄関ドアに向かいながらもエリックが旋回し、女に向けて火ばさみを横に払う。最初のひと振りが刃物にまともに当たり、彼女は凶器を取り落とす。エリックはよろけて倒れそうになりながらも、次の一撃を女の左肩に放つ。かすめるような攻撃だったが、女は悲鳴を上げて膝をつき、左腕を抱える。しかし、すぐに立ち直って凶器を拾い上げ、それでエリックの両脚を突いてくる。彼女の腕力のせいか大して威力はないものの、膝の下あたりに命中し、長い柄と奇妙な刃物が左右の足首のあいだにからまる。足を取られたエリックはつまずき、床に倒れてしまう。ウェンの上に倒れまいと、とっさに身体をひねったのだろう。加わったひねりのせいで落下に勢いがついたらしく、背中から不自然な体勢で倒れた拍子に頭部が床にたたきつけられて跳ね返り、胸の悪くなるような虚ろな音が響く。エリックはぐったりと横たわり、両腕が痙攣《けいれん》する。ウェンが彼の胸から転げ落ち、アンドリューの足もとにすべってくる。彼女がすぐにエリックに飛びつき、その名を叫ぶ。エリックは目を閉じたまま両腕を縮めており、胸につけたひじから前腕が宙に突き出し、内側に曲がった手が関節炎のように節くれ立って見える。

アンドリューはエリックの名を叫び、ウェンの名も叫び、それからただむやみに叫び声を上げる。背中をドアに預け、頭の中で切迫した声が「銃を取れ、銃を取れ」と繰り返しているが、ドアを開けることも外に出ることもできない。

彼は火かき棒を握りしめ、白いシャツの女のほうへやみくもに振り回す。彼女が床に這《は》いつくばったままエリックとウェンのほうへ近づいてくる。

女はアンドリューに向けて凶器を突き出しているが、それは攻撃から身を守るためのようだ。彼女の両手と両腕は重さ二百ポンドの凶器を持っているかのように震えている。女が言う。「彼の手当てをさせて。わたしは看護師なの。彼は負傷しているわ」

「ふたりに近づくな！　指一本触れるな！」

アンドリューは彼女に突進し、火かき棒で相手の凶器の刃物をたたく。金属どうしがぶつかる音が鳴り響き、痛みをともなう振動が手から駆け上って前腕を痺《しび》れさせる。それでも火かき棒を振り回し続けると、女はきびすを返して寝室のほうに逃げていく。

アンドリューはエリックの横に片膝をつく。エリックはまぶたを震わせながら、酔っぱらいのように腕を動かしてどうにか上体を起こそうとしている。逆さになったカメのように身体を揺らして転がろうとする。

ウェンが両腕をエリックの右腕にからめて引っぱり、「起きて！　父さん、早く行かなくちゃ！」と言う。

アンドリューの前で何もかもが速度を増し、崩れ落ちようとしている。

キッチンテーブルとふたり用ソファがぐらついたかと思うと、地下室の階段から勢いよくせり上がり、共有エリアにこぼれ落ちる。レナードがそのあとに続き、埃が火山灰のようにキャビン内にたちこめる。彼は巨体の持ち主で、神よりも大きい。ほかの三人とは異なり、凶器は持っていない。

ガラスの割れた引き戸からは太陽の光が容赦なく射しこんでくる。レドモンドはずんぐりしたシルエットのゴブリンで、その大きな凶器をプラカードのようにかかげている。彼は笑うようなうめき声をもらし、椅子やサイドテーブルをよけながらキッチンを歩いてくるが、誤って小さな黄色いランプを倒して淡い光を消してしまう。「散らかしてすまん。あとでおれたちで片づける。約束だ。なあ、気を楽にしようぜ、ゾロ。誰かが怪我《けが》する前にその細い剣を振り回すのを……」

アンドリューはレドモンドに襲いかかる。火かき棒を振り上げ、彼の頭を目がけて打ち下ろす。レドモンドは反応が遅れながらも、凶器の先についた無数のハンドシャベルの後ろに身を隠す。火かき棒が不規則に並ぶシャベルとシャベルのあいだにはさまる。レドモンドが凶器を傾け、柄を床に平行になるまで倒したものだから、アンドリューはてこの原理によって火かき棒を手放してしまう。火かき棒は硬材の床に当たり、手の届かない場所に飛んでいく。

レドモンドの両手が腰まで下がっているのを見たアンドリューは、一瞬のためらいもなく二発のパンチを放つ。最初の右の一発はレドモンドの肉厚の鼻に命中し、血が吹き出す。二発めの鋭い左ジャブは顎をとらえ、アンドリューの指のつけ根の皮膚も相手の歯で切れる。よろめいたレドモンドは凶器を取り落とし、自分の鼻血を確認すると、まぶたを蛾《が》の羽のようにまたたかせる。アンドリューは相手に間合いを取らせず、両手をかかげて防御する機会も与えない。距離をつめて二発続けて右パンチを肋骨《ろっこつ》に入れ、たるんだ腹に左を入れるなり、下顎をたたき閉めるようなアッパーカットを決める。さらに、みぞおちへの渾身《こんしん》の一発で肺の中から空気をすべて吐き出させる。

レドモンドはアンドリューとほぼ同じ身長だが、がっしりとした体格で、体重で五十ポンドは上回っているだろう。アンドリューは連打を巧みに当てているが、レドモンドをノックアウトするにはさらに多くのパンチが必要だとわかっている。だから、殴るのをけっしてやめない。

レドモンドは両腕でガードしようとするが、もともと動きが鈍いのか、打たれて鈍くなったのか、パンチを防ぐことができない。鼻と唇から血を流しながらもダウンせず、あたかも贖罪《しょくざい》であるかのように強打を受け続けている。

「父さん、その人を殴るのをやめて！　やめて！　やめて！」

アンドリューは手を止め、打ち疲れてあえぎながらも確かな歩調で後ずさる。こぶしは腫れ上がり、血まみれだ。

レドモンドがふらふらと後退し、自分の手で引き戸から押しのけたカウチにどすんと腰を落とす。中身のスプリングがまたしても不協和音を鳴らす。

レナードが共有エリアの中央に立ち、片腕でウェンを抱きかかえている。ウェンはあまりに小さく見え、さながら彼の胸に飾られたリボンのようだ。いつものように両手を握りしめ（親指を中にして）、それを口に当てている。その頭にアンドリューの帽子はもうない。

ふたりの隣に黒いボタンダウンシャツを着た女が立つ。彼女が手を伸ばしてウェンの足を軽くたたきながら言う。「しいぃ、だいじょぶ。だいじょぶだから」彼女がどこからどうやってキャビンに入ったのか、アンドリューには見当がつかない。

エリックは上体を起こして床にすわっている。大きく見開かれた目は大げさに驚くパントマイムのようだが、彼の茫然《ぼうぜん》とした顔の中で生気や光を感じさせるものはそれ以外にない。

エリックの前には白いシャツの女がひざまずいている。彼の目を片方ずつ覗きこんで調べる。肩にそっと手を置いて低い声で話しかける彼女に、エリックはかすかなうなずきで応《こた》え、当惑と苦痛の表情を返す。

レナードが言う。「ウェンの言うとおりだ、アンドリュー。もういい。もう十分だ」

さあ、
選んでいただきましょう

3

エリック

エリックは高校時代、サッカー部のストライカーだった。チームで最も才能のある選手というわけではなかったが、コーナーキックやフリーキックのときにヘディングでゴールを狙おうと飛びこむ勇敢さをコーチによく褒められた。セットプレーのほとんどがエリックをペナルティエリアにフリーで走りこませるために組み立てられたといっても過言ではない。最高学年の九月におこなわれた試合中、ゴールのファーポストへとカーブするボールに突っこんだとき、相手チームの屈強なディフェンダーと頭どうしでぶつかったことがある。衝突前の四十分間がどんな試合だったか、今でもまったく覚えていない。衝突の瞬間はスナップショットとして記憶している。緑の芝、白いライン、誰かに振り付けをされたようにプレー中の体勢で静止する選手たち、マンガみたいに明るい星がちかちか輝く青空。脳しんとうを起こしたあと、エリックは練習と試合を二週間休んだが、チームの州大会進出の力になりたくて、復帰可能な状態になる前に強引にフィールドに戻った。結局、チームは勝てなかった。その後のシーズンでは、エリックはヘディングをするたびに高周波の耳鳴りに襲われ、ボリュームが絞られるように徐々に音量が小さくなるものの、完全に消えることはなかった。

今、耳鳴りはしていない。頭痛がするが鋭い痛みではなく、強い圧迫が後頭部から放射状に広がって額にまで達し、心臓の鼓動と同期してずきずきする。ガラスの割れた引き戸から射しこむ日光が苦痛をもたらすものの逃げようがない。少しでも頭部を動かすと痛むのだが、頭をうつむけて光から顔をそらす。目をすがめるのもつらく、これ以上何も入る余地のない頭に目玉を無理やり押しこまれる感覚だ。閉じたまぶたの隙間をどうにか探して入ってくるいまいましい光は、苦痛の上に赤い斑点をまぶしてくる。

エリックの背後には白いシャツの女がいて、彼の剃《そ》り上げた後頭部にできた切り傷を消毒している。「動かないで。もう少しで終わるから」

午後の太陽が雲に隠れたらしく、ありがたいことにキャビンの中が薄暗くなる。裏のデッキに出て空を見られないので、この雲の恩恵があとどれくらい続くのか、エリックには知る由もない。吐き気の波が寄せては引く中、視界に映る部屋の光景がかすむ。あたかも汚れたガラス窓を通して見ているようだ。

エリックはキッチンにあった椅子のひとつにすわらされている。両脚を太さ四分の一インチほどの白いロープで椅子の脚に縛りつけられ、動かすことができない。手は背中で縛られ、感触からすると同じロープが使われており、特に手首に何重にも巻いてあるようだ。指をくねらせ、手首を曲げてみようとすると、なぜか頭の圧迫感が強まる。

エリックの右隣では、アンドリューがやはり同じように椅子に拘束されている。がっくりとうなだれ、垂れた長い髪のせいで顔がよく見えない。椅子の背もたれに縛りつけているロープの輪にあらがうように胸がゆっくり上下している。アンドリューが誰かに殴られたり襲われたりしたのか、エリックは覚えておらず、自分たちがどうやって縛られたのかもまったく記憶がない。覚えているのは、玄関ドアに向かって走り、転倒し、天井をはるか下方から見上げたことだけ。

アンドリューがすでに、自分たちを自由にして行かせてくれ、と彼らに懇願したかどうか、エリックにはわからない。彼らとなんらかの取引や合意があったのかどうかもわからない。アンドリューはあきらめて降伏したのだろうか？　アンドリューは人生で誰にも何ごとにも屈服したことがなく、彼のそうした部分をエリックは大いに愛しているのだ。バリケードを築いた階段の降り口のそばでアンドリューと小声で会話を交わし、侵入者を薪《まき》で殴ってやろうと笑い合ったことを断片的に覚えている。自分とウェンをＳＵＶまで逃がすために、彼があとに残ろうとしてくれたことを覚えている。エリックはアンドリューにききたいことがひとつあるが、まちがった質問をしてしまうのが怖い。

ウェンは拘束されていない。ふたりの父親のあいだの床にすわり、寝室から持ってきた枕と毛布を山と積んだ上であぐらをかいている。三人がいるのはリビングのちょうどカウチが置いてあった場所だ。

カウチは壁際まで寄せられ、薄型テレビの下に置かれている。カウチではレドモンドが前かがみのガーゴイルと化し、うめくようにぶつぶつ言いながら、鼻と腫れた唇に白いキッチンタオルを当てては出血の具合を確かめている。

黒いシャツの女がデッキに出ていて、網戸を窓枠にはめ直している。レールになかなかうまくはまらず、はずれるたびに「くそっ」と悪態をつく。口調のアクセントはニューイングランド地方のものではない。

レナードはキッチンにいて、割れたガラスを掃いて金属製のちりとりに集めている。集めた破片をゴミ容器に落とすときの音は高層ビルが倒壊するときのように騒々しく、エリックの脳細胞に過度なストレスを与えてくる。

レドモンドの頭のすぐ上にあるテレビでは、ウェンの大好きなアニメ番組『スティーブン・ユニバース』が放送中だ。音量がエリックには大きすぎ、ボリュームを下げてほしいと何度か頼んだが、レナードは最初の二回は応じてくれたものの、あとはリモコンをテレビに向けて操作するふりだけで、画面に音量バーさえ表示されない。

白いシャツの女がペーパータオルを折りたたんでガーゼの代用品を作り、エリックの後頭部にテープで貼りつける。「縫う必要はないと思うけれど、かなりひどい切り傷よ」後頭部の頭皮には感覚がない。指で触れて代用ガーゼがそこにあることを確かめてみたいが、それはできない。

太陽はまだ雲に隠れているらしく、頭の中の圧迫が警戒レベルより下がる。エリックはウェンを見下ろす。彼女が話す声が聞きたい。どんな言葉でもいいから。エリックは話しかける。「なあ、ウェン。これでぼくも対等になったぞ」頭をねじって代用ガーゼを見せる。「ぼくもようやくおまえたちの仲間になったらしい。これは頭を剃ったときの傷じゃない。これは本物になるだろうな」エリックはなぜかうまく説明できない。ウェンとアンドリューと同じように自分も傷跡の持ち主だと言いたいのに。

ウェンは何も言わず、テレビから視線をそらさない。ただエリックに近づき、彼の脚に頭をもたれさせてくる。

永久に消えない本物の傷跡ができたことで、エリックは思いもかけず幸せな気分に包まれ、笑い声を上げる。だが、次に頭を剃るときは、すぐ消えるカミソリの切り傷をウェンに探してもらう必要がなくなるだろう。けっして消えない赤い傷跡がすでにそこにあるのだから。頭を剃ったあとにウェンとふたりでおこなう奇妙でささやかな儀式が失われてしまうかと思うと、それが考えうるかぎり最も悲しい事態のように感じられ、異様な笑い声がさらに狂ったように甲高くなり、そこにしゃくり上げるような嗚咽《おえつ》がグロテスクに混じり合う。最近、フットボールやサッカーの選手が受ける脳しんとう性ダメージについて熱心に読んでいたので、予測不能な感情の激しい揺れが深刻な脳しんとうの症状であることに思いいたるが、だからといって知識はなんの助けにもならず、涙を止めることもできない。

背後にいる女がなだめるようにエリックの肩をたたく。「大丈夫よ、よくなるから」

レナードがちりとりをプラスティック製のゴミ容器の隣に置き、藁《わら》ぼうきを冷蔵庫に立てかける。「エリックの手当ては終わった?」

「ええ、終わったけど、脳しんとうがひどいわ」

「目は覚めてる?」

「ほとんどね」

ふたりはエリックの状態について、まるで当人がその場にいないかのように話し合う。アンドリューがエリックの名を小声で呼びかけてくる。エリックは大丈夫だと伝えるため笑みを返そうとするが、まだ泣きやむことができない。

レナードが足音を忍ばせてキッチンから共有エリアに入ってくる。巨体に反して優美な動きだが、床板は彼の体重に悲鳴を上げるようにきしむ。彼が大きな身体をかがめ、両手を膝につく姿勢になる。「やあ、エリック。気分はよくなったかい? ああ、ごめんよ、ウェン」レナードはテレビを観ているウェンの視界をさえぎらないように、エリックの左側へ軽やかに横移動する。「このアニメは観たことがないけど、気に入ったよ。いかにもきみが好きそうな番組だね」

エリックは言う。「どういう意味だ?」自分の耳にもうるさく聞こえる。自分は叫んでいるのだろうか?

レナードが両手を組み合わせる。「そうだな、キャラクターが、その、賢くて、すばらしくて……」

カウチにいるレドモンドが笑い声を上げ、かぶりを振る。

レナードはレドモンドに暗い視線を投げかけると、エリックより低い位置までしゃがみこむ。彼は若く、ある日そうでなくなるまでずっと若く見えるタイプだろう。

「わたしには、この番組が共感と寛容を教えたり探求してる気がするんだ」

レドモンドが混ぜ返す。「泣かせるねえ」

アンドリューが横から言う。「共感と寛容か。同性愛者を縛りつけておいて、そんな話をするとはな」

レナードが立ち上がる。「アンドリュー、はっきり言っておくけれど、われわれは憎悪や偏見を抱いてここに来たわけじゃない。まったくちがう。われわれはそういう人間じゃないんだ」

ほかのふたりもレナードと同時にしゃべりだす。エリックの後ろにいる女が彼の肩をぎゅっとつかんで「わたしの中に同性愛嫌悪はひとかけらもないわ」と言い、黒いシャツの女がデッキからキッチンを通じて「わたしは誰も憎んでない。憎いのはこのくそ網戸だけ」と声を上げる。

レナードが続ける。「わたしはそんな人間じゃない。それだけは信じてほしい。われわれがなぜここに来たかというと……」

アンドリューが口をはさむ。「おれたちが〝ホモ〟だから？」

自分のついた嘘にがんじがらめになったティーンエイジャーのように、レナードが顔を赤らめる。言葉がつっかえ、一音節ごとに自信が失《う》せていくようだ。「この状況がどう見えるかわかってるし、きみたちがそう考えてるのもわかる。嘘じゃない。でも、誓って、そんな理由でここに来たんじゃない」

アンドリューはレナードではなくレドモンドのほうを見ている。レドモンドのほうも嘲るような目つきで見返している。アンドリューが言う。「誓うのか、え？」

レナードが答える。「誓う。全員が誓うよ、アンドリュー。われわれはきみたちと同じごくふつうの人間だし、このことに……この異常な状況に無理やり放りこまれたんだ。どうかそれをわかってほしい。われわれはみずからこれを選んだわけじゃない。ここに来たのは、そうせざるをえなかったからだ。ほかに選択の余地がないからだ」

アンドリューが言う。「選択肢はいつだってある」

「確かにそうだよ、アンドリュー。選択肢はいつだってある。ほかの選択肢よりむずかしい選択もある。われわれがここへ来ることを選んだのは、それが自分たちにできる唯一の方法だからだ」レナードが腕時計に目をやる。黒いバンドが幅広く、白い文字盤が日時計のように大きい。「みんな、こっちに集まってくれないか。そろそろ時間だ」そう言って手招きする。

アンドリューがきく。「なんの時間だ？　おれたちを縛る必要なんかない。話をしに来たのなら、話をしよう。それでいいだろう？」拘束にあらがってもがき、脚を強く持ち上げようとした拍子に椅子がその場で跳び上がる。誰もアンドリューの行為を止めようとしない。

エリックの後ろから白いシャツの女が進み出て、レナードの隣に立つ。黒シャツの女がデッキから中に入り、ゆっくりと網戸を閉める。大げさなほど慎重な閉めかただ。「今度はずれたら、ぶっ壊してやるから」

レドモンドが、ちっ、ちっ、と舌を鳴らして言う。「暴力的な言動だぞ」

彼女がレドモンドに中指を立ててから、ウェンに言う。「ごめんね、まちがった言葉とまちがった指を選んじゃって」

レナードのパリッとした白いシャツに比べるとくすんだ白もしくはパール色に見えるシャツの女が一歩前に出る。「こんにちは、エリック、ウェン、アンドリュー。わたしはサブリナ」ウェンにほほ笑んで手を振ってみせる。彼女は若く、四十歳間近のエリックやアンドリューよりもずっと年下で、細身なのに肩幅が広い。ブラウンの髪はボブカットで毛先がカールしている。高い鼻梁《びりょう》にはそばかすが散り、目は卵形で大きい。「住んでいるのは南カリフォルニア。この日焼けした肌を見ればわかるわよね」そこでにやっと笑ってみせるが、笑みはたちまち消えてしまう。両手を後ろで組み、天井を見ながら残りを話す。「たぶんあなたたちが名前を聞いたこともない町に住んでいるの。術後担当の看護師を五年ほどやっていて、診療看護師の資格を取るために学校に入り直そうと思っていたところだった。そのために貯《た》めていたお金をほとんどつぎこんで、このニュー・ハンプシャーまでやってきた。あなたたちと会って話をするために」両手で顔をこすってから続ける。「十年ぐらい前に父が再婚して、実家には半分だけ血のつながった幼い妹がいる。ウェン、あなたを見ているとなんだかその妹を思い出すわ」

ウェンは否定するように首を横に振り、『スティーブン・ユニバース』を見続ける。

サブリナがレナードの背後へと歩いていき、こちらに背を向けると、手を額に当ててから口を押さえる。

レナードが彼女の肩をひとつたたく。「ありがとう、サブリナ。それじゃ……もう承知のことと思うけれど、わたしの名前はレナード。バッタを捕まえるのが得意だ。そうだよね、ウェン？」そこで言葉を切って待つと、ウェンがうなずく。レナードが頭を傾けて笑みを浮かべる。アンドリューが拘束にあらがうように椅子の中で身もだえしている。彼が目の前の男をたたきのめしたいと思っているのが、エリックにはよくわかる。あんな笑みを浮かべ、あんなふうに自分たちの娘をうなずかせたからだ。「わたしはシカゴ郊外に住んでる。小学校で放課後スポーツプログラムの運営を手伝っていて、ほかにバーテンダーもしてる。子ども相手の仕事が好きなんだけど、放課後プログラムはまだフルタイムじゃないし、給料もそんなに高いわけじゃないから」そこで台本の次のセリフを忘れたように口をつぐむ。エリックの見るかぎり、サブリナは真実を語っていたように思える。レナードについてはなんとも言えない。「こういうキャビンに来たのは、両親にウッズ湖に連れていってもらって以来だ。ちなみにミネソタ州にある、まあまあ有名な観光地で、毎年夏になると家族で出かけてた。あの湖を舞台にしたティム・オブライエンの小説を高校時代に読んだけど、あまり好きになれなかった」

アンドリューが言う。「『失踪』はすばらしい。おれのお気に入りの一冊だ」

エリックはそう言う以外に何もできないアンドリューがいっそう愛《いと》おしく感じられ、今にも泣きそうになる。

レナードが言う。「そうだけど、わたしには話が暗くて悲しすぎる。自分の好きな場所が舞台じゃなければ、またちがったかもしれない。ここも美しい場所だ」空想にふけるかのように目を閉じる。「こんな場所で終わりを迎えたいとずっと思ってた」

レナードをさえぎるようにレドモンドが話し始める。「次はおれか？　どうも、おれの名前はレドモンド。好きなものはビーチの散歩、あとビール」そう言って自分のジョークに大笑いする（〝ビーチの散歩〟は恋人募集欄のプロフィールの定番）。たちまちほかの三人が彼から視線をそらす。共通する視線の動きは、明らかに三人がレドモンドを嫌っていることを示している。

　レナードがレドモンドに言う。彼が本当に放課後プログラムにかかわっているとして、そこで子どもたちに話しかけるような声だ、とエリックは思う。「これは大事なことなんだ。このことはすでに四人で議論したじゃないか。われわれが何者なのか、彼らには知る資格がある」

　レドモンドが彼に向けて手を突き出す。「あんたはどうでもいいときにかぎって、彼らがどう思ってるか、どう感じてるかを気にするよな」そこでアンドリューとエリックのほうを指さす。「気を悪くしないでくれよ、あんたら」それからレナードに戻る。「それでおれたちがやらなきゃならないことが変わるわけでもないし、彼らがやるべきことが変わるわけでもない。だから、こんなくだらんことを重要そうにやるのはやめて、とっとと取りかかろうぜ」

「きみがそんなふうに言うから、彼らが怖がって、われわれを信じて協力してくれる可能性が低くなるんだ」

「おいおい、レナード」レドモンドが彼の名前をどこか侮蔑するように呼ぶ。「おれたちはここに押し入り、彼らを椅子に縛り、そのあと変人の集まりみたいにここに立って、掃除して、家の中を片づけて、まぬけみたいににやにやして、今度は家族が再会したみたいに自己紹介してるが、それこそ彼らを怖がらせてるって思わないか？」

「こうするように定められてるんだ」

「ああ、そうだな。おれは詳しいメモをもらっちゃいないが」

「そう、きみはもらってない」

「もちろん、もらったのはあんただけさ」レドモンドが口をとがらせてつぶやく。自分の思いどおりにならない幼児のようだ。

サブリナが割って入る。「何を言っているの？　エイドリアンとわたしもメッセージを受け取ったって話したでしょう？」

レドモンドの大きな顔がシャツと同じように赤くなる。「どうだっていいさ。どっちにしたって……」

レナードが床を揺らすほどの強い足取りでレドモンドのほうに一歩踏み出す。

レドモンドがカウチから跳び上がり、両手を挙げて降参を示す。「わかった、わかった。まだおれの番だったな。ええと、おれは地元の人間だ。マサチューセッツのメドフォードに住んでる」彼は誇張したボストン訛《なま》りで言う。「ガス会社で働いてて、仕事は家やアパートが爆発しないようにすること。独身だ。本当だぜ。サブリナとエイドリアンは関心がないみたいだけどな。ハハ、だろ？　いわゆる臭い飯を食ったこともある。ばかなガキだったころは、いろいろといかがわしいこともやったが、今はだいぶましになった。それは心から思う」彼は手にしたタオルで唇を押さえ、その手を横にまっすぐ伸ばすと、タオルをパラシュートのようにひらひらとカウチに落とす。「昔はよく親父にこっぴどく殴られた。さっきアンドリューにやられたみたいにな。おれがそんなふうにされる筋合いはないって言ったら、信じてくれるか？　できたらあの時代に戻って、こいつをガキのおれに渡してやりたい」彼はオールの両端にそれぞれスレッジハンマーヘッドといくつものハンドシャベルをつけた凶器を持ち上げて上下に振る。強烈なひと振りに備えて感触を確かめるかのようだ。アンドリューを見やり、凶器をカウチに立てかけてから言う。「まったくよ、前歯が全部折れちまって、まだ血が止まらん。あんたには二度とちょっかいを出さないほうがよさそうだ。けど、銃の話が嘘なのはわかってたぜ。銃なんかないのは見え見えだった。中でも笑えたのは、あんたが……」

レナードが声を上げる。「レドモンド！」

「ああ、わかったよ。じゃあ、こういうのでどうだ？」レドモンドが両手を大きく広げる。「三十秒でわかるおれだ。身体はぼろぼろだが、黄金のハートを持ってる。世界を救ったりなんかするためにここに来た。さあ、ハグしてくれるか、エイドリアン？」

エイドリアンがキッチンから歩いてきて、レドモンドの前を通りすぎ、部屋の中央に立つ。「できればずっと網戸を直してたいんだけど」そこで手を打ち鳴らす。「わたしはいつも最後だね。この状況がふつうじゃないのはわかるけど……」

エリックはそこで口をはさむ。「ちょっと待ってくれ。きみたちが何かのグループの一員であることはわかったし、話からすると、どうやら……」言葉が少しつかえる。「その、何かを直して解決するのか？　それを手助けする？」

アンドリューが言う。「エリック、無理しなくていい」

「いや、ぼくなら大丈夫。少しぼうっとしてるけど、言っておきたい」エリックは大きく二回息を吸い、神よ、どうかこの状況から無事にお救いください、アーメン、と心の中で祈る。「ぼくらを勧誘して仲間入りさせるつもりなら、わざわざ自己紹介なんかする必要があるのか？」思わずいらだちのうめき声がもれる。後半の部分を口に出すつもりはなかったからだ。考えを辛辣で断固とした意見に加工して話すつもりが、思っていることをそっくりそのまま言ってしまった。「ぼくらを仲間入りさせるつもりなら、あるいはぼくらを変えようとか、ちがうものにしようとしてるなら」もう少し巧妙な内容にまとめるはずが、またしても頭の中にあることを単に言語化している。いつだって巧みなコミュニケーション能力によって妥協と合意を導いてきたはずだ。自分ならうまくやってのけられる。もっと集中しさえすれば。「これは、けっしてうまいやりかたとは……」

戻ってきた執念深い太陽によって、エリックは言葉を断ち切られてしまう。日差しがキャビンと彼の頭を焼きつくし、この不快な世界をいまわしいほどの明るさで満たす。

ウェン

ウェンは『スティーブン・ユニバース』のこのエピソードを前に観たことがある。スティーブンが大好きなテレビ番組を観ていると、そこにペリドットの救助要請が流れる。スティーブンとクリスタル・ジェムズのメンバーたちは、知らないあいだにペリドットが修理していた通信センターを破壊するために危険な現場に急行する。ジェムズのうちのふたり、パールとガーネットが合体してサードニクスになり（アメジストは取り残されたと感じて悲しくなる）、細長い棒の先にげんこつが二個ついたウォーハンマーを使う。スティーブンとサードニクスは通信センターを破壊する。ところが次の日もその次の日も通信タワーは修理されていて、そのたびに彼らはタワーを壊しに行くことになる。最後には、ガーネットと合体して強いサードニクスになったときの気分が忘れられないパールが自分で通信タワーを修理していたことを認めるのだ。

エリック父さんの声は柔らかくて高い。「誰かカーテンをかけ直してくれないか？　大きな青いやつだ。引き戸をおおってほしい」

　ウェンは番組を観ているけれど、本当は観ていない。彼女は観ることと観ないことを同時にできるのだ。それがうまくできるのは、密《ひそ》かに脳をふたつ持っているから。ひとつの脳では、自分がサードニクスになって見知らぬ四人をウォーハンマーでゴミ箱にたたきこむのを夢想している。もうひとつの脳では、テレビを無視して、キャビンの中で起きていることや話されたことをしっかり見聞きしている。すべてが危険だと感じられるけれど、細心の注意を払って、このもうひとつの脳の中に安全に隠れつつ、そのあいだに計画を立て、作戦を練り、父さんのどちらかから〝ウェン、これをやってほしい〟という合図やメッセージが来るのを待っているのだ。

　誰も彼もがおたがいに話している。

「エリックはどうかしたのか？」

「脳しんとうを起こすと、光にとても過敏になるの」

「おれたちにできることは何もないぜ」

「暗い部屋で休むか、ここを暗くするだけで彼はよくなる」

「まだ彼を動かすべきじゃないと思う。その前に話さないと、われわれの、その……」

「提案を？」

「そうだ」

「〝さあ、選んでいただきましょう《レッツメイクアディール》〟（『レッツ・メイク・ア・ディール』は米国のゲームバラエティ番組で回答者は三つの扉からひとつ選んで高額商品を当てる）。ナンバー3の扉だ、あれは決まってナンバー3の扉だよな」

「これを冗談のネタにしないでよ」

「するぜ。しなくちゃいられない」

「それは、あんたがろくでなしだから？」

「おれもあんたらと同じくクソも出ないほど怖いからだ」

「彼は暗い部屋で数日間すごさないといけないかもしれない、ほんの数時間じゃなくて」

エリック父さんが縛られた椅子で精いっぱい身体を動かす。ウェンは彼の脚にもたれている頭を離す。「ウェンとアンドリューから引き離さないでくれ。ぼくは大丈夫だから」

その声はけっして大丈夫そうに聞こえない。大丈夫そうではない声だから、ウェンはエリック父さんのほうを見たくない。

アンドリュー父さんが言う。「なあ、彼の縄を解いてやってくれ。どこにも行けないんだから」

「カーテンをもとどおりにできるかどうか見てくるぜ」レドモンドがそう言ってキッチンに歩み入り、引き戸に向かう。

エイドリアンが言う。「もしも網戸をはずしたら、あんた……」

「ああ、わかってる。あんたは自己紹介してくれ。そうすりゃ、これが片づくんだから」

アンドリュー父さんが何かを言いかけるけれど、エイドリアンがそれをさえぎるように言う。「質問ならすぐになんでも答えるから。まずはこれを終わりにさせて。手早くすますから」彼女の動きはほかの人とちがい、落ち着きがないくせにのろのろしている。

今年の二月、学校が冬休みだった週に、エリック父さんが家で仕事をした日があった。父さんはほとんど一日中、電話をしながら黄色い付箋紙のブロックに落書きをしていた。一枚一枚、右下の部分に棒人間を描き、その丸い頭の両側に描かれた何本もの長い〝J〟は、ウェンの髪をあらわしているらしい。父さんは何時間もかけて、一枚にひとりずつ、同じ棒人間を何度も何度も描いた。絵を描くのが終わったのは、今日の仕事はおしまい、と宣言するのと同時だった。ウェンがそれは何なのかときくと、エリック父さんはアニメを作ったのだという。父さんは親指で付箋紙をぱらぱらと一枚ずつめくってみせた。すると棒人間が手を振り、膝を深く曲げたあと、両手を上に伸ばして三回ジャンプし、そのまま空中に飛び出し、黄色い付箋紙の中をスーパーヒーローみたいに飛び回った。

あの棒人間が見せたカクカクした動きが、まさにエイドリアンの動きだ。ウェンは彼女を間近でじっくり見たくなる。

「で、わたしはエイドリアン。いろんな仕事をしてきたけど、今は……つまりここに来る前は、ワシントンDCのデュポン・サークルにあるメキシコ料理店で部門シェフをやってた。火傷跡《やけどあと》だらけの腕を見せてもいいよ」

エイドリアンの手はひらひらしたり、パチンと打ち鳴らしたり、人形劇『パンチとジュディ』の靴下パペットみたいにめまぐるしく動く。右手の親指に太くて黒い指輪をはめていて、頻繁にそれを回したり、手を振ったあとにまだあるかどうか触って確かめたりしている。彼女は紙がかさつくような声で話し、その声は高音と低音が同時に出ているみたいに聞こえる。ワシントンＤＣに住んでいる人たちはみんなこんな話しかたなんだ、とウェンは思う。

「ほかには、ええと、ネコを二匹飼ってる。きっとあんたも好きになるよ、ウェン。名前はリフとラフ」エイドリアンの髪はサブリナより長く、とても黒い。たぶん染めた黒だろう。アーチ型の細い眉は額のほうまで上がっている。遠目だと四人の中で一番若そうに見えるけれど、近くで見ると目と口のまわりにしわがあって一番年上っぽい。「ネコは好き、ウェン？」

「答えなくていい」アンドリュー父さんが、もしも答えたら怒りそうな声で言う。

ウェンは心の中で答える。うん、動物は全部好き。

レナードがテレビを消し、リモコンをジーンズの後ろのポケットにしまうと、また腕時計を確かめる。「ごめんよ、ウェン。あとでまたつけてあげるから」

太陽がまだかくれんぼを続けていて、部屋の中が暗くなる。影がデッキを包みこみ、まわりの森の音をさえぎって鳥の声や虫の羽音を消しているみたいだ。

引き戸の手前には、レドモンドが黙ったまま両手でカーテンの上端を持ち上げながら立ち、そのすそが彼の足や足首のまわりにたまっている。ロッドに通す太いリングの列の中で彼の指が迷子になっている。

「カーテンのことはもういい。時間だ」とレナードが言う。

レドモンドは冗談を返さない。その場にカーテンを落とすと、部屋の真ん中に戻ってきてほかの三人といっしょに立つ。四人は部屋を横切るように一列に並んでいる。全員がボタンダウンシャツとジーンズ姿なのを見て、ウェンはまたしても恐ろしさを感じる。おそろいの服には絶対に何か大事な意味があるはずなのに、誰も理由を説明してくれない。たぶん最後まで説明してくれないだろう。

アンドリュー父さんが言う。「待ってくれ、時間って、なんの? 話を続けてくれ。こっちはちゃんと聞いてる。ずっと聞いてるから」

レナードが弱々しく笑みを浮かべる。「ウェンがさっき、この四人は友だちどうしなのかときいてきた。あのとき、わたしはこの子に嘘をつかなかったし、きみたちにも嘘をつくつもりはない。サブリナとエイドリアンとレドモンドがわたしの友だちだと言えるのか、正直よくわからない。でも、わたしは彼らを信頼しているし、信じている。みんな、わたしと同じ平凡でふつうの人間だし……」

アンドリュー父さんのつぶやき声はみんなに聞こえるくらい大きい。「くそったれ、誰かおれたちを平凡でふつうの人間から救ってくれ」さっきまでの懇願するような口調が消え、怒った教授父さんの声になっている。〝教授父さん〟というのは、コップの水やジュースのパックを窓辺に置きっぱなしにするとか、牛乳がまだ残っているシリアルボウルをシンクの横に置くとか、トイレットペーパーが芯だけになっても新しいのに取り替えないとか、ささいなルール違反について説教するときのアンドリュー父さんにウェンとエリック父さんがからかい半分でつけたあだ名だ。

レナードが言葉をつまらせながらも最後まで言う。「……きみたちとも同じふつうの人間だから」

レドモンドが笑い声を上げる。

レナードが、セリフや出番を忘れた共演者を探すように左右に目をやる。「最初に言っておくと、われわれ四人は今日の朝まで、たがいに直接会ったことがなかったんだ」

ほかの三人がうなずく。サブリナは腕組みをしながら、つま先で床に小さな円を描いている。レドモンドは両手を後ろに回し、口を固く閉じている。エイドリアンは笑っているような怒っているような変な笑みと、パンチにひるむような表情を交互に浮かべている。

「なあ、レナード、このまま解放してくれれば、おれたちは警察を呼んだりしない。何もしないと約束するから……」

「今聞いたとおり、われわれはそれぞれちがう土地の出身で、今までまったく面識がなかった」レナードはそこで両腕を伸ばす。「こうなるまでは。この前の月曜日まで、たがいの存在すら知らなかったんだ。午後十一時五十分だった。わたしの人生が永遠に変わってしまった時刻を正確に覚えてる。初めてメッセージを受け取った時刻だ。彼らもメッセージを受け取った。同じメッセージを。われわれは共通のビジョンによって呼び出され、結びついてる。そのビジョンは今や無視できない指令になってる」

アンドリュー父さんが椅子の中でもがく。

エリック父さんが言う。「やめろ、頼むからやめてくれ。神よ、これがなんであろうと、どうかやめてください」

ウェンは小さなシャベルを持っていたらいいのに、と思う。テレビがまだついていたらいいのに。身体の震えを止められたらいいのに。ウェンは立ち上がり、アンドリュー父さんの椅子の後ろに逃げこむ。

「ごめんよ、ウェン。本当にすまないと思う。でも、きみにもこれを聞いてもらうのは大事なことなんだ。きみの決断も父さんたちの決断と同じくらい重要なんだよ」

アンドリュー父さんが叫ぶ。「この子に話しかけるな！　何も言うんじゃない！」

エリック父さんが大きな声でウェンを呼び、大丈夫だ、すべてうまくいくよ、と声をかけてくる。頭の後ろに貼ってある映画館のスクリーンみたいに大きな白いペーパータオルに、真っ赤な丸がひとつにじんでいる。ウェンはアンドリュー父さんではなくエリック父さんの椅子の後ろに行ってあげればよかったと思う。けれど、動くことができない。

レナードが言う。「われわれがここにいるのは、世界の終末を阻止するためだ。われわれは……つまりキャビンにいる全員のことだけど……われわれはそれが起こるのを止めることができる。ただし、それにはどうしてもきみたち三人の助けが必要なんだ。実際には〝助け〟どころのものじゃない。突きつめて言うと、世界が終わるか終わらないかは、すべてきみたち三人にかかってるんだ。ひどく厄介な重荷なのはわかってる。本当にそう思う、信じてほしい。わたしも最初にメッセージを受け取ったとき、信じたくはなかった。無視しようとしたよ」レナードがほかの三人を見やると、全員からうなずきが返ってくる。こんな静かな〝イエス〟が人間の口からもれるのは聞いたことがない。「現実であってほしくなかった。でも、すぐに思い知らされたよ。これは現実だし、わたしが望もうが望むまいが、公平だと思おうが思うまいが、起こるものなんだって」

「そんな話に耳を貸す気はない」エリック父さんが言う。

「メッセージは明確だよ。われわれはメッセンジャー、あるいはメッセージがそこを通らねばならないメカニズムなんだ」

四人の列からレナードが一歩前に出て、父さんたちのあいだに立つ。レナードはほかの全員を合わせたよりも大きく、キャビンよりも大きい。それは矛盾しているけれど、子どもにとって、生まれ持った変わることのないやさしさはそのぐらいのサイズに見なせるのだ。アンドリュー父さんがレドモンドと争っているときにレナードの腕に抱きかかえられたのを、ウェンは思い出す。意に反して、とても安全だと感じたのを覚えている。

ウェンは言う。「お願い、あたしたちにかまわないで、レナード。帰ってくれたら、あなたとはこれからも友だちだから」

レナードが激しくまばたきをし、大きく息を吐く。彼はまたしゃべり始めるが、ウェンたち三人の前にしゃがんで目線の高さを合わせているというのに、父さんたちともウェンとも目を合わせようとしない。

アンドリュー

もしもレナードがあと一度でも、四人が平凡でふつうの人間であるなどと——あたかも平凡でふつうの人間は心に愛しかなく、いつも理性的で、自認する平凡さの名において残虐行為などしないかのように——主張したら、声が出なくなるまで叫んでやろうとアンドリューは思う。彼にはわかる。むろん彼らはふつうの人間だろう。そのメッセージ（ふつうの人間もいるし、そうでない人間もいる）が明確であるがゆえに、以前にこの四人——とりわけ〝おれを知らないか〟という空気を強烈に発散させている胸くその悪いレドモンド——をどこかで見かけたり会ったりしたことがあるかもしれないという思いを抱き始めている。

レナードが続ける。「世界の終末を阻止するために、きみたち家族は、自分たちの中から進んで犠牲になる者をひとり選ばなくてはならない。とうてい不可能だと思えるその選択をしたあと、それが誰だろうと、きみたちは選んだひとりを殺さねばならない。もし選ぶことができなかったり、犠牲になる者を殺せなかったら、この世界は終わる。きみたち三人は生き延びるけれど、残りの七十億人以上の人類は全滅してしまう」高校で朝のお知らせを読んでいるようなレナードの平板な口調が、熱心な狂信者の張りつめた哀願に変わる。「そうなったら、きみたち家族だけが生きて、すべてが終わってしまう恐怖の光景を目撃し、壊滅したこの惑星を孤独のうちに、果てしない宇宙的な孤独のうちに、さまようことになる」

アンドリューは、狂気と憎悪に満ちた偽キリスト教原理主義カルトの教義を聞かされるのだろうと予想していたが、これは思ってもみない内容だった。あまりの恐ろしさにとまどい、レナードの言っていることがうまく理解できない。自分とエリックが次に何を言うかによって、未来に起こりうる事態の意味やその順序が決定され、それはもはや破壊された原子のクォークのように取り返しがつかないものらしい。アンドリューはふと、自分とエリックとウェンが手をつないで滅亡後の世界を歩く光景を想像する。そこは爆発と火災によって廃墟《はいきょ》と化したケンブリッジとボストン。空は灰色で、ストロー・ドライブでは落下した歩道橋が煤《すす》まみれの車列を押しつぶし、鉄の橋桁《はしげた》が死んだ昆虫の脚のように折れ曲がり、倒壊したビルやブラウンストーンの家が焦げたレンガの山に変わり、瓦礫《がれき》で埋まったチャールズ川は黒く淀んでいる。アンドリューはそのイメージから目をそらし、レナードからも顔をそむけ、できるかぎり首をねじってみるが、椅子の後ろに隠れているウェンを視界にとらえることができない。耳をふさいでレナードの有害な言葉を無視しろ、とウェンに言ってやりたい。今の話を無視するなど誰にもできないかもしれないが。

エリックが言う。「レナード、こんなことする必要はないんだ。まったく必要ない。これがなんであれ、きみがやるべきことじゃない。こうなるべき理由なんてないんだ。ぼくらはこんな目にあわねばならないことを何もしてないんだから」

レナードはいまだアンドリューばかりかエリックのこともウェンのことも見ようとしない。その視線は三人の頭上のどこかから、キャビンのドアの一点、ふたつの椅子の下、彼の藁ぼうきを逃れてキッチンのリノリウム床に残っているガラスの破片、横倒しになっている黄色いランプなどへ点々と移っていく。「きみたちがこの重荷に値《あたい》するような悪事や過ちを犯してないことには同意するよ。きみたちは何もしてない。それは明らかだ。たぶん、われわれが選ばれたのと同様に、きみたちも選ばれたんだろう。人類の破滅を食い止めるために必要な決断をするだけの強さを持っているという理由で。そういう見かたをするのが正しいんだと思うよ、エリック」

エリックは継続している攻撃に対する恐怖と、負傷による苦痛と不快感にさいなまれているはずなのに、アンドリューに顔を向けてきて言う。「この状況の正しい見かたを教えてくれるとはね。彼らはなんて思いやりがあるんだ」

アンドリューは「はっ」と皮肉なせせら笑いの声を上げる。エリックを愛おしく誇らしく思う気持ちが正当な怒りとともにこみ上げてくるが、強気と意気だけでは四人の侵入者から家族を解放するのに十分でないことはわかっている。椅子から自分を自由にすることすらできない。

「お願い、あたしたちを殺さないで」アンドリューの背後からウェンがささやくように訴える。こんなにも震えているウェンの声をこれまで聞いたことがない。アンドリューはロープの中でふたたび身をよじり始める。焼けるように痛もうと、手首をねじったり曲げたりする。

レナードが片膝をついて身を乗り出し、ようやく目を合わせてくる。「きみを殺すつもりはないよ、ウェン。父さんたちも殺さない。われわれはしないよ。ここに入って話をどうしても聞いてもらう以外には、きみたちに指一本触れない。それは約束だよ。できるだけ心地よくすごせるよう手伝うけれど、きみたちはわれわれといっしょにキャビンにいなくてはいけないんだ。きみたちが選択をするか、選択するための持ち時間がなくなるまでは」

「持ち時間はあとどれくらい……」

エリックの問いにレナードが答える。「長くはない。全然長くないんだ。世界の残り時間はどんどん少なくなってる。われわれの時間も。いいかい、われわれはきみたちに危害を加えに来たんじゃないんだ」

レドモンドが口をはさむ。「痛めつける気なら、最初からロープじゃなくダクトテープを使ってる。マジな話な」

レナードはレドモンドの発言がなかったかのように続ける。「理解してほしい。きみたちの誰が犠牲者になるか、われわれには選べないし、選ぶつもりもないし、ましてやきみたちの代行もできない。そういうやりかたでは機能しないんだ。誰が犠牲者になるかは、きみたちが選ばなければいけないし、そのあとの行為もきみたち自身が手を下さねばならない。さっきも言ったように、われわれがここにいる目的は、メッセージを確実に伝えて理解してもらうことなんだ」

レドモンドが「よう、この中のひとりに今の話を復唱させようぜ」と言い、右手で宙に円を描く。

サブリナが言う。「レドモンド、いいから黙っていて」

「なんだと。おれは余計な口をはさんでるんじゃない。話をちゃんと聞いて、ちゃんと理解したか、彼らに証明させたほうがいいぜ、レナード。おれたちの話と、おれたちがマジだってことをちゃんと理解してもらわなきゃ困るんだぞ。こいつは現実なんだ。与太話じゃない。誰がこんな話をでっち上げるってんだ?」レドモンドが早口になり、先ほどのように誇張されたものではない本物のボストン訛りが際立つ。

アンドリューの中でいくつもの気持ちがせめぎ合う。目の前のできごとをすっかり終わらせる魔法の言葉を叫びたい、彼らに従順な態度を示してせめてウェンだけでも助かるように望みをかけたい、彼らに嘲りと軽蔑と憎悪を抱いていることをはっきりと知らせてやりたい。彼は口を開く。「おれたちは自分たちのひとりを殺さなければならず、さもないと世界が終わるんだな。了解した。おれたちの答えならもう決まってる」

エイドリアンが列から進み出て、片膝をついているレナードの肩をたたく。「ねえ、少し時間が必要じゃない? わかんないけど、この人たちがちゃんと理解できて、ショックがおさまるまで。まだすごく混乱してるみたいだし。でしょ?」

「ああ、そうだな」レナードがうなずいて立ち上がり、サブリナとレドモンドのあいだまで後退する。

サブリナが前に出てくる。それを見てアンドリューは、彼らのようなグループがいかにふるまい、いかに相手を洗脳して有害な信念を植えつけ、いかに望みのものを手に入れるのかがわかった。ひとりのメンバーが話を終えると、別のメンバーがあらわれて同じ概念を少し脅しを控えた形で、すなわち口当たりのよいトロイの木馬に入れ直して提示するのだ。ふたりめの話し手はひとりめよりも友好的かつ理性的で、同様にして三人め、四人めと進むうちに投与されたイデオロギーが意味を持ち始め、なじみのものになり、もとから自分の頭の中に隠れていた考えを確認している気分になっていく。

サブリナが言う。「わたしたちも、こうでなければいいのにと思うわ。でも、これを変えたくても、わたしたちにできることは何もない。とことん狂っているとしか思えないのは承知しているけれど、どうにかわたしたちを信じてほしい。わたしたちはあなたたちが正しい決断をすると信じているわ、もちろん」

アンドリューも「もちろん」と応じる。彼はウェンに触れようと、縛られた手を懸命に伸ばす。傷とあざだらけの指のつけ根や腫れ上がった指先がずきずきと痛む。指がどうにか届いてウェンのシャツかズボンをつまむことができたら、誰かに見られないように縄を解く手助けを望んでいることを察してくれるかもしれない。左手の甲でかすかだがウェンに触れることに成功する。彼女が驚いたようにアンドリューから身を離す。ふくらんで動きの鈍い指を必死にくねらせて〝ほどいてくれ〟と伝えようと努めるものの、ウェンの手はロープにも彼の手首にも触れようとしない。

レナードがふたたび腕時計に目をやる。「残念ながら、きみたちはわずかな残り時間で選択をしなければならない。そうなったのは、まあ、キャビンに入るのに時間がかかってしまったわれわれの過失だ。望んでもいないし意図もしてもいないエリックの不運な負傷もあったし。本当に予想外だったんだ。だから、もう残り時間が……」

アンドリューは頭を持ち上げ、目にかかった髪を振り払う。「おれたちは誰も選ばない。誰も犠牲にならない。今も、これからも」

レナードが目を閉じる。それ以外に表情はあらわれない。レドモンドは冷ややかに笑いながら腕組みをする。エイドリアンはうつむき、両手をだらりと下げる。

サブリナは両手を組み合わせ、目を大きく見開き、唖然《あぜん》としたように口を開け、悲しみに満ちた顔をしている。「それが、全世界で人間が死ぬことを意味しているとしても？」

アンドリューは、この狂気に対する答えが当然ノーであると告げたあと、エリックとふたりで（脳しんとうが続いていなければエリックが中心になって）どうにか四人を説得して計画をあきらめさせる余地があると信じたい。しかし、アンドリューは人をなだめたり、相手が聞きたいと思う言葉を言うのが得意ではない。相手に聞かせたい言葉を言うのが得意なのだ。しかも〝ありのまま〟を話すのではなく、完全に論理的な筋道に裏打ちされている〝そうあるべきこと〟を話す。だから、彼は教壇で専門家の立場から話すことが苦にならず、学生たちは彼を畏れると同時に慕う。反面、学部会や教授会では、おそらく悪気なく誤解している同僚たちを怒らせたり、自分が傷ついたりすることなしに会議を進めるのがむずかしい。

アンドリューはありのままの事実のほうを選ぶことにする。「そうだ。世界が危機に瀕してるなんて話は信じないが、たとえ信じたとしても、それがおれの答えだ。おれは世界が滅びるのを百回以上見て、それから……」最後まで言わない。言いたくない。

「ちくしょう」レドモンドがカウチに戻り、凶器を拾い上げて重さを確かめる。「まったく時間の無駄だったぜ。こいつら、選ぶ気なんかさらさらないんだ。こいつらを責める気はないけどな。いったい誰が選ぶってんだ」

「黙んなよ！」エイドリアンが声を荒らげる。部屋をあわただしく歩き回りながら「ったく、もう、大失敗じゃん」と言う。

レナードがエイドリアンの名を呼び、左腕のひじに手を伸ばす。

エイドリアンがその手を払いのけ、まるで凍えているかのように両腕をさする。くるっと向きを変え、大股でエリックに歩み寄ると、両手で椅子のひじかけにつかみ、顔と顔を数インチまで近づける。「アンドリューの答えは聞いた。さあ、エリック、あんたはどうなの？　え？　わたしたちを信じなきゃだめなんだってば」

エリックが相手の近さと声の大きさに顔をしかめる。そして、頭をゆっくりと左右に振る。後頭部に貼られたペーパータオルのガーゼが白旗のようだ。

アンドリューの背後からウェンが「父さんにかまわないで」とつぶやく。

「エリックはおれと同じ意見だ！　その顔を離せ！」アンドリューはそう言って目にかぶさった髪を払う。すわった姿勢で可能なかぎり背を伸ばして顎を突き出し、四人のうちの誰かがエイドリアンのように至近距離に来たら鼻梁に頭突きを食らわしてやろうと待ちかまえる。

　エイドリアンが動揺もあらわに目の下をぴくつかせ、口の端を引きつらせる。「わたしたち、ふざけてるんじゃないんだよ。わたしたちがなんの犠牲も払わずにここまで来てるんだと思ってる？　わたしたちはこのために人生を捨てて、はるばるやってきてるんだから。あんたたちのためにね。そうせざるをえなかった。あんたたちとちがって、わたしたちには選ぶ権利がないんだよ。だから、信じて。信じなきゃだめなんだって」彼女はひじかけを押すようにして、まっすぐ起き上がる。

　エリックが大きく息を吸って言う。「ぼくらは誰も選ばない。選ぶつもりはない。おたがいも、ほかの誰かも傷つけない。これ以上ないほどはっきりしてることだ。だから、きみたちはぼくらを解放して帰り、それから……」

　レナードが手を一度打ち鳴らす。ドアをたたき閉めるような大きな音だ。「きみたちにはこれも聞いてもらわないといけない。きみたちが誰も犠牲にならないことを選んだら何が起こるか、わたしははっきりと見せられた。全員がそれを見せられたんだ」彼がキャビン全体を示すように両手を大きく広げる。

　エイドリアンが握りしめた指を噛《か》みながらエリックから後ずさり、キッチンに向かう。そして自分の凶器を軸にして回る。

「わたしは終末の光景を何度も何度も見せられた。この前の月曜からずっと。最初は悪い夢として始まり、目を閉じたらいつでも終末の光景がそこに見えて、今日という日が近づくにつれて目が覚めてるときもビジョンが見えるようになった。そこから逃げることはできなかった。信じたくなかったよ。自分がどこかおかしいんじゃないかと思ったけれど、ビジョンはとても強烈で、とても具体的で、とてもリアルで……」レナードはそこで言葉を切り、顔をこする。「サブリナも、エイドリアンも、レドモンドも同じものを見てる。わたしが見てたのとまったく同じビジョンだ。そして、われわれはたがいに導かれ、ここまで連れてこられたんだ。きみたちはわかってないと思うけど、われわれは誰ひとりここにいたくはないし、誰ひとりこんなことが起きてほしくないんだよ。でも、われわれには選択の余地がない。選択できるのはきみたちなんだ」

サブリナが凶器を両手で握り、レナードの後ろに立っている。彼女がいつ凶器を手にしたのか、アンドリューは見ていない。彼は呼吸を整えようと努める。恐怖に屈して自分をシャットダウンさせてはならない。こわばった指をふたたびウェンに向けて必死に振り、届かない結び目に向けて精いっぱい伸ばす。背中を丸めながら足先で床を蹴って椅子ごと後ろに倒れるという手を検討してみる。ひょっとするとその衝撃で拘束がゆるむかもしれない。イチかバチかだが、それが唯一のチャンスになるかもしれない。

アンドリューはレナードに大声で話しかける。

「あんたが終末の悪夢を見たのはわかった！　だが、それがなんだ？　そんな夢ぐらい誰だって……」

だが、レナードはビジョンの話をやめようとしない。

「まず最初に、多くの都市が水没する。都市に住む人びとは、誰もそんな事態が起こるなんて知らない……」

「それにはなんの意味もない！　あんただってわかってる！　わかってるはずだ……」

「海が大きくうねり、巨大なこぶしとなって隆起し、建物という建物、人間という人間を陸地にたたきつけ、そのあとあらゆるものを海へと引きずりこんでいく……」

「あんたはどうかしてる、あんたたち全員だ。教えてやろう……」

「それに続いて、恐ろしい疫病が蔓延《まんえん》する。人びとは高熱に苦しみ、肺の中に粘液があふれ……」

「あんたたちは精神をやられて妄想に取り憑《つ》かれてるんだ！　治療は求めたか？　自由の身にしてくれたら、おれたちも力になるから……」

「空が墜落し、大地に激突し、ガラスの破片のように粉々になる。そして、人類と地球に存在するすべての種の上に果てしのない終局の闇が訪れる……」

「あんたたちには治療が必要だ！　こんなの狂ってる、まるっきり……」

「これが起こることであり、われわれは、きみたちの犠牲だけがこれを止められるのだと示されて……」

「誰に示されたんだ？　何によって示された？　それに答えられるか？」

レナードはうつむき、何も言わない。サブリナも、レドモンドも、エイドリアンも。

会話の窓口は閉じてしまったらしい。今までそれが開いていたとしてだが。

エリックが言う。「頼むよ。話してくれ。きみたちが見せられた内容についてもっと話してほしい。悪夢を見させたのは誰だ？　ぼくらのことを話したのは誰だ？　意味がわからない。そのことをちょっと考えてみてほしい」

レナードはぴくりとも動かずにいる。サブリナとレドモンドがちらっと目を合わせるがすぐにそらし、たがいにあらぬ方向を見る。エイドリアンは自分の凶器を軸にして回ることに固執している。しんと静まった狂気の中でアンドリューの耳に聞こえるのは、自分の荒い息づかいだけだ。

レナードが頭を上げて告げる。「選択はなされた」

レドモンドとサブリナがそれぞれの凶器を手にし、レナードより前に歩み出る。ふたりは訓練された兵士のように足並みがそろっている。レドモンドが首を左右にひねる。感じの悪いタフガイが指の骨を鳴らすかのようだ。サブリナが目を閉じ、息を吸いこむと、渦巻きになったシャベルヘッドのついた凶器をたいまつのようにかかげる。

エリックが「待ってくれ、やめろ、こんなことをする必要はない」と言って椅子の中でもがくが、大して力が出ないようだ。

「おい、そんな凶器は無用だ。おれたちに危害を加えないと言ってたじゃないか」アンドリューはロープの中で両手と両脚を懸命に引っぱる。拘束が少しゆるんだ気がするが、自由になるにはほど遠い。彼らの名前を呼び、よせ、やめろ、と叫びながら、思いきり椅子を揺する。つま先を床に突っぱり、椅子を後ろに傾ける。倒れるまであとひと押しだ。

背後からエイドリアンに肩を押さえられ、アンドリューは難なく床に戻されてしまう。椅子ごと床に固定するのは片手の圧力で十分らしく、彼がいくらもがいてもびくとも動かない。頭をのけぞらせて頭突きを試みるものの、彼女に触れることさえできない。

エイドリアンの手が肩から離れたとき、「触らないで！」とウェンが叫ぶ。

アンドリューはウェンの名を叫びながら、エイドリアンがどこで何をしているのかを確かめようと上半身をねじる。突然、目の前に足が出現し、深海から浮上を試みるかのようにばたばた動く。エイドリアンがウェンを抱き上げ、アンドリューの膝の上にすわらせようとしているのだ。

「うちの子に触るな！　その子を離せ！」

ウェンが身体をひねって逃れ、アンドリューの首にぎゅっと抱きついてくる。押しつけられた頰は熱くほてり、濡《ぬ》れている。彼は何度もウェンの名を呼んで耳元でささやく。逃げろ、走れ、網戸を突き飛ばしてデッキに出たら、走って、走って、走るんだ。

レドモンドがスレッジハンマーのほうを下にして棒状の凶器を床にたたきつける。それを無言のままレナードに手渡す。ふたりの動きは所作が定められた儀式のようだ。レナードは凶器の上下を反転させ、ハンドシャベルのほうを床に向ける。

レドモンドは頭の後ろを掻《か》いてから、何も持っていない両手をもみ合わせる。そして、硬材の床にひざまずき、アンドリューとエリックとで三角形を形作る。

レドモンドが言う。「ああ、くそ。ようし、いいぞ、さあ、やろうぜ」手をたたいて顔をこすると、一度笑ってから、かぶりを振り、人間離れした怪力を発揮する前の重量挙げ選手のようにうなり声を上げる。

アンドリューはもう声を殺さない。「逃げろ、ウェン、逃げるんだ！」

ウェンが首を横に振る。「できない」

レドモンドがいきなり動きを止め、頭を傾けてアンドリューをじっと見つめてくる。

アンドリューはこれから何が起こるのかを見ようと、ウェンの頭をよけて視界を確保する。

レドモンドはすっかり顔色が失われ、後退した生え際が汗で黒ずんで見える。切れて出血している唇を舐《な》めながら、神経質にまばたきを繰り返す。何かにおびえており、そのせいで若く見える。彼がアンドリューの教え子のひとりだとしてもおかしくない。ここから数百マイル離れた大学のオフィスで、論文の提出期限を延長してほしいとか奨学金をもらえるように成績を上げてほしいとか懇願する学生たちのようだ。

　レドモンドがジーンズの前のポケットに手を入れ、何か白いものを取り出す。赤いシャツの前でそれを広げると、まさに光り輝いて見える。エリックの後頭部の紙ガーゼよりも少し大きく、保温下着に使われるリブ素材のような薄い布。彼は両腕をいっぱいに伸ばして布を頭上にかかげる。

　レドモンドがアンドリューにウィンクし、どんな顔も醜くさせてしまうような笑みを浮かべる。こうした独りよがりで非難がましい非言語的な〝ファック・ユー〟を、アンドリューは数えきれないほど受けてきており、まさに目の前の顔にこの笑みが浮かぶさまを以前に見たことがある気がしてくる。

　エリックが「ああ、神よ、ぼくらを自由にしてください」と繰り返しつぶやく。ウェンはすでに泣きやんでいる。「あれは何？　あの人、何してるの？」

　アンドリューはウェンに、見てはいけない、と告げる。

　レドモンドが袋状の布を引っぱって伸ばしながら頭にかぶり、顔をおおい、首もとまで引き下げる。靴下のようにぴったりフィットしており、盛り上がった眉の下に眼窩《がんか》の不気味なへこみがふたつ並び、そのあいだから鼻が突き出ている。切れた唇をおおう布の部分には赤い星がにじむ。彼は腕を両脇に垂らす。

　太陽が雲間から顔を出したらしく、日光がデッキからキャビン内に射しこんできて、この不本意なサミット会議を照らし出す。参加者たちは一瞬、石造りのオベリスクとそのいにしえの影のように静止する。

レドモンドの顔が無地の白いマスクにおおわれているのに、アンドリューは彼の凝視を感じ、すべての凝視がそうであるように、そこには時間とともにある種の質量が蓄積されていく。

ようやくひとつの言葉が発せられる。

「ありがとうよ」

エリック

エリックは繰り返していた祈りの言葉を途切れさせ、戻ってきた日差しにまるでヴァンパイアのように身をすくめる。頭がマンションにある古い温水ラジエーターのように苦痛の噴射音をもらす。

神に嘆願する者のポーズを保つレドモンドは、黄金の光に包まれながら変化を遂げている。シャツの赤色はもはや生地にとどまらず、水に混じった油のようになめらかに空中に流れ出ている。赤色はレドモンドの輪郭を越えてかすみ、不定形のオーラを形成していく。白いマスクには濃い赤の斑点がにじみ、最後にはすべてが赤色になるという兆候をオーラとは別に暗示している。

レドモンドが告げる。「ありがとうよ」

サブリナとレナードとエイドリアンがキャビンの中央に集まる。臆病ですぐ逃げてしまう獲物を狙うハンターのように足を忍ばせながら、レドモンドを半円形に取り囲み、いっせいに手製の危険な凶器を高くかかげる。

レドモンドとデッキを結ぶ線のどこかで何かが揺らめいている。夏の焼けたアスファルトから立ちのぼる陽炎《かげろう》のようで、その揺らめきは周囲の陽光よりも白く明るい。エリックがまばたきすると、奇妙な屈折がおさまって焦点が合い、揺らめきがひとつの形にまとまっていき、ほんの一瞬、まぎれもなく頭と肩の輪郭が出現する。新たな人物の形は四人め（もうひとりの四人め）として、レドモンドを囲む半円に加わる。

レナードとエイドリアンが場所を入れ替わる。ふたりはレドモンドとデッキのあいだの空間に向かって歩き、あの場所を通り抜ける瞬間、揺らめきが光を失って消し去られてしまう。何もない空間と真っ白な光からできていたものは、正体がなんであれ、どこかに消えてしまった。エリックは自分が見た者が外から入ってきたとは考えていない。侵入者グループの秘密のメンバーがどこかに隠れていてキャビンに入るタイミングを待っていたわけではない。一瞬のうちにあらわれては消えてしまったその光景《ビジョン》は、疑念と不気味さだけを増幅させ、エリックの頭の中を失われたシグナルのざらついた空電で満たす。エリックは理解する。自分が目撃したものは、まちがいなく頭の負傷とシナプスの誤動作による幻影だ。だが、その体験の記憶を綿密に検証するのは怖い。言語化できない不可解な現象に対する本能的な恐怖以上に、真相を知ることが骨の髄まで恐ろしいのだ。もしもあの揺らめきと光が、混乱した脳によって生み出されたものでなく、太陽による錯覚でもなかったとしたら？

その疑問に続いて、彼らしい内なる声や考えかたとは相容《あいい》れない別の疑問が泡立つように湧き上がってくる。進化し続ける精神というものは、当の持ち主でさえそれを説明しつくすことは不可能であり、人が日々を生きていくには自分の存在や意識を疑わず、これが自分でありこれが自分の考えかたであるという絶対の信念を持つしかない。湧き上がってくるこの疑問はエリックの秘めた精神体系に合致しないし、内なる言語の独特な品詞も使用していない。まったく自分らしくないのだ。エリックは、この疑問が別の精神から侵入してきたもの、あるいは暗黙の祈りに対する恐ろしい答えだと感じられてぞっとする。

もしもあの揺らめく光が、無限の天空にある冷たい空間から来たものだとしたら？

ウェン

ウェンにとってこれまでのできごとの中で、マスクをかぶってひざまずいているレドモンドほど怖くて気味が悪いものはない。レドモンドの隠された顔の輪郭と形を見ていると、ウェンは教室にある人間の頭蓋骨標本をじっと見ているときみたいに魅了されると同時に恐ろしい気持ちになる。もしもあの白いマスクがレドモンドの新しい皮膚で、その下にあるのがもっと白い骨だとしたら？　外から見えていないあいだに顔や頭の形が変わり、レナードがマジシャンみたいにマスクをはぎ取るとグロテスクで血に飢えたモンスターが出てくるところを想像する。身の毛がよだつほど醜いモンスターなので、ひと目でも見た者は死んでしまうのだ。

レドモンドが「ありがとうよ」と言う。白い人形のような口が言葉のリズムと合わずにぱくぱく動く。アマチュアの腹話術みたいだ。顔をおおう布は薄いのに、彼の声はひずんではっきり聞こえない。レドモンドの声とは全然ちがう。彼が話すのをこれ以上聞きたくなくて、ウェンは耳をふさぐ。

アンドリュー父さんの椅子の後ろから、エイドリアンが幽霊みたいにふわふわとあらわれて、レドモンドの左隣に立つ。エイドリアンの武器の先についているレーキの丸まった鉤爪《かぎづめ》がウェンとアンドリュー父さんの頭上を通りすぎていく。錆《さ》びて汚れた鉤爪の鋭い先端を一本ずつ数えられるほど距離が近い。エイドリアンは無表情で、皮膚の下で顔の筋肉が固くこわばっている。

レナードはレドモンドの後ろに立ち、レンガの壁みたいにどっしりと動かない。ウェンはレナードにこっちを見てほしいと思う。こんな状況になっているけれど、それでも庭でいっしょにバッタ捕りをしたときに感じたように、いい人であることをもう一度示してほしい。彼に手を振ることを考えたものの、注意を引こうとするのはやめる。今の彼はエイドリアンと同じく表情のないロボットの顔をしている。サブリナもロボットの顔をして、エリック父さんのすぐそばを通りすぎ、レドモンドの右側に立つ。

ウェンはすばやく部屋を見回し、全員の立ち位置と武器の持ちかたを頭に入れる。思いきり身体をひねって後ろを見ているので、もう少しでアンドリュー父さんの膝から落ちそうになる。かわいそうにエリック父さんはひとりぼっちで、目の中に何か入ったみたいに大げさに目をつぶったり開けたりしている。レドモンドの頭の上に目をやり、キッチンかデッキのほうを見ているらしい。ウェンもそちらに視線を向ける。デッキの向こうにきらめく青い湖が見えるけれど、百万マイルも遠くにあるようだ。

ウェンはアンドリュー父さんの膝に身を沈め、自分の中に深く閉じこもる。エリック父さんのところに行くべきだろうか？　歩いていって頭の後ろにキスしてあげたら、父さんは元気になるかもしれない。そして、ほかの誰にも聞こえないように話しかけて、必要なら身体を揺さぶり、何かあたしにしてほしいことがあれば言って、と伝える。それにしても、あの人たちは何をするつもりなのだろう？

アンドリュー父さんが言ったとおり、ウェンは逃げるべきなのかもしれない。部屋を走り抜け、ひっくり返った家具をネズミの敏捷《びんしょう》さでよけて、デッキから外に出ていく。彼女は速く走れる。父さんたちも、すごく足が速いといつも言ってくれる。すばしこいとも言われる。父さんたちとの競走はいつも自分が勝つように仕組まれているとわかっているけれど、追いかけっこをすると父さんたちが膝に手をついてぜいぜい息をするまで捕まらないのは本当だ。あたしはすばしこい。ウェンはその言い回しが大好きだ。それは捕まらないということ。〝速い〟よりすごいこと。〝賢くて速い〟ということだ。

レナードとエイドリアンが場所を入れ替わる。エイドリアンがカウチの前、レドモンドの真後ろに行き、レナードがキッチンの近く、レドモンドの左側で止まる。部屋は明るく静かで、アンドリュー父さんの荒い息づかいのほかにも何も聞こえない。父さんの胸がふくらんだりしぼんだりするのといっしょに、ウェンの身体も前後左右に揺れる。

ウェンは走ったら捕まらずにキャビンから逃げられるとわかっている。でも、どこへ逃げればいいのだろう？　うっかり道に迷って、まちがった分かれ道から知らない場所やここよりもひどい場所に行きたくはないし、キャビンのまわりに何マイルも続いている森の中に逃げこむはめになったらどうしよう。父さんたちから、どんなことがあってもあの森にはひとりで入ってはいけないよ、二度と会えなくなるかもしれないから、ときつく言われている。

ウェンは思わず口走る。「みんな、いなくなって！　マスクを取って！　怖がらせるのはやめて！」誰も反応しない。マスク姿のレドモンドを含めて四人は誰もウェンのほうを見ない。ウェンは怖くなるけれど、四人の生気のない無表情の顔と同じにならないよう、自分の中で一番怒った表情の仮面を顔につける。

ウェンは腰の位置を動かし、アンドリュー父さんの膝からすべるように自分の左脚を下ろす。足を床から数インチのところで浮かしたまま様子を見る。誰も捕まえに来ないどころか、動こうともしない。スニーカーのつま先が床に触れるまで、さらにすべり降りる。そこで待つ。誰も気がつかず、何も言わなかったら、レドモンドとレナードのあいだを走り抜けてデッキに出るつもりだ。頭の中ではもう裏の階段を駆け下り、未舗装の道路をすばしこく走っている。

エイドリアンが前に飛び出したかと思うと、いきなり武器を振るう。レーキの鉤爪が空中でうなる。

アンドリュー

レナードとエイドリアンが場所を入れ替わっても、アンドリューはレドモンドだけに神経を集中させる。彼はなぜあれほど馴《な》れ馴れしく、なぜあんな見せ物のようなマスクをかぶり、あのマスクごしにいったい何が見え、なぜ「ありがとうよ」と言い、なぜそのひと言をあんなふうに――息苦しそうな低いしわがれ声で、怒っているというよりひれ伏すように、恍惚《こうこつ》ともいえる熱心さで――発したのか。

ウェンが「みんな、いなくなって！　マスクを取って！　怖がらせるのはやめて！」と言う。彼女はアンドリューの首に抱きついておらず、胸にもたれてもこない。彼の膝の上で重心が傾いており、アンドリューは自分が身動きするとウェンが床に落ちて怪我《けが》をしかねないと思い、ロープから手足を引き抜こうとする試みを控える。

ウェンが膝の上からゆっくりと左側にすべり落ちていくが、彼にはその位置を直すすべがない。名前を呼んで体勢を戻させようと思ったとき、彼女がすべり落ちているのは意図的かもしれないと気づく。先ほど言い聞かせたとおりに逃げる準備をしているのではないか。ウェンは片足を少しずつ慎重に床へと伸ばしており、彼はそれがキャビンから外へ飛び出すためだと確信する。彼は心の中で、さあ行け、と願う。大声で言えない以上、今できることはそれしかない。チャンスはこの一度きりかもしれない。ウェンが逃げ出せば、彼らのひとりかふたりは追いかけ、彼にとって拘束をゆるめる時間が稼げる。視線の動きで逃走ルートを悟られないようにしつつ、アンドリューはウェンのために共有エリアで見込みのある通り道やデッキまでの障害物を検討する。

ふいにレドモンドのほうからすばやい足音が聞こえてくる。アンドリューはてっきりレドモンドが立ち上がろうとする物音だと思うが、彼は動いていない。レドモンドは床にひざまずいたまま背筋を伸ばし、マスクの顔をまっすぐ起こしている。そのとき、レドモンドの背後で床を踏みつける大きな音がする。エイドリアンが彼の数インチ後ろに右足を踏みこんだのだ。その場で彼女の腰が回転し、凶器が水平に振られる。レーキの鉤爪でできた玉が空気を切り裂き、錆びた金属がレドモンドの顔の右側を直撃する。

レドモンドは衝撃で上体が傾くが、すぐに立て直し、ひざまずく姿勢に戻す。かすかだが目に見える震えが彼の身体を駆け抜ける、マスクの下から獣じみた甲高い苦悶《くもん》の声がほとばしる。

殴打の瞬間、エリックがまるで自分が殴られたかのように大きな声でうめく。ウェンはアンドリューの膝から完全にすべり降り、彼の隣に立っている。彼女は暴力の光景から顔をそむけ、アンドリューの首にふたたびしがみついてくる。ウェンは悲鳴も泣き声も上げない。彼女の口がアンドリューの耳のすぐ横にあり、乱れた息づかいが聞こえてくる。鋭く息を吸うなり吐き出し、そこで長すぎるほど息が止まり、そのあと彼女自身がしぼむかと思われるほど息が勢いよくもれる。

レーキの鉤爪がレドモンドのマスクに引っかかっている。エイドリアンが樹幹に食いこんだ斧《おの》を抜くように凶器の柄を引き戻す。白いマスクの一部が一本の鉤爪に引っかかったまま伸びる。レドモンドの頭部の右半分はシャツと同じように真紅に染まっている。

サブリナがレドモンドの横に飛び出すなり凶器を水平に振り、奇妙に渦を巻く刃物が大きな弧を描く。至近距離にいるアンドリューには、凶器が空気を切る音が聞こえる。金属の鋭いエッジがレドモンドの口と鼻のあたりをつぶし、肉と骨がえぐれる音がする。レドモンドは横倒しになり、泣き声と悲鳴を上げる。

エイドリアンとサブリナがレドモンドに何度も何度も凶器を振り下ろす。凶器の先端についた抽象的な形の金属が、貪欲な鳥のくちばしのように引き上げられては打ち下ろされる。ふたりの女は凶器を振るうたびにうめく。金属の構造体は肉体に当たるごとに音を響かせ、作り手の意図どおり使用されることに歓喜しながら歌う。そこに虚《うつ》ろな打撃音や湿った音や鈍い音も加わる。

レドモンドのしわがれた悲鳴や絶叫が弱まり、もはや人間のものとは思えなくなる。ウェンの浅くて荒い呼吸はアンドリュー自身の呼吸だ。彼が本当に呼吸していればだが。

あれだけの暴行を受けたにもかかわらず、レドモンドのマスクはもとの位置からずれていない。白い生地に血で黒ずんだ小さな穴がぽつぽつとあき、全体がピンク色と赤色に染まっている。マスクの中身はもはや原形をとどめていない。顔の表面と頭蓋骨の境目が断裂し、ぐちゃぐちゃになっている。

それでも彼は、頭部を守るために両腕を胸や肩より上にかかげることは一度もしていない。太ももの上にだらりと垂れる左右の手は逃げ出そうとするかのようにぴくぴくと動き、両脚は蹴り出すように痙攣《けいれん》し、靴が床をたたいて必死にＳＯＳ信号を発する。

レナードがレドモンドの後ろを回り、ふたりが振りかぶる凶器に当たらないよう気を配りながらエイドリアンとサブリナのあいだを通り抜ける。彼は状況を見守り、自分の番が来るのを礼儀正しく待つ。彼は凶器を握る両手の間隔を広く空《あ》けている。かつて太陽を浴び続けたオールだった柄は、応力による亀裂が断層線のごとく長手方向に走っている。レナードがスレッジハンマーのついた先端を埃《ほこり》っぽい日差しの中に高々と持ち上げる。叫び声を発するなりハンマーを力いっぱい振り下ろし、エイドリアンとサブリナにはさまれた空間をまっぷたつにする。

樹木がへし折れて倒れるような音がする。鉄床《かなとこ》サイズの金属塊がその重量と力でレドモンドの胸骨と胸郭を破壊し、背骨まで達する。暴力の衝撃は振動となって床を伝わり、アンドリューの椅子の骨組みを突き上げてくる。真っ赤なしぶきが飛び散り、ロープとアンドリューのむき出しのすねに降りかかる。肌に触れた血はまだ温かい。サブリナとレナードのジーンズと白いシャツは赤色で落書きされたようだ。レドモンドのばたついていた手足が動かなくなる。指が手の中に閉じられている。

レナードがスレッジハンマーを引き抜き、よろめくように後ずさってカウチにぶつかる。レドモンドの中心にできたクレーターは血で満たされ、床を越えて地下室まで届いているかと思われるほど深く見える。彼の下には血だまりができ、硬材の床の割れ目や木目を濡らしながら周囲に広がっていく。赤いシャツはどういうわけかボタンがひとつもはずれておらず、すそがジーンズにきっちりたくしこまれ、それがいっそうむごたらしい。ボタンとボタンのあいだの隙間から、ぎざぎざの骨が二本突き出ている。

ウェンはアンドリューの隣から一歩も動かず、虐殺から顔をそむけたままでいる。彼女の異様な息づかいは変わらないが、聞き取れないほど甲高いあえぎやうめきが混じっており、あたかも喉と肺がつまったかのようだ。彼女がまばたきすると、まつげがアンドリューの耳をなでる。

彼はささやく。「愛してるよ、ウェン。見ちゃいけない。振り向くんじゃないよ、いいね？」

レナードが凶器を落とすと、床に重々しい音が響く。彼は口を閉じたまま咳《せき》をし、そのせいで頬がふくらむ。左に数歩進み、そこでためらい、右方向に後退する。どこで何をすべきかわからないようだが、結局キッチンに駆けこんでシンクに嘔吐《おうと》する。吐く音をかき消そうと蛇口を全開にしている。

エイドリアンは何も表情を浮かべていないが、単なる無表情とはちがう。まだ凶器をかかげたままで、レーキの鉤爪の先からはどろりと血がしたたっている。

いかにもショックを受けたサブリナの顔に急に血色が戻って頬が赤らみ、さらに紫色に近くなる。振り向きざまに凶器を薪《まき》ストーブのほうに投げ捨てると、彼女はその場にいる全員に背を向け、両手を首の後ろで組んでかぶりを振りながら独り言を言う。何を言っているのか、アンドリューには聞き取れない。

エリックが椅子の中でぐったりし、虚ろな目でデッキのほうを見ている。アンドリューは、大丈夫か、と声をかけようかと思う。生気のない目を半ば閉じている様子を見ると、エリックは自分の頭の中に閉じこもっていたほうがいいかもしれない。

アンドリューは気を取り直し、椅子からの脱出に集中すべきだと考える。手首と脚に巻かれたロープは、もがくほどにゆるむどころかきつく締まっている気がする。

レナードがキッチンから戻ってきて、レドモンドの死体を見下ろす。袖口で口をぬぐってから言う。「エイドリアン、手伝ってくれないか？」彼は身体が揺れ、荒海で揺れる船の甲板に立っているように足もとが安定しない。

エイドリアンは返事もせず、レドモンドの死体を茫然《ぼうぜん》と見下ろしている。

「エイドリアン？　エイドリアン？」

彼女がスローモーションで目を上げる。「ああ、何？　聞いてるよ」

「レドモンドを外に運ぶのを手伝ってほしい」

エイドリアンは後ろを向き、バスルームのすぐ前の床に凶器をそっと置く。

レナードがレドモンドの頭の側でかがみ、死体の両肩の下に手を差し入れようとする。

だが、その手を引っこめて身を起こし、レドモンドの足のほうへ回りこむ。今や彼はアンドリューから数インチしか離れていない。

アンドリューは、何もしゃべっていないウェンに「しいぃ」とささやく。物音をたてたり動いたりするとそれがまた狂った暴力を誘発するのではないかと恐れ、息を殺す。

レナードが言う。「わたしが、その、彼を外のデッキまで引っぱってく。彼をおおうためのベッドカバーか何かを探してほしい。それから、網戸を開けてくれるか？　通り道にある椅子とサイドテーブルもどけてくれるかな？」

エイドリアンが何やらつぶやく。アンドリューは彼女が「全部イカれてる」と言ったのだと思う。彼女がサイドテーブルをキッチンの奥に引きずり、木製の脚がリノリウムにこすれて音をたてる。倒れている小さなランプを起こし、黄色のシェードをまっすぐに直してから、スイッチのオン・オフを繰り返す。何度やってもランプはともらない。

「エイドリアン？」

「ああ、ごめん」彼女はキッチンに残っている椅子を持ち上げて冷蔵庫の前に置く。次いでリビングを横切って寝室に行き、ブルーの濃淡がチェック柄になったキルト地の特大ベッドカバーを手に戻ってくる。それを折りたたんで脇に抱えると、デッキへ続く戸口まで行って床に丸まっているカーテンを足でどかし、レールからはずれないよう網戸を慎重に開ける。

レナードが言う。「網戸ははずしたほうがいい。できるだけ広い通り道が必要だから」

エイドリアンが網戸を盾のように正面にかかげてデッキに歩み出ると、レナードがレドモンドの足をつかんで持ち上げる。両脇に片足ずつはさもうとするが、持ちかたがよくないらしく、足が床に落ちて水っぽい音をたてる。たちまち血と尿の土臭くて鉄臭いにおいが強まり、あたかも動かした足が腐った空気を送り出すふいごの役割を果たしたかのようだ。レナードがレドモンドのジーンズの折り返したすそを握りしめる。ふたたび両脚を持ち上げるとさらに臭気がきつくなり、彼は「ああ、ひどい」とつぶやきながら口で激しく呼吸する。足を持ったまま死体の向きを百八十度変え、レドモンドの足先をデッキに向ける。レナードは動きを止めたかと思うと、「うっぷ」と声をもらし、レドモンドの片足を床に落とすなり手の甲で口を押さえる。すぐに「大丈夫、運べる」と言って、足を持ち上げ直し、それからはずっと自分に何か言い聞かせながら作業をする。彼は後ろ向きにすたすた歩き、床に血の跡を残しながら死体を引きずっていく。マスクをかぶったレドモンドの頭部がふくらませすぎた水風船のようにぐらぐら揺れる。

サブリナがバスルームに駆けこみ、両腕いっぱいにタオルを抱えて出てくる。それをアンドリューの右側の床に重ね、そのうち二枚（一枚は茶色、もう一枚はぼろぼろで『ハリー・ポッター』の一巻めの表紙が描かれている）を床の血だまりの上に広げる。それを足で乱暴に動かしては惨状の痕跡を拭き取っていく。

デッキに出たところでレナードが立ち止まる。レドモンドの死体は半身がキャビンの外に半身が中にある状態だ。エイドリアンに「気をつけて」と声をかけると、彼はレドモンドを引っぱり、ガラス引き戸の金属レールの上を乗り越えさせ、デッキの上にどしんと下ろす。デッキの厚板に音を響かせながら死体を移動させ、ピクニックテーブルの横を通りすぎて手すりの際まで行ったところで手を離す。レナードは自分の両手を見下ろし、赤く汚れたシャツとジーンズを点検してから、腕時計を二度確かめる。最初の一瞥《いちべつ》は反射的で、二度めは意識的に時刻を把握するようにじっくり見つめる。アンドリューは、四人がキャビンに押し入ってからずっとレナードが腕時計を執拗《しつよう》に確認していることに気づく。

エイドリアンが青いベッドカバーをレドモンドの死体にかぶせ、端を引っぱって脚をおおう。ベッドカバーはつま先部分で盛り上がり、長すぎて余った部分が頭と手すりのあいだにたまっている。彼女は網戸（さらに状態が悪くなっており、金網が全体的にたわみ、ゆがんだフレームの隅で垂れている）を窓枠に戻すと、頭をくいっと動かして死体を示し、次いでキャビン内を示しながら何か言う。

レナードもキャビン内を指さしながら何か言うと、エイドリアンと死体に背を向けて歩きだす。そこで立ち止まり、「わたしだって彼を見たくはないよ」と言う。彼がキッチンに入ったとき、日差しが弱まる。キャビンの中が急激に暗くなるのを見て、アンドリューは不安を覚える。外も中も光がどんどん薄れていき最後には真っ暗闇になるところを想像せずにはいられない。

エリック

今レナードが立っているのは、レドモンドに対する暴行の直前にエリックが目撃したと考えている何かが存在していた、まさにあの場所だ。空中に浮かぶ不定形のイメージ、光によって作られ、もっと粗い光に輪郭を縁取られたレリーフ、それが頭部や肩の形になり、きらめきと輝きの渦の中で人の全身の形になった。エリックは単なる幻覚として片づけたいのだが、記憶の中では、消える直前に人の形が動きを見せた。彼のほうを厳然と振り向いたのだ。

アンドリューやウェン、あるいはほかの連中は、あの人間の姿を見たのだろうか？　誰もあれを見たような反応を示さなかった。

エリックの右側では、アンドリューが凍えるように震えている。ウェンがその首にしがみつきながら立ち、エリックに横顔を見せながら、まっすぐ玄関ドアを向いている。目を大きく見開き、まばたきをほとんどしない。ウェンはレドモンドが死ぬところを見てしまっただろうか？　エイドリアンが最初に凶器を振るったときにウェンがそちらを見ていたかどうか、エリックは思い出せない。それより前に顔をそむけただろうか？　そう思いたいが定かではない。ウェンはあの光でできた人の姿を目撃しただろうか？　彼女は今、ドアの前にあれがいるのを見つめ、あれに見つめ返されているのだろうか？

「こんなことになってしまって本当にすまない。きみたちが見ざるをえなくなったことも申し訳なく思う」レナードの声は揺らぎ、いつ崩壊してもおかしくない。彼は両手を見下ろし、それを開いたり閉じたりしている。「でも、ほかにどうしようもなかった。われわれに選択の余地はないんだ」見るからに誠実そうで自分の言葉を心から信じている様子の彼に、エリックは思わずぞっとし、自分たちは二度と生きてキャビンを出られないかもしれないと初めて思いつつも、心の中で祈る。

レナードは自分の謝罪と説明に誰も反応しないのを見てうなだれ、足を引きずるようにしてカウチに向かう。クッションをかき分けてリモコンを見つけ出し、振り返ってテレビのスイッチを入れる。ウェンの『スティーブン・ユニバース』がパッと戻って黒い画面いっぱいに映し出される。エリックはふいに、このエピソードを前に観たことがあると気づく。だが、このあとの展開や結末は覚えていない。夏の初めごろに観た回か、それとも先ほどレナードがテレビを消すまでやっていた回と同じか。すべては十五分間のうちに起こったのだろうか？　あるいは十分間？　もっと短い時間？　エリックにはわからない。

彼には今が何時かわからないし、四人がキャビンに入ってきてからどのくらいの時間が経過したかも不明だし、椅子にいつどのように縛られたのかも覚えていない。ほかのもっと重要なできごとも覚えていないのではないかと不安になる。脳しんとうのせいで疲労が激しく、頭を上げて目を開けておくのさえ容易ではない。

好きな番組が始まったので、ウェンが振り返る。だが、背筋を不自然に伸ばし、表情が硬く、ふだん発散している活動エネルギーが感じられない。今もまた親指を中に入れてこぶしを握り、それを口に当てている。

アンドリューが「ウェン、外を見るな」と声をかける。

ウェンがかぶりを振って応える。その仕草が示すものが了解なのか、不服なのか、意味のない反射なのか、エリックは確信が持てない。

サブリナがキッチンからゴミ容器を運んでくる。血まみれのタオルをまだ拾ってもいないのに両手をジーンズでぬぐう。彼女は床にかがみ、血を吸ってどろどろになったタオルを持ち上げると、ゴミ容器の中にどさっと落とす。大きな黒いハエが二匹、煙の渦のように回りながら宙に舞い上がる。

レドモンドが外に運び出され、タオルが廃棄されたことで、鼻から息を吸っても吐き気がこみ上げないほどには部屋のにおいが改善された。床はまだ血でぬらぬらしている。もう二度ときれいにはならないだろう。これまで目立たなかった床板の疵《きず》が、けっして治癒しない赤く腫れた切り傷と化している。デッキまでの床には赤い跡が続いている。サブリナが残っているタオルの束から二枚つかみ、床の上に丁寧に広げる。拭いたり押しつけたりはせず、どうやら敷物代わりにするらしい。さらにそのタオルの上に引き戸のカーテンを敷く。ハエたちがつかの間カーテンの上を這《は》うが、当てがはずれたように飛び去る。

レナードが言う。「悪いけど、ウェン、チャンネルを変えるよ。いいかい？　ほんの少しのあいだだけで、すぐにもとに戻すから。約束する。きみは本当によくやってる。とても勇敢だ。ご両親も誇らしいだろうな」

アンドリューが「くたばれ」と叫ぶ。その声は正当な怒りに満ちている。

レナードがリモコンを顔の近くまで持ち上げる。リモコンを持つ手が震えている。画面のスティーブン・ユニバースが笑い、ふっくらしたこぶしを勝ち誇ったように天に突き上げたところで番組が静止する。

エリックは日の翳《かげ》ったデッキに目を向け、ベッドカバーにおおわれた死体を見やる。強い風に吹かれ、青いカバーのひだや縁がはためいている。あの素朴ですてきなベッドカバーは、十五年以上前に彼がアンドリューとともにアパートメントで同居を始めたときに両親が贈ってくれた引っ越し祝いのひとつだ。もうひとつの祝いの品はあまりすてきなものではなかった。金色の額縁に入ったポスターで、合わせた祈りの手の上に〝この家とこの場所に足を踏み入れる者に神のお恵みを〟とゴシック体で書いてあった。あれが両親にとって贈りものをするかしないかで迷った末の妥協の産物だったのか、エリックにはいかんとも判断しがたい。エリックはその祝福の言葉に（外見と同じように陳腐ではあるが）反感を持たなかったが、アンドリューはひどく気分を害された人間しか吐かないような暴言を吐いた。ふたりはポスターを捨て、額縁は再利用した。ベッドカバーに関してエリックは、両親がアパートメントに泊まりに来たときのためにゲストルームのベッドに使おうと主張した。両親はアパートメントに立ち寄ることはなかったが、ケンブリッジのマンションにウェンを養女に迎えた直後に初めての訪問を果たし、それから数年のあいだに四回訪れている。一方、アンドリューの両親は二ヵ月に一度の割合でヴァーモント州から車でやってくる。エリックの両親はまだマンションのゲストルームで寝たことはなく、息子たちの邪魔や厄介になりたくないからと言って毎回ホテルに泊まっている。母親はその言葉をとても残念そうに口にしたので、エリックはそれが本心だと信じた。母親が話をするあいだ、父親は息子と目も合わせず、叱られた犬のように肩を落とし、顔をうつむけていた。それはまるで父親（かつては伝説上の巨人ポール・バニヤンのごとく大きく強かった男）が自分はここでは楽しめないのだと思い出したのにすっかり白髪になって衰えてしまった

すのを見ているようだった。通りでアイドリング中のタクシーに乗りこむ両親をエリックが二階の窓から見送っていたとき、隣に立つアンドリューから「何考えてる？」ときかれたことがあった。エリックは「両親が来てくれてうれしいし、誇りに思うよ」と答えた。そこで一拍おくとアンドリューが後ろからそっと抱きしめてきた。「そして、悲しい。ものすごく悲しいよ」

　エリックはうなだれていた頭を起こし、夢想のぬるま湯から浮上する。寝入るか、気を失ってしまったのだろうか？　どれくらいの時間？　不安な気持ちでキャビンの中を見回してみると、全員が先ほどと同じ位置にいるようだ。思わず大声で言う。「こんなこと、今すぐやめないか？　ぼくらはきみたちを助けることができる。本当だ。自由にしてくれたら、きみたちの助けになれる。これ以上、何も起こらなくていい。ここで終わりにできる。きみたちは今すぐ終わりにできるんだ」そこでため息をつく。誤解を招く言いかただ。〝今すぐ終わりにできる〟という言葉を使うべきではなかった。

　レナードが焦《じ》れるように首を横に振ってエリックの言葉を拒絶する。彼は腕時計を見て告げる。「テレビを観てくれないか。もうすぐ始まるから」

　画面がケーブル・ニュース・ネットワークに切り替わる。画面下に映し出されているガイドバーからすると、午後のビジネス・トーク番組らしい。ニュースではなくシニア向け健康保険のＣＭが流れている。カメラに向かってどこか悲しげに宣伝文句を話しているのは、一時期有名だった女優だ。

アンドリューがきく。「もうじき始まるって、何が？」

「きみたちが見るべきものだよ」

「あんたの好きな番組か？　見逃したくないんだろ？　キャビンに押し入ってきてから五分おきに腕時計をチェックしてたもんな。さぞかしおもしろい番組にちがいない。待ちきれないよ。番組のレーティングは？　ウェンには何も見せないからな。ビデオ録画したほうがいいんじゃないか」

アンドリューが強く出すぎるのを見て、エリックは口をはさむ。「わかった、わかった、アンドリュー、落ち着け」アンドリューがけっして口を閉ざさず、彼らへの説得をあきらめない点は評価できるが、彼らはあろうことか仲間のひとりを撲殺しているのだ。その行為は恐ろしいというよりわけがわからない。エリックにとって明白なのは、彼らの犯した暴力はもはや言葉で対抗できるレベルのものではないということ。おそらくアンドリューは、レドモンドに対する儀式めいた暴行と死に直面して彼ら自身が動揺し、意志が弱まっていると感じたのだろう。だが、エリックはそう考えていない。彼らは完全に信念によって行動する狂信者だ。その上、彼らの冷淡さを見ると、個人的責任を放棄して自分たちの行為を終末的ビジョンとやらと殺人の命令のせいにすることが、いともたやすいようだ。

エリックの脳内にある忘れられた部屋の片隅から、ふと禁断の疑問がこぼれ出る。自分が見たのと同じ光の人の姿を彼らも見たのだろうか？　ここに来る前にあれを見ているのだろうか？　目を閉じたとき、ハルマゲドンの悪夢とともにあれを見たのだろうか？

さらにふたつのCMが流れる。ひとつは店頭では買えないクリーニング用品の広告、もうひとつはプライムタイムに放送される政治討論番組の予告。騒々しいだけの空疎な時間の中、キャビンにいる全員が押し黙っている。ニュース番組が再開され、そのけばけばしい色彩の洪水にエリックはまたもや頭痛に襲われてしまう。画面の下に延々と流れる見出しは、難民や失業や有名人の死去やダウ平均株価の下落を伝えている。赤と白と青を基調としたスタジオの風景に〝速報〟の赤い文字が大写しで重なる。右下のワイプ画面には、しわひとつないスーツを着た、しわひとつない顔のキャスターが立っている。彼は神妙な面持ちで、四時間以上前に発生したアリューシャン列島を震源とするマグニチュード七・九の地震に関する続報を伝える。

アリューシャン列島はベーリング海を横切るように連なる火山群島で、一部はアラスカに、西の端はロシアに属している。エリックとアンドリューは大きな島々の近くをめぐるアラスカ・クルーズの旅に行こうかと予約まで考えたが、養子縁組の機会が予定より早く実現したので断念したのだった。

全米津波警報センターはすでに、カナダ・ブリティッシュコロンビア州と、シアトルやポートランドを含むアメリカ太平洋岸北西部の千マイル以上にわたる海岸地域に注意報を出している。しかし、太平洋津波警報センターはハワイ諸島に最大級の警報を発令した。北向きの海岸付近の住民や観光客には、ただちに高台に避難するよう命令が出されているという。

アンドリューが言う。「これがおれたちの見るべきものか?」

「そうだ。まだわからないか?」

「いや、わからん」

「きみたちが犠牲になる者を選ばなかったとき何が起こるか、説明したはずだ。海が隆起して多くの都市が水没する。わたしは正確にそう言った。多くの都市が水没する、と」レナードが大きな声でゆっくりと言ってテレビを指さす。アンドリューやウェンやエリックに話しかけるときの辛抱強い口調と冷静な態度にひびが入り、そこから怒りがにじみ出ている。それともあれは怒りではなくパニックか。区別するのはむずかしい。「わたしがそう言ったのを覚えてるだろう? きみたちはわたしの話を理解したと言ったはずだ」

エリックは、レナードがほかの災厄リストとともに都市の水没について何か言っていたような気がするが、よく覚えていない。

アンドリューが言う。「ああ、覚えてるとも。だが、これにはなんの意味もない。これは……」

「いや、もうたくさんだ!」レナードがリモコンをアンドリューに突きつける。「今まできみたちにはだいぶ我慢してきたけど、これからはちゃんと見て、聞いてくれ」彼は目を閉じ、かぶりを振ると、すべてがうまくいくよう精いっぱい努力しているんだとばかりに肩をすくめてみせる。ふたたびテレビを指さす。「怒鳴るべきじゃなかった。きみたちがわたしを、われわれを、怖がってるのはわかる。でも、頼むからちゃんと見てくれ」

　画面が二分割され、それぞれインタビューする者とされる者が映し出される。右側にいる女性は太平洋津波警報センターの広報担当者だ。北太平洋には二十基あまりの津波検知ブイが設置され、その一部が今回の震源から百マイルほどしか離れていない環太平洋火山帯の北部外縁にあると説明している。収集されたデータによれば、高さ十五フィートから二十フィートの大きな波がハワイ諸島に向けて南下しているという。ニュースキャスターが割りこみ、津波が上陸したことを報じる。インタビュー映像が音声はそのままに画面右下の隅に追いやられ、代わりにカウアイ島のビーチリゾートの映像が映し出される。ライブ映像なのか録画なのかはわからない。ハワイは明るく美しい日中で、広大な空にはつけ足したような小さな雲が見える。黄金色の砂浜、緑色のヤシの葉。ホテルの澄んだ青色のプールには人っ子ひとりいない。リゾートではすでに避難が完了している。泡と砂とで灰色になった海水が隆起し、黒い油やヤシの葉やそのほかのガラクタを点々と浮かべながらビーチに押し寄せ、プールと中庭を制圧し、椅子やテーブルをすべて呑《の》みこみ、ホテルのカバナや低層階の客室に突進する。画面が太平洋岸北西部かリーワード諸島のひと気のない町の映像に切り替わる。貪欲な大波が小型の船を転覆させ、マリーナを水びたしにし、デッキやドックを一掃し、海沿いの道路を流失させていく。

広報担当者は海岸の浸食と物的な損害が甚大であることを認めつつも、自分たちの早期警報検知システムがうまく機能したことで、被害を受けたハワイ諸島の海岸地域や低地では避難する時間が十分に確保できたと訴えている。まだ時期尚早だが、負傷者や死亡者の報告はない。

アンドリューが言う。「おい……」

エリックはそれをさえぎる。「よせ。今はやめておけ」アンドリューが何を言おうとしているかわかるからだ。

アンドリューが歯噛みし、目にかかった髪を払ってからやはり口を開く。「これがあんたの言ってた世界の終わりか？　だったら、もうおれたちを解放したらどうだ？」

レナードは返事をしない。

「少なくともエリックとウェンを自由にしろ。おれはここに残るから、二十一世紀における終末論的テーマと文化的トラウマについて好きなだけ議論しようじゃないか。だから、ふたりを解放しろ」

エイドリアンが急にバスルームに駆けこみ、ドアを閉めると、洗面台の水を全開で流し始める。激しい水音の向こうに何か低い声が聞こえるが、泣いているのか独り言を言っているのか、エリックにはわからない。

サブリナが言う。「わたしにはわからない。これは全然……」途中で言葉を切ると、レナードに歩み寄って腕を軽くたたく。「レナード？」

「わかってる。でも、見続けるんだ。われわれは見続けなければならない」

エリックはきく。「いつまで？」

「見るべきものを見るまで。われわれが見せられたものを目にするまでだ」レナードは自信なさげで、自暴自棄のようにも思える。彼はエリックのほうを一瞥し、アンドリューに視線を向けてから、なんであれ彼の脳内にあるイメージが映ることを念じるようにテレビを一心に見つめる。

放送局がリゾートの洪水の模様を再度放映する。オンエアされた中で最も衝撃的な映像だ。キャスターが同じ数字と時系列を繰り返す。エリックがウェンの好きな番組にチャンネルを戻してくれないかと頼もうとしたとき、ハワイの映像が乱暴なカットでメインキャスターに切り替わる。男性キャスターは耳のモニターに指を当てたまま何も言わない。カメラに映っていることに気づいて表情をつくろった彼は、太平洋で二度めの巨大地震が発生し、マグニチュード八・六を記録したことを伝える。震源はオレゴン州の沖合い七十マイルにあるカスケード沈みこみ帯と呼ばれるエリアで、科学者たちは以前からここで壊滅的な地震が発生するだろうと危惧してきたという。

レナードが声を上げる。「これだ！　これだよ！」彼は振り向き、一瞬だけ〝誕生日にほしかったプレゼントがもらえた〟スマイルを浮かべるが、すぐに気の進まない目撃者の苦しげな表情になる。「きみたちはこれが起こるのを止めなかった。止めようと思えばできたのに。きみたちは犠牲を払うはずだった。そうしなかった場合、きみたちのためにわれわれの中から強制的に犠牲者をひとり出さなくてはならない。その結果がこれだ。きみたちはこれを止められたのに……」

テレビに向いて立っているサブリナがつぶやく。「そんな、そんな……」

バスルームにいたエイドリアンが真っ赤な顔から水滴をしたたらせながら飛び出してくる。「あれが起きてるの？　本当に起きてるの？　ああ、くそ……」

レナードはエリックとアンドリューとウェンに話し続けながらも、視線はテレビ画面からそらさない。その目は涙で光っている。「すまない、言いかたが公平じゃないな。もちろん〝きみたち〟ではなく〝われわれ〟だ。われわれはこれを止めることができたのに、止めなかった。われわれは失敗したんだ。これにかかわってるわれわれ全員が。残念だよ。こんなのはきつくて耐えられない。ずっとそう言ってきたけど、本当にそうだ。そして、われわれはこれを食い止めなかった。手遅れになってしまった」

サブリナとエイドリアンとレナードが話し合い、質問を交わす。単なる修辞的な質問もあれば、答えるのが不可能な質問もある。彼らはたがいに反応や表情や同意のうなずきを交わしながら、厚さ一インチの長方形の画面で起こっている現象が現実であることを非言語的に確認し合う。エリックは彼らを意識外に追いやってニュース報道に耳を傾けようとするが、キャビンは大声に満ちており、ずきずきする頭の中の残響によってあらゆる音が濁ってしまう。

部屋の誰もが息つぎのために黙ったわずかなあいだに、地震学者のひとりがアリューシャン列島の地震がこの二度めの地震を誘発して五分間も続いたのだと断定する。震源地が近いため、海岸沿いの人びとが津波の到達前に高台を探して避難する余裕は数分しかなく、地震の規模と継続時間から考えて、特に低地では建物やインフラ設備の倒壊によって時間内の避難はほとんど間に合わないだろう、と。別の科学者が、この規模でこれほど震源が近い地震が引き起こす津波は高さ二十フィートから五十フィート、長さ数キロメートルにもなるため、最初の急激な海面上昇が波の全域に波及してすべての海水が内陸に押し寄せる、と推定する。彼女は、海岸が高さ五十フィートの断崖でも安全とは言えず、住民たちはただちに海抜八十から百フィートの場所を探すようにと訴える。

メインキャスターが分割画面の討論に割って入り、オレゴン州の海岸線を津波が襲ったことを伝え、その映像がキャノンビーチから入ってきていると告げるとともに、これから見せる映像がショッキングなものであることを警告する。

ビデオ映像が流れる。ビーチを広角で撮影した手持ちカメラ映像で、干潮時の遠浅の砂浜からサメの背びれのように突き出た大きな岩がいくつか見える。岩はどれも影のように黒く、まるで凍りついた時空の一部を見るような、不気味な異世界の雰囲気をたたえている。画面の中心で岩のひとつがほかのものよりも高くそびえており、それ自体がひとつの山といえるほど巨大で、砂浜から地球の中心までずぶずぶと沈みそうなほどだ。

エイドリアンが驚く。「マジ？　あれって『グーニーズ』の岩だよ！　あの映画、覚えてる？」彼女が大きな笑みを浮かべてエリックとアンドリューに視線を向けてくる。なんらかの反応か確認を求めているようだ。「ねえ、あの映画を観たことあるでしょ？　主人公の子どもたちがあの岩を見て手がかりをつかむの」

「ヘイスタック・ロックと呼ばれている岩よ」サブリナが言う。「高さがだいたい二百五十フィート。去年の夏に見に行ったわ。大学時代の親友がポートランドに住んでいるの。とてもきれいな場所よ」

スピーカーを通して突風の音が聞こえる。砂浜にはまだ人が大勢いて、遠く離れた者も岩のそばや不気味に波が引いている海にいる者も見える。人びとはぼやけた脚の上に水着の色が光点となった小さなデジタル・アバターだ。画面の外のどこかにいる男が「さあ、もう行こう」と声を張り上げ、撮影しているスマートフォンの持ち主が「わかってる。今行くわよ。すぐ行くから」と応じる。だが、彼女は行かない。彼女とカメラは同じ場所にとどまり続ける。

エイドリアンが部屋の中央に進み出て、テレビを指さす。「嘘でしょ、これってわたしが見たやつよ」

レナードがうなずき、目をすがめる。あまりに大げさな仕草なので、本当は聞いておらず、彼女の発言について深く考えこんでいるふりのように見える。

サブリナがテレビから離れながら何かつぶやく。エリックには「わたしが見たのとはちがう」と言っている気がする。

エイドリアンが笑い声をたてる。「わたし、まさにこれと同じものを見て、自分がおかしくなったかと思った。だって『グーニーズ』の岩だよ。本当に頭がおかしくなったんだと思った。先週のある晩なんか、ひと晩中起きて紅茶を飲んでた。ミルクが切れてたんだけど、もう一度眠って『グーニーズ』の岩が水に沈むのを見たくなかったから、ずっと飲んでたの」彼女が興奮気味に部屋を見回す。「『グーニーズ』の岩で人が大波に呑まれる悪夢を見続けるのは、まともな人間じゃないでしょ？」彼女はそこでまた笑う。彼女の頭が変になったらそんな笑いかたをするだろうと思える笑いかただ。「あのくだらない映画は大好き。今でもね。人になんて言われても」

エイドリアンが話すあいだ、画面では怒声が断続的に続き、黒いサングラスと白いタンクトップ姿の男が怒った顔でカメラにちらっと映りこむ。カメラがようやくヘイスタック・ロックから離れ、岩が水平線のほうへゆっくり遠ざかっていくとき、水平線がみるみる高くなり、カメラに迫ってくる。遠くで小さな悲鳴が上がり、キャビンの中かと思えるほど近くで大きな叫び声が聞こえ、「逃げろ」とか「助けて」という怒鳴り声や叫び声が響く。青い壁がそそり立つ。白い泡をまぶした海水の暗い青とは対照的に空の青はまるで無関心なほど明るい。岩のそばではデジタルの小さな光点と化した人びとが走っているが動きがのろく、いくつかの点はほかよりもさらに小さい。

サブリナがウェンの前に歩いてきてテレビが見えないように視界をさえぎる。「こんなのは見ないでお部屋で遊ばない？　何かおもちゃを持ってきているの？　それを見てみたいな。わたしに見せてくれない？」

レナードが言う。「サブリナ、今はだめだ。わかってるはずだよ、みんなでこれを見なくちゃいけない」

彼女が鋭く言い返す。「いいえ。ウェンにその必要はないわ。この子がこれ以上見る必要はない」

「サブリナ……」

「もう十分見たと思わない？　彼らに見せるのはいい。それはかまわない。でも、この子はもう終わり。わたしももういい。ウェンをここから連れ出すわ。さあ、いらっしゃい、ウェン。あなたの部屋とおもちゃを見せてちょうだい」サブリナは笑顔を向けようとするが、うまく表情を作れない。彼女がウェンに向かって手を伸ばす。

テレビのスピーカーから聞こえる叫び声と悲鳴が、失われた恐怖を取り戻すかのように大きくなっていく。

エリックは言う。「いい考えかもしれないぞ、ウェン」考える前に口から出てしまい、とたんに撤回したいと思う。

ウェンが言う。「いや！　ここにいる！」激しくかぶりを振り、アンドリューに寄りかかる。

「おまえはどこにも行かなくていい。愛してるよ」アンドリューが言う。「テレビで起きてることはなんの証明にもならないし、なんの意味もない。だけど、見ちゃいけない。いいね？」

ヘイスタック・ロックが盛り上がる海の中へと縮んでいき、大昔に結んだ地質的な誓約を一瞬のうちに履行する。サメの背びれのような岩が消えてしまう。浜に向かって走ってくる人間の光点も見えなくなり、砂浜の大半も消え失せる。

キャビンの中にふたたび明るい太陽の光が射しこみ、エリックに襲いかかってくる。

4

アンドリューとエリック

サブリナがリモコンをつかんでようやくチャンネルを変えると、画面が北太平洋の壊滅的な地震と津波の報道からカートゥーン・ネットワークに戻る。アンドリューはウェンに向かってエリックの隣にすわってはどうかと勧める。今のエリック父さんにはウェンとの時間が必要だから、と。確かにそれは事実だが、アンドリューはひとりきりになりたいとも思っている。ウェンに寄りかかられたり誰かの注意を引いたりすることなく拘束ロープをゆるめるためだ。

ウェンがエリックの足の甲の上にすわってあぐらをかき、『アドベンチャー・タイム』を観始める。今流れているエピソードでは、コブコブ星のプリンセス・ランピーが両親と口論し、こぼれたマメの缶詰について叫び声を上げる。『アドベンチャー・タイム』のあとは別のアニメに変わるが、アンドリューとエリックがすでに観たものもあるし、観ていないものもある。

CMのあいだにレナードが告げる。「きみたちはもう一度同じ選択肢を与えられることになる。この選択は贈りものなんだ。すべての贈りものが簡単に受け入れられるわけじゃない。最も重要な贈りものは、心の底から拒否したいことが多いものなんだ。明日の朝、きみたちは犠牲という困難で献身的な選択をして世界を救うことができる。もしくは、今日の午後と同じように、時計を永遠の真夜中にもう一分近づける選択もできる。今から明朝までのあいだ、われわれは理にかなった範囲できみたちの要望に応え、それ以外は家族でじっくり考えて話し合えるように干渉しないでおく」彼はそれを言い終えると、すぐに同じ内容を繰り返す。二度めの話も一言一句、抑揚まで同じだ。

ニュースで放送された恐ろしくも不気味な予言映像と音声――押し寄せる海の途切れることのない轟音《ごうおん》、スピーカーから割れて聞こえるがゆえに本物らしく感じられるきんきんした悲鳴――にさらに身震いを覚えながら、エリックは消えゆく午後の太陽の最後の光に目を閉じずにはいられず、自分が目撃したのかどうか曖昧な光の人の姿にまつわる記憶についてもう一度考えている。

アンドリューは言う。「おれたちは明日の朝まで待つ必要なんかない。考えを変えるつもりはないいんだから」

レナードがキッチンに入る。冷蔵庫とキャビネットを開け、腹が減っている者がいないか尋ねる。誰も返事をしない。「あと少ししたらチキンを焼こうと思う。みんな食べておかないと。きみたちは食べなきゃいけない。空腹だと誰もまともな判断ができない」

誰かモップとか床用洗剤を見なかったか、とサブリナがきく。彼女はキッチンシンクの下をかき回した末に、琥珀《こはく》色の液体の入ったプラスティックボトルを持って出てくる。黄色いバケツと緑色の大きなスポンジも見つけ、血で汚れた床をこするが、しみがすっかり落ちるまでにはいたらない。

エイドリアンが手製の凶器を三本とも薪《まき》ストーブの横に置き、ぬるま湯と食器用洗剤とハンドタオルで一時間以上かけてきれいにする。そのあと地下室への階段脇に置いてあるキッチンテーブルを本来の位置まで移動させる。脚の一本が曲がってゆるんでおり、テーブルがぐらつく。彼女はエリックが読んでいた本――子どもが行方不明になるスリラー小説――を脚の下に嚙《か》ませてみるが、うまく高さが合わない。アンドリューの評論集の本で試してみたところ、今度はまずまず合うようだ。

夕方になってもアンドリューとエリックは椅子に縛られたままでいる。あわただしく動いているのは、テレビのアニメとキャビンの掃除とキッチンでの食事の準備だけ。アンドリューもエリックもずっと無言で、ウェンを気づかうときだけ口を開く。「お腹は空《す》いてないか？　具合は悪くないか？　トイレに行きたいか？　昼寝をしたいか？　テレビを観るのをひと休みするか？　何かあればちゃんと言うんだよ、いいね？　父さんたちはおまえを愛してる」ふたりはほとんど自分の殻に閉じこもっている。パニックや負傷による不快感、ずっとすわった姿勢で拘束される肉体的苦痛などにより、内なる対話も、ますます希望が薄れている脱出計画の夢想も思うようにできない。

西向きの玄関ドアの向こうに広がる森に太陽が沈んでいく。光源がテレビ画面のけばけばしい輝きだけになったあと、レナードたちがランプや照明器具を点灯させる。馬車の車輪を転用した天井灯は電球が古くて黄色く変色し、電球と木製スポークのあいだにクモの巣が張っている。

弱い人工光はキャビンの中にしか射さず、建物の外はとたんに暗くなるので、明るい共有エリアからだとレドモンドの姿が見えない。死体をおおうベッドカバーの色も起伏も見えず、漠然と何かがデッキに横たわっていると感じられるのみ。そこにはレドモンドがまったく存在しないかのようだ。人間が忘れることの危険性を認めながらも早く忘れたいと願う暗い歴史的過去（自分以外の誰かに起こった何か。その誰かはいつも不運だ）に関する文化的記憶が薄れていくのと同じだ。

レナードがグリルに火を入れ、チキンを調理すると宣言する。これから始まる奇妙な夜のためのマニュアルから〈ステップ1〉を読み上げるような口調だ。彼がウェンに歩み寄り、エリックの足もとからそっと抱き上げる。ウェンは抵抗しない。アンドリューとエリックは無益だと承知の上で、その子にかまうな、手を触れるな、と叫ばずにいられない。レナードは、きみたちが夕食前に手洗いに行くあいだカウチにすわらせておくだけだ、とふたりに答えてからウェンに、父さんたちがバスルームに行くのはいい考えだよね、食べる前にみんな手を洗うべきじゃないか、ときく。レナードの膝に腹話術人形のようにすわらされたウェンは、身をよじったり前かがみになったりと、明らかに膝からすべり降りようとしている。レナードは彼女の体勢をもとに戻させると、アンドリューとエリックに向かって、脚のロープを解くからばかなまねはしないようにと釘《くぎ》を刺す。「われわれは重要な局面に入った。もう後戻りできない地点だ。きみたちには協力してもらわないといけない」ここで意味を持つのは〝何を話すか〟より〝いかに話すか〟だ。エイドリアンが巨大な凶器——レドモンドの胸に穴をうがったもの——をカウチに持ってきて、これ見よがしにレナードとウェンの横に立てかける。

　サブリナとエイドリアンがまずアンドリューの脚を自由にする。アンドリューは、トイレで用を足すにはこの二本の足だけでは足りない、とジョークを言う。サブリナが「わたしが手を貸すわ。看護師としてそうした世話をしてきたから」と応じる。アンドリューは椅子から立ち上がるのも容易でない。四十年近く使ってきた彼の脚はほとんど動かず、無数のピンや針で刺されるように痛む。エリックも立ち上がるときに同じ経験を味わい、立つ行為そのものが光と熱と相まって頭をぼんやりさせるので、緩慢な動きを余儀なくされる。両手を後ろで縛られているふたりはバスルームの前で向きを変え、心もとない足を引きずるように中に入る。ドアは開け放したままで、戸口にはエイドリアンが見張りとして立つ。ふたりは便器の前に立った姿勢でサブリナにバギーショーツと下着を脱がされてから排尿を許されるという屈辱を味わう。

レナードがウェンに対し、カウチでいっしょにすごすことの楽しさを一方的に話し続けている。彼は質問を投げかけ、相手が答えているふりで会話を続ける。

アンドリューとエリックはバスルームまで往復する旅の途中で、サブリナに体当たりを食らわすかエイドリアンを蹴飛ばすかして逃げ出すことを考える。だが、今はそのタイミングではないと結論づける。相手が最大級に警戒しているあいだはうまくいかない。レナードには過激な暴力を振るう意思も能力もあるとわかっているので、ウェンに危害が加えられる危険を避けなくては。脱出を試みるなら次にバスルームに行かせてもらえるときのほうが理にかなっていると、ふたりは自分たちを納得させる。この最初のバスルーム行きが何ごともなく終わったことで、彼らは二度め三度めと進むごとに少しずつガードをゆるめるにちがいない。

椅子に戻ってふたたび脚を縛られたとき、ふたりは手首にずっと巻かれているロープが少しゆるんだように感じる。希望的観測だろうか。いや、身体の位置や力のかかりかたが変化し、キャビンの中を歩き、サブリナと並んで狭いバスルームに入るために体勢を変えたことでロープがゆるんだにちがいない。ふたりはそれを感じることができる。

レナードが鶏の骨なし胸肉を不器用に洗い、下ごしらえをしてから、エイドリアンと交代する。デッキに出た彼女は外に備えつけてある投光照明の使用を拒否し（レナードが外部照明を消すまで、彼女はそれが不要だと大声で訴え続ける）、ほとんど真っ暗闇の中で作業をする。さらに、ＢＢＱグリルが最悪なのでこんな劣悪品で作った料理を評価されたくない、と不平を言う。室内まで漂ってくるにおいは申し分なく、サブリナがそのことを笑顔で指摘しつつ、大きなボウルでガーデンサラダを作る。レナードがキッチンテーブルに四枚の皿と四本のフォークと四個のプラスティック・カップを並べる。エイドリアンが肉のグリルをのせた皿から湯気を立たせながら、「気をつけて。熱いよ」と叫んで壊れた引き戸から室内に入り、ニュー・ハンプシャー中の蛾《が》や蚊が入ってくる前に網戸を閉めるようにとレナードに怒鳴る。車輪の天井灯にはすでに虫が群がり、しきりに電球にぶつかっている。エリックはその中に太った黒いハエを二匹見つけ（先ほど見たやつらと同じかといぶかしむ）、それが電球にぶつかったとき、勢いで馬車の車輪が揺れたように思える。虫たちの低い羽音はまるで詠唱のようだ。

レナードがウェンの手を取ってやさしく引っぱると、彼女がカウチから立ち上がり、キッチンテーブルまでついていく。ウェンは一番奥に向かい、レナードの隣で父親たちを真正面に見られる席に着く。サブリナが電子レンジでキスチョコレートを溶かし、ウェンのためにカップ一杯のチョコレートミルクを作る。ウェンの皿には小さく盛られたひと口サイズのチキン、レタスとチェリートマト二個と輪切りキュウリ三枚というミニサラダが並ぶ。ウェンがキュウリを一枚持ち上げ、アンドリューとエリックにもの問い顔を向けてくる。皮がむいてあり、まさに彼女の好みだ。

アンドリューは言う。「いいよ、お食べ」

ウェンは任務を遂行しようと決意した険しい顔で皿の上のものを平らげる。テーブルを離れるときには口のまわりにチョコレートのひげをつけているだろう。

ほかの三人もテーブルに着いている。レナードとサブリナがチキンのしっとり具合についてエイドリアンを褒める。「おいしい」と「こんなに空腹だとは思わなかった」の言葉が、コショウやBBQソースやラズベリー・バルサミコ・ドレッシングといっしょにテーブル上でやり取りされる。皿の上ではナイフとフォークの音が途切れない。

アンドリューは信じられないという思いと絶望ではらわたが煮えくり返る。なぜ彼らは何ごともなかったかのように食事に専念できるのか？　なぜ今まで起こったことの恐ろしさやこれから起こるであろうことの恐怖の予感をこれほど簡単に無視できるのか？

エイドリアンが、ビールがあれば最高なのに、とつぶやいて笑う。同調して笑う者はひとりもいない。

アンドリューは言う。「おい、好きに飲んでいいぞ。冷蔵庫の一番下の引き出しに十二本パックが入ってる。飲んだら缶を分別しておいてくれ」

エイドリアンが「ホントに？」と言ってサブリナとレナードの反応をうかがい、「ううん、遠慮しとく」と水の入ったカップをかかげてみせる。「また今度のときに」水をごくりと飲んでから両手で顔をこする。

エリックは誰も食前のお祈りをしなかったことに気づく。彼らなら神に祈るだろうと予想し、そうしてほしいと思っていた。もしも彼らが祈りを捧《ささ》げたなら、どんな神がビジョンを見せたと信じているのか、どんな究極の動機でここへ来ることになったか、わかったかもしれない。その情報を利用すれば、エリックは彼らの信仰についてもっと会話ができただろうし、ひょっとすると家族三人を解放するよう説得できたかもしれない。彼はお祈りがあると心から確信していたので、もしかするとぼうっとしてその場面を見逃したか、実際は目撃したのに脳しんとうのせいで即座に忘れてしまったのかもしれないと思う。たとえ小さくすばやい動作だとしても、十字を切る者をひとりとして目撃していないというのは、やはりおかしい。

食事を終えるとレナードがウェンに、父親たちの食事を手伝ってほしいと頼む。とてもとても重要な仕事だから、と。「父さんたちはきみといっしょじゃないと食べないと思うんだ」

ウェンは同意のうなずきを返すと、フォークを持ってエリックの前に立つ。切り分けたチキンとサラダを盛った皿をレナードが運んでくる。食べさせる手順をサブリナが丁寧に説明する。ウェンがプラスティックのフォークでチキンのひと切れを突き刺し、エリックの顔の前に持ってくる。彼はチキンがちょうど入る大きさにしか口を開けない。チキンはもう冷めている。エリックはゆっくり味わうことをせず、すばやく嚙んで飲みこむ。ウェンは何も言わず、次もチキンがほしいか、それともチェリートマトにするかも尋ねない。

目を合わせず父親の口元だけを見ている。ウェンはずっと手を動かし続け、「もう十分だよ、スウィーティ。ありがとう」とエリックが言ったところでようやく皿にフォークを置くと、カップの水を差し出してくる。

アンドリューは彼らに、失《う》せろ、おまえたちからは何もほしくない、と言ってやりたい。最初のひとかけらを口を入れたら、そのまま彼らの顔に吐きかけてやろうと思う。だが、目の前に娘が立って仕事を懸命にこなす姿を見せられると決心が鈍り、出されたものをつい食べきってしまう。

食後は後片づけとテレビのアニメ。サブリナはキッチンテーブルにトランプを広げ、飽きることなくソリティアをやっている。エイドリアンはエリックの本を興味なさそうにめくったあと、玄関前の階段に出て煙草を吸う。彼女が、誰かジグソーパズルを持っていないか、ときく。休暇旅行に行くといつも母親がやっていたのだと言う。

レナードがウェンに何を観ているのか尋ねる。彼女は〝イエス〟か〝ノー〟で答えられる質問であれば答える（「この番組は好き?」うん「これは前に観たことがある?」ううん)。もっと詳しい応答を求める質問をされると、肩をすくめるか、ただ虚《うつ》ろな目つきで見つめ返す。

エリックは疲れ果てており、今は目を開けているのがやっとだ。彼らにビジョンのこと(ただし彼自身の不安が高まっているので、神や聖書への明確な言及は避ける)や、終末論的な選択をさせる理由、全体の目的についてしゃべらせようと試みるが、誰も話に乗ってこない。サブリナが言う。「それは明日話しましょう。あなたたち家族がそのことをひと晩じっくり考えてから」

アンドリューは別の戦術を取り、ロープをほどくよう定期的に求め、その要求を徐々に複雑かつばかげたものにしていく。「おれを自由にしてくれたら、キッチンテーブルの脚を直せるぞ。ほら、テーブルの端からトランプがすべり落ちてるし、何よりマジックリアリズムの作家たちをテーブルの下に敷くべきじゃない。ここからそう遠くない場所に材木置き場があるから、木材をいくつか拾ってきて削れば、あっという間に新しい脚ができあがる。どこかの店に立ち寄って白いペンキも買わなきゃいけないが、そんなの大した手間じゃない。お安いご用さ。すぐにも出かけるよ」要求をどんどん現実離れさせて連発すれば彼らは相手にしなくなり、いざ本気で拘束からの脱出およびSUVと銃の確保を試みるときに有利になるだろう。

レナードが告げる。「もう時間も遅い。休息しよう。日の出とともに起床だ」彼が床からタオルとカーテンを拾い集めてから、三人で寝室からマットレスを引きずってくる。リビングはクイーンサイズの一枚と二段ベッドのシングルサイズ二枚を並べて敷くのに十分な広さがある。テレビを消し、すでにパジャマに着替えているウェンが手や顔を洗って歯を磨いたあと、アンドリューとエリックがひとりずつ順番にバスルームに連れていかれる。そのあいだウェンはスレッジハンマーの凶器が置かれたカウチでレナードとすわっている。

エイドリアンがアンドリューとエリックの椅子をそれぞれ玄関ドアの両脇に配置する。ふたりは両腕を背もたれの後ろに回され、肩が壁に触れる。エイドリアンとともにふたりの脚を椅子の脚に縛りつけているサブリナが、あなたたちをマットレスに寝かせるとおとなしく縛られたままでいるとは思えないから、と言って謝る。すわった姿勢でもできるだけ快適に眠れるよう工夫するから、と。

キャビンの夜は寒い。気温はすでに十五度を下回っている。エイドリアンが薪ストーブの火をおこすが、網戸を通して熱がどんどん逃げていく。アンドリューとエリックは胸まで薄い毛布をかけられ、ずり落ちないように端を肩と壁のあいだにたくしこまれ、頭と首の後ろに枕を押しこまれる。

アンドリューは口には出さないが、レナードたちが眠ってしまったあとにロープから抜け出せると確信している。エリックは疲れきっており、頭を包みこむ暖かくて柔らかい枕に強い眠気を誘われ、消灯前にうつらうつらしてしまう。

アンドリューとエリックはウェンにおやすみのキスをするのを許される。笑顔を向け、さまざまな抑揚をつけて何度も彼女の名前を呼び、実際には逆の状況だとしても、自分たちがいればおまえは安全でいられると彼女に伝えようとする。おまえは勇敢でよくやってるし、世界中の誰よりも愛してるよ。ウェンはあまりに多くのことを目の当《ま》たりにし、あまりに多くのことを聞き、あまりに多くのことをした。ウェンの目を通してこの一日のできごとを追体験するなど、ふたりには想像する勇気もない。彼女は反応を示さず、呼吸やまばたきや手足の緩慢な動きといった基本プログラムだけで動作している自動人形のようだ。クイーンサイズのマットレスに寝かされるとき、もがきもしないし騒ぎもしない。横になったとたん毛布にもぐりこみ、できるだけ小さなスペースにおさまろうとウレタンフォームの海でもぞもぞ動く。レナードがブタのぬいぐるみ（彼女のお気に入りのコーリー）を持ってくると、ウェンは先生から算数のテストを受け取る生徒のように大事そうに胸に抱える。

サブリナとエイドリアンが二段ベッド用の小さなマットレスにそれぞれ這《は》いこむ。レナードはカウチに寝そべる。

数時間のあいだ、誰も動いたり位置を変えたりしていないようだ。アンドリューは目を覚ましたまま、手首を抜こうと静かにロープと格闘している。長時間後ろで固定されていた手はほとんど感覚がない。キャビンの中は寒くて動きもなく静かだが、ときおりストーブから薪のはぜる音が聞こえてくる。部屋の明かりといえば、バスルームの閉まったドアの隙間からもれている黄色い照明の弱い光だけ。外は夜空に雲ひとつなく、湖の上に明るい三日月がかかっている。デッキでベッドカバーにくるまれているレドモンドの死体が今ははっきりと見える。このままひと晩中起きていたら、野生動物がデッキの階段を上ってきてベッドカバーの中身を探る様子が見られるだろうかと考えずにはいられない。

ロープの解除作業がはかどらないので、アンドリューはささやき声をかけてみる。「エリック。おい、起きてるか？　エリック？」

エイドリアンが「寝ようとしてる人がいるんだけど」と言う。

「寝ようとし続ければいい。あんたたちは〝人〟じゃないけどな。おれは自分の夫と話をする」夜の静けさの中では険しい口調が大声に聞こえる。

エリックは応える。「今起きたよ」

ふたりは小声で矢継ぎ早に言葉を交わす。エリックは眠気と不安でどんよりしている。アンドリューは興奮し、必死さが夜間のドアのきしみのように明瞭に聞こえるのが自分でもわかる。

「大丈夫か、エリック？　少しは気分がよくなったか？」

「ああ、少しはよくなったと思う。脳が頭蓋骨より三サイズも小さくなった感じはもうない。今はたぶん一サイズだ」

「おまえが絶好調じゃないのはわかってるけど、どうしても最初の地震のことを話しておきたい。アラスカの近くで起きたやつだ。あれはやつらがテレビをつける四時間前に発生してる」

「あの地震はそんなに前に起こったのか？」

「そうだ。ニュースでそう言ってた。覚えてるか？　ハワイでは避難時間が十分にあったんだ。リゾートには人っ子ひとりいなかった」

「なるほど、そうだな、確かにそう思える」

「確かにそうなんだよ。それについてはおれを信じろ。レナードがどれほど頻繁に腕時計をチェックしてたか見たか？」

「たぶん。あまり覚えてないけど、そうだと思う」

「あいつは千回もチェックしてた。ほかのやつがチェックしてるのも見た。つまり、やつらにとっては時間が重要だったんだ。適切な時刻が来るまで、やつらは何も始めなかった。レナードは正確な時刻がどうのこうのと言ってた。まちがいなく言ってたぞ」

「ああ、そうだな、ぼくも覚えてると思う。こうして小声で話してても、彼らに聞こえてるんじゃないか？」

サブリナが言う。「ええ、みんな聞こえているわ。あなたと……」

「知ってる。かまわんさ。あんたたちには話してないんだから。……で、つまり、やつらは最初の地震とハワイの津波のことを知ってたんだ、このキャビンに来る前から。よく考えるんだ。やつらはビジョンや予言を見たわけじゃない。アラスカの地震とそれによって発生する津波の情報をここに来る前に知ってた。ここに来たときには、それをポケットに隠してたんだ」

「確かに。筋は通る。でも、どうしてぼくにこの話をするんだ？」

「なぜなら、おれはおまえのことをよく知ってて、おまえが……地震や世界の終末を予言するビジョンを見たなんていうやつらの嘘におびえてほしくないからだよ」

レナードが声を上げる。「もういいだろう、ふたりとも。頼むから……」

アンドリューとエリックは、ほかの人間がそこにいないかのように話を続ける。

「ぼくがそれを信じてると、きみは本気で思ってるのか？」

「いや。わからん。ただ、おまえがひどい倒れかたをしたから、やつらが何をして、いかにおれたちを標的にして、いかに分断させて操ろうとしたか、それをおまえにまちがいなく把握してほしかったんだ。キャビンに来る前から地震のことを知ってて、二番めの地震が偶然にすぎず、最初の地震に誘発されただけにすぎないことを。『グーニーズ』の話がいかにでたらめかを。二番めの地震が起きたとき、やつらの反応を見ただろ。まるで宝くじに当たったみたいに……」

「おいおい、ぼくが彼らを信じてるかもしれないと思ってるのか？ 本気で言ってるのか？」

ためらいがあり、何もない空間が沈黙の言葉で満たされる。「いや、そうは思ってないさ。すまん、怒るなよ。おまえを怒らせるつもりはない。悪かった。おれはただ怖くて、確かめたかっただけで……」

「ああ、わかってる。ぼくのことは心配いらない。彼らを信じちゃいないから」

「そうだと思ってた。わかってたよ」

「ぼくは信じてない」

サブリナが言う。「もういいでしょう？ お願い。みんな睡眠が必要なの」

「なあ、エリック？」

「聞いてるよ」

「悪かった。愛してる」

「ぼくも愛してる」

そこで短い沈黙が下りる。ふたりともそれを何かで埋めたいと思うが、どうすればいいのかわからない。そこでアンドリューは言う。「おい、あんたたち、ロープをほどいてくれないか？ 火を絶やさないようにストーブの番をしたいんだ。心配するな、仕事中に居眠りなんかしないから。約束する。あと外に出てもっと薪を集めて……」

エイドリアンが怒鳴る。「黙らないと、無理やり黙らせるよ。口に猿ぐつわをつけるとかするからね」

レナードが言う。「落ち着け、エイドリアン。大丈夫。みんな大丈夫だから。さあ、睡眠に戻ろう」彼の低い声に重ねてサブリナが、あなたたちに危害は加えないわ、とそらぞらしく明言する。

エリックは、自分が彼らの話を信じているかもしれないとたとえわずかでもアンドリューに思われたことで、胸に痛みを感じている。胸が痛いのは、アンドリューの危惧が少なからず正しいからだ。エリックの恐れは一時的に恥ずかしさと怒りに取って代わられ、それが口からもれ出す。「もしもきみたちがぼくらの口を何かでふさごうとしたら、その指を噛みちぎってやる」そのあと彼は、神よ、お助けください、と心の中で祈る。

ウェン

自宅マンションのウェンの寝室には、ベッドの向かい側の壁のコンセントにつながっている常夜灯がある。シンプルな白い電球で、アニメのキャラクターやコミックスの主人公や動物や月といった特殊な形をしていない。ウェンはそういうシンプルなところが気に入っている。変な形のものだと怖い影ができるから好きじゃない。常夜灯のほかに廊下の明かりをつけたままにして、バスルームの照明もつけてドアを開けておいてほしい。父さんたちは、成長途中の脳がしっかり休むには暗闇が必要だと説明して、明かりをつけたままで眠るのをやめさせようとしてくる。それに対してウェンは、脳が頭より早く成長するのは嫌だと言って抵抗したことがある。ウェンが眠りについたあと、ときどき父さんたちのどちらかがバスルームの照明か、廊下の明かりか、ときには（なんと！）両方とも消してしまう。たぶん消しているのはいつも電気のことで文句を言うエリック父さんで、マンションのあちこちの照明をつけっぱなしにして電気を無駄にしているアンドリュー父さんではないと思うけれど、その現場を押さえたことはまだない。バスルームの照明を消すのは最悪の裏切り行為なので、頭に来たあまり、いつか朝食のテーブルで、あたしの今日はひどい一日になる、と予告したことがある。父さんたちにその理由を聞かれたとき、これ見よがしに口をとがらせて「理由はわかってるでしょ」と言い、そのあと思わずしたり顔で笑ってしまった。

ウェンはマットレスの上で上体を起こしている。起き上がった記憶はない。最初は目だけ動かして部屋の様子をうかがう。ほかの全員が眠っているのを確かめるまでは頭を動かさないでおく。キャビンは暗いけれど、明かりがまったくないときほどではない。バスルームの電気はドアが閉まっているのでついているとは言えない。

自分が眠っているあいだに何かあっただろうかと考える。まる一日眠ってしまい、今が同じ日ではなく次の日の夜ということはあるだろうかとも思う。

ウェンは毛布からそっと抜け出し、マットレスの端まで這っていく。こんな状況の夜でなかったら、マットレスからマットレスへと飛び移り、いかだに乗って冷たい大海を渡っているつもりになったり、荒れ狂う溶岩流の中でどうにか重さと形を保っている岩の上で命拾いする気分を味わったりしていることだろう。そうする代わりに、サブリナ（仰向けの姿勢で両手を頭の上に伸ばし、マットレスから落ちそうになりながら、口を少し開けて寝ている）やエイドリアン（部屋にいる全員に怒っているのでみんなから隠れるみたいに身体を丸めて眠り、頭の先だけを毛布から出して夜の冷たい空気にさらしている）を起こさないように注意を払う。

左のほうに網戸とデッキが見える。レドモンドを包むベッドカバーが風にはためいている。そのうち翼に変わって飛び立とうとしているみたいだ。今のレドモンドの見た目はどんなだろう、と思う。踏みつぶされた毛虫みたいに全身がぐちゃぐちゃになっているのか、それとも姿は前と変わらずにただ眠っているように見えるだけか。ウェンはまだ死体を見たことがない。死体がどんなものか、何人ものおとなにきいたけれど、答えてくれたのはアンドリュー父さんだけだった。死体はその人に見えるけれど何かが欠けているからその人には見えない、というのがその答えだ。「鼻や耳がないとか？」とウェンが冗談を言うと、父さんは笑った。父さんたちを笑わせたときほど自分が誇らしく思えることはない。ウェンがもっと詳しい意味をきくと、アンドリュー父さんは大きな声で「うーむ」とうなったり、指で唇をたたいたり顎をさすったり、考えるふりをして(ウェンには〝ふり〟がすぐにわかるし、そうされるのは好きでない)、答えをはぐらかした。もうこれ以上説明してくれないだろうと思ったけれど、彼女は賢くふるまうことに決め、急《せ》かさず、だだをこねず、問いつめなかった。ただじっと待った。やがて彼女の視線にアンドリュー父さんがほんの少し身をすくめ、負けたよとばかりに笑みを浮かべた。そして、いつか見た死体は少ししぼんだ風船を思い出させた、と言った。誕生日パーティの一日か二日後に力なく転がっている風船。ウェンはその答えが気に入らず、もっと聞きたかったが、「死体のことを話したなんて、エリックには内緒だよ。いいね?」と言われた。

レドモンドが風船みたいに見えるとは思わない。あのときは何も見なかったけれど、武器で繰り返し殴られたことは知っているし、あとで血の跡を見て、においも嗅いだ。彼の叫び声も聞いた。物音もすべて聞いたし、その気になれば、床に倒れたときの気味の悪い虚ろな音や、床を震わせてウェンの足まで伝わってきた最後の湿った破壊音を今も聞くことができる。でも、聞こえた音が実際よりも大げさで、本当はひどい怪我《けが》を負ってエリック父さんみたいに気絶しただけだったとしたら? レドモンドが生きていてそのうち目を覚ますとしたら? 実はもう目を覚ましていて誰かが外に出てくるのを待っているか、ひょっとしてウェンが逃げ出そうとするのを待ちかまえていて、その瞬間に手を伸ばしてきて捕まえ、ベッドカバーの中に引きずりこんで永遠にウェンをそこに閉じこめておこうと考えているとしたら？

あえて「やだ」と小さく声に出し、デッキとレドモンドから目をそらす。四つんばいになり、バスルームの横の壁に寄せてあるサイドテーブルまで進んでいく。黄色いランプはそれ自体の影と同じくらい黒い。ウェンは手を伸ばして点灯させようとする。二回、三回とスイッチを回しても光らない。

「ウェン」レナードの声だ。「どうしたんだい？」

声がすぐ後ろから聞こえる気がする。彼の影はレントゲン撮影のときに胸にかけられた鉛の毛布よりも重い。ウェンはランプに手をかけたまま凍りつき、夜の部屋の暗闇に溶けこんでしまいたいと願う。

レナードはすぐ後ろにはいない。カウチで身を起こすところだ。大きな身体の重みでスプリングがうめく。「トイレに行きたいのかい？」

ウェンは首を横に振る。

レナードが言う。「大丈夫だよ」

何も大丈夫じゃない。ウェンはそれをわかっている。何も言うべきでないこともわかっているけれど、どうにも我慢できずに小声で告げる。「明るくしてほしいんだ。いつも電気をつけて寝てるから」

「ベッドに戻ってごらん。そしたら、明かりをつけておかなかった理由を教えるから」

ウェンの頭の中で声が響く。とても遠くから聞こえるので誰の声かわからない。自分の声かもしれないし、父さんのどちらか、あるいは両方の声かもしれないし、全然別の人かもしれない。声は前にアンドリュー父さんから言われた言葉を繰り返している。逃げろ、デッキに出ろ、レドモンドのことは気にするな、二度と起き上がらないんだから。今すぐ逃げろ。外に出て、走って、隠れろ。外の暗闇を恐れるな。中で起こっていること、これから起こることを恐れろ。これがおまえの唯一のチャンスだ。早く、早く、早く。

ウェンは言われたとおりにすることができず、心の中でその声に謝る。

朝日が昇るみたいにのろのろと立ち上がる。どちらかの父さんの膝にすわろうかと思うけれど、ふたりとも眠っていて頭が前に傾いている。ウェンはマットレスまで戻って毛布にもぐりこみ、それを頭まですっぽりかぶる。顔に当たる枕が冷たい。

レナードが言う。「明かりをひとつもつけておかなかったのは、そのほうがエリックの頭のためにいいからだよ。眠る必要があるし、頭が回復するには暗いほうがいいから」

どうしておとなたちは暗いと頭や脳にいいとばかり言うのだろう？　おとなは嘘つきで子どもよりもいっぱい嘘をつく、とウェンは思う。寝返りを打ってレナードに向く。毛布を顎まで引き上げているレナードは大きな顔しか見えない。「なんでわかるの？」

「サブリナが教えてくれた。看護師なんだ。光が彼の頭に害を与えるから、暗い中で眠ったら翌朝にはずっと気分がよくなってるって」

「気分がよくなる？」

「なるよ。約束する」

また別の嘘。けれど、ウェンの信じたい嘘だ。

「朝になったら、あたしたちにまた選ばせるんだよね」

「無理には選ばせないよ。でも、お願いはする。そうしないといけないからね」

「もうやめて」

「ごめんよ。でも、そうしなきゃならないんだ」

「あなたとは友だちになれない」

「わかってる。残念だけど。しかたがないんだ」

「誰がさせてるの？」

「どういうことかな？」

「誰があなたにこんなことさせてるの？」

「神」レナードはためらいがちにその一語を口にし、奇妙な表情を浮かべる。その言葉を声に出すことで大きな安心と恐怖を覚えるかのように。

ウェンの学校には、いつも神さまのことばかり話していて、自分の神さまは男だと言い張る男の子がいた。その男の子が面倒くさくて、ウェンはできるだけ遊ばないようにしていた。アンドリュー父さんは世界中のいろいろな宗教や神さまの話をよくする。たくさんありすぎて混乱するけれど、ウェンはさまざまな物語を（ときには怖くても）聞くのが楽しい。エリック父さんのほうは神さまの存在を信じていて、日曜の朝にはひとりで教会に行くこともある。ウェンやアンドリュー父さんを教会に誘うことはないし、神さまや宗教の話はしたくないみたいなので、ウェンもきいたりしない。エリック父さんはベッドの下に古い写真ではなくその秘密を隠しているような気もする。ウェンは自分が何を信じているのかよくわからず、ときどきそのせいで不安がつのるあまり、マスコットやユニフォームの色でスポーツチームのファンになるみたいに、どれか宗教を適当に選びたくなってしまう。

ウェンは言う。「あなたのことは信じない。なんであたしに嘘ばっかりつくの？」

「本当のことだよ」

「あたしはちがうと思う」

「わたしもちがったらいいのにと思う。何よりもそう思うよ」

「なんで神さまはあなたにこんなことさせるの？」

レナードがため息をつき、毛布の中で身体の向きを変える。「よくわからない。わたしにはね。それは本当だよ、ウェン。そのことについて何度も考えたんだけど、それを変えることはできないんだ」

　ウェンがまばたきすると、思いもかけず涙がこぼれてくる。「意味がわからない」

「わかる必要はないんだ。われわれは意味の理解を求められてるわけじゃない。ただそれをすることになってるんだ」

「だったら、あなたの神さまは人殺しだよ」

「ウェン、ちがうよ。これはそういうものじゃ……」

「あたしたちが選ばなかったら、またほかのひどいことが起こるの？　別の恐ろしい地震とか？」

「別の地震は起こらないけど、そうだよ、とてもひどいできごとが起こる」

「それで人がたくさん死ぬ？」

「人がたくさん死ぬ」

「あなたの話は信じない。そんな作り話はもうやめて」

「ひとつだけ約束できることがあるよ、ウェン」

「なあに？」

「きみの両親はきみを犠牲者に選ぶことはない。わたしはそうならないことを知ってるし、そのようなことはさせない。もしそうなったら彼らを止める。必要があれば、わたしがきみを守る。それがわたしの約束だ。きみは心配しなくていい」

「犠牲者って死ぬことだよね？」

「そうだよ。でも、父さんたちのどちらかが世界を救うことになるんだ、ウェン。考えてごらん、世界にはどれだけ多くの人たちが……」

「家族の誰にも死んでほしくない。絶対に」ウェンはふたたび毛布の中に頭までもぐりこむ。レナードがささやき声で名前を呼び、毛布から顔を出させようとする。ウェンは、父さんたちがキャビンの中でしぼんで二度とふわふわ飛んでいけない風船になった様子を想像せずにはいられない。

　ウェンはレナードの人殺しの神さま――彼女自身は本当にいるとは信じていないけれど、とても恐ろしい神さま――と取引をする。その神さまのイメージは夜空を見上げたときに星と星のあいだに見える真っ黒で何もない空間みたいなもので、月も地球も太陽も天の川も呑《の》みこんでしまうほど大きいから人間のことなんかまったく気にしない。それでもウェンはその神さまに、どうか自分と両親がこのキャビンから出られるように、どうか無事に家に帰れるように、とお願いする。もしもそれを許してもらえたなら、明かりを消して暗闇の中で眠ることに二度と文句を言わないと約束してもいい。

エリック

朝になるとレナードたちがキッチンで忙しく動き回り、ペーパータオルでランチョンマットを作り、テーブルにグラスやマグを並べる。彼らからは目的意識と覚悟、そして明らかに不安が見て取れる。昨夜の夕食時に感じられた家族のくつろいだ休暇めいたシュールな雰囲気はすっかり影をひそめている。ふと誰かと誰かの身体がぶつかったら、静電気の火花が散って爆発を引き起こしそうだ。

サブリナが全員に対して、コーヒーがほしいか、どれくらいほしいか、と二度ずつ尋ねる。彼女はシンクの上の小窓からしきりにデッキのほうをうかがう。そちらから数日間放置した生ゴミのように鼻をつく腐敗臭が漂ってくるのだ。

レナードが腕時計を確かめ、ひとつ手をたたくと「よし」と誰ともなしに言う。

エイドリアンがこんがり焼けたバタートーストを皿に積み重ね、執拗《しつよう》に群がるハエを追い払う。「あっち行け、あっち行けったら」

ウェンは三人といっしょにテーブルに着くが、誰とも口をきかない。膝に視線を落とし、握りしめたこぶしに親指を入れている。

アンドリューが「食べてもいいよ」と声をかける。だが、ウェンは何も食べず、チョコレートミルクを出されても飲もうとしない。今食べたくないなら食べなくてもいい、とアンドリューが言ったあと、エリックは「したいようにすればいいんだよ」とつけ加える。自分たちの今の状況を考えると、図らずも心ない言葉になってしまったかもしれない。

ウェンは椅子の中でぐったりと身体をすぼめており、テーブルの上には頭しか出ていない。アンドリューとエリックはトーストと水の提供をきっぱりと断る。

エリックの頭は前日ほどの痛みはないものの、脳しんとうから完全に回復したとはとても言えない。衣類を詰めこみすぎて脱水中に回転軸がぶれる洗濯機のように感じられる。部屋の照明が明るすぎるように思えるが、ほかの人たちにはそうでもないらしい。喉が渇き、勧められたときに水を飲まなかったことを後悔する。疲労が著しく、すわったままの囚人の体勢から解放されたいと全身が悲鳴を上げているというのに、目を覚ましているのがひと苦労だ。両腕と両脚が痛くてたまらないが、拘束ロープは長い一夜を経て、それとわかるほどゆるんでいる。左右の手を引っぱれば肌が触れ合わない状態まで離せるし、膝から下の部分を椅子から半インチほど伸ばすことができる。わずかながらも大きな進歩だ。アンドリューのロープも同じようにゆるんだだろうか。

大急ぎの朝食がすむと、サブリナがエリックのガーゼと傷の具合を診てくれる。状態はよいとは言えず数針縫う必要がありそうだが、傷口の感染はないという。レナードたちが毛布とマットレスを共有エリアから運び出す。彼らの動きはてきぱきと無駄がなく、あっという間に場面転換を終わらせる舞台係のようだ。レナードがアンドリューを椅子ごと引きずって玄関ドアの横から部屋の中央に移動させていく。木製の椅子の脚が床とこすれ、高速道路を走るトラクター・トレーラーのような騒々しい振動音とともに床板に平行な二本線がえぐられる。

レナードがエリックと椅子を移動させようと戻ってくるので、エリックは「やめてくれ、頼む。あんなふうに引きずられたら頭に障《さわ》る。だいぶ気分がよくなってるが、そんなにいいわけじゃない。足をほどいてくれ、歩くから。おとなしくしてると約束する」と訴える。彼は嘘をうまくつけたためしがない。

レナードはイースター島の石像のように厳《いか》めしくそそり立っている。「悪いが、まだだめだ」彼は白いシャツのすそをジーンズの中に入れ直すと、前かがみになって椅子のひじかけに手を伸ばす。

「ねえ、彼を持ち上げて運んだら？　わたしたちも手伝うから。彼にはきのうよりもずっと明晰《めいせき》な頭で考えてもらわないといけないんじゃない？」サブリナが小走りで来てエリックの横に立つ。エイドリアンもやってくる。

レナードは「あまり時間がない」と反論するが、短いやり取りの末に不本意な様子ながら承諾する。エリックは三人がかりで椅子ごと床から数インチの高さまで持ち上げられる。彼らが椅子の傾きを直し、直しすぎた傾きを戻し、すり足で運んでいくと、エリックは上下にも左右にも揺さぶられる。エリックはいっそ片側に身をひねって全体重を預け、彼らの手から椅子ごと落ちようかと考えるが、それは一時的にでも自分の状況をコントロールしたいという以外に戦略的な理由はない。前日にすわっていた場所まで運ばれ、アンドリューの右隣に下ろされる。またこの場所かと思うと少なからず気力が削《そ》がれ、このめまいと軽い吐き気がタイムトラベルの結果なのではないかと思えてくる。

カウチにウェンがいる。エリックはキッチンテーブルにいた彼女が移動する場面を見ていない。自分で歩いていったのか、それとも運ばれたのか。両脚には毛布がかかっている。アンドリューが娘の注意を引こうと、寒いのか?、大丈夫か?、おれかエリックといっしょにすわりたいか?、としきりに声をかけている。ウェンは答えず、近い将来に待ち受ける恐ろしいできごとを目撃しようとするかのようにぼんやり前を見つめている。

レナードたちが何か準備を忘れているものはないかと部屋の中を探し回っている。わめいたりつぶやいたりしながら旋回するさまは、さながら死肉をあさる鳥だ。彼らはたがいの気分や心の準備を確かめ合う。

「またこんなことをしなきゃいけないなんて信じられない」「わかってる」「本当につらい」「できるかどうかわからない」「あなたならできる」「われわれにはできるし、やらねばならない」「これは悪い夢じゃなさそうだけど、そうだったらいいのに」「これは現実で、今までしてきた中で一番リアルだわ」「やり遂げよう」「ちゃんとやりましょう」「われわれには彼らに対して義務がある」「世界を救うチャンスを彼らに与えないと」

目に見えず耳にも聞こえない合図によって彼らが立ち位置を変える。エイドリアンがエリックとアンドリューのあいだに進み出て、レナードとサブリナが背後にさがる。

レナードが言う。「きのう、われわれはあまりいい働きができなかった……その、選択肢を提示することに関して」腕時計を見てから部屋のあちこちを見回す。ただしウェンのほうには目を向けない。「きみはうまくやれると思うよ、エイドリアン。わたしにはわかる」

エイドリアンが肩をすくめる。「どうも、ボス。それじゃ、始めるよ」

レナードとサブリナが前日に使用した凶器を持ち出す。握られた凶器からは、すでに首尾よく適切に使われたという自信とやる気が発散されているようだ。

エイドリアンは手に何も持っていない。手入れのすんだ彼女の凶器は薪ストーブに立てかけられ、別の過去から来た素朴で非現実的な装飾品のように見える。

エイドリアンが言う。「わたしたちは……」そこで言葉を切って肩ごしにサブリナを見ると、彼女が励ますようなうなずきを返す。「きのうと同じ選択肢を提示するためにここにいる」

エリックは言う。「いいか、ここではぼくらはまったくの無力だ。選択肢があるのはきみたち三人のほうで、正しいことをしてぼくらを解放するチャンスがある。ぼくらを自由にするのが正しいことだとわかってるはずだ。きみたちはみんないい人間みたいだし、本心ではこんなことをしたくないと思ってるんじゃないか？　朗報があるよ、きみたちはそもそもこんなことする必要がひとつもないんだ」エリックは前よりも自分がコントロールできていて、ずっと自分らしいと感じる。前日からつきまとっている光の人のビジョンの問題も、幻覚か、過去に経験した眼精片頭痛による視覚症状だとして簡単に払拭できそうだ。

エイドリアンが両腕をつねったりさすったりする。みんなの前で話をするのがいかにも心地悪そうだ。「いいえ、わたしたちはやる必要がある。ほかに選択の余地がないんだ。あんたたちとちがってね。いくら自由にしてあげたくても、わたしたちにはそれができない。だめなんだ。許されてないんだよ」

エリックはエイドリアンの落ち着きのない手と、部屋の向こう側に置かれた凶器に注目し、次は彼女なのだと気づく。次はきみなんだな、ともう少しで声に出しそうになる。もしもまた自分とアンドリューとウェンが自分たちの誰も犠牲にならないという選択をしたら、エイドリアンは前日のレドモンドのようにほかのふたりの手によって儀式的に殺される。その理解で正しいだろうか？　おそらく正しいと思うが、そんなことをしてもなんの意味もないし、ある時点で彼らは殺し合いをやめねばならないではないか。

「というわけで、あんたたちには同じ選択肢があって、きのうと同じく今すぐ選ばないといけない。取引条件は同じ。西海岸に何が起こったか見たよね」エイドリアンがテレビを指さし、伸ばした腕が暗い画面に映る。「あれだけの人が溺れるのを見たのに、なんで信じてくれないの？　わたしたちはあれが起こると伝えて、あんたたちは選択しなくて、それで大勢の人が叫びながら死んで、あれを見たのになんであんたたちは……」

アンドリューが「いい加減にしてくれ」と声を上げ、椅子の中で暴れる。「あれはおれたちには何ひとつ関係ない、あんたたちにもだ」

エリックも「まったくの偶然だ」と言うが、声に明らかに確信がなく、それがあまりにあからさまなためか、彼ら三人が初めて見るようにエリックの顔を見る。あたかも今になって発見したかように。

アンドリューが言う。「いや、偶然なんかじゃない。断じてちがう。あんたたちはキャビンに来る前、アラスカで地震が起こったのを知ってたんだ。津波警報が出て、それでここに来る計画を思いついて……」

サブリナが「それは事実じゃないわ」と言う。

「……で、今朝もテレビで何が放送されるかを言うんだろ？　もうじきレナードの見たい番組が始まるんだよな、きのうみたいにしきりに腕時計を見てるから。世界の終わりがこんなにきっちりと〈テレビガイド〉のスケジュールにしたがうなんて知らなかったよ。もうたくさんだ！　まったく狂ってる！　あんたらみんな狂ってる！」

エイドリアンが叫ぶ。「あんたたち、少しは落ち着いて考えなよ！」

サブリナがエリックひとりに向けて話しかけてくる。彼らに自分たちの話を鵜呑《うの》みにしそうな人間と見なされていることに、エリックは恥辱を覚える。「たとえここに来る何時間も前に地震のことを知っていたとしても、そもそもわたしたちがなぜ、どうやってここに来ることになったの？　別々の土地にいた見知らぬ四人がニュー・ハンプシャーの人里離れた場所で出会うと、どうしてわかったの？　それは、わたしたちがビジョンを見たから。ここへ導かれ、何をすべきか教えられて……」

アンドリューが大声でさえぎる。「つまり、このキャビンに着く前に地震のことを知ってたと認めるんだな！」

「ええ。つまり、いいえ、わたしが言っているのは全然そういうことじゃない」

エイドリアンが言う。「そんなこと、どうでもいいよ。あんたたちには、選択することでもっと大勢の人たちが死ぬのを防ぐチャンスがまだある。あんたたちがみんなを救う選択をしなきゃ、地球にいるあんたたちやわたしたちやみんなのチャンスがなくなっちゃうの」彼女は怪訝《けげん》な顔で目を見開いている。自分の話を信じてもらえないことが信じられないのだ。「あんたたちが自分たちの中から犠牲になるひとりを選べば、世界は終わらない。それだけ。簡単なことでしょ。ほかにどうやって説明すればいいのさ、くそ……」

レナードが言う。「落ち着くんだ……」

エイドリアンはわめき続ける。「表もグラフもないし、パワーポイントも、それからなんだ、人形劇もないし……」そこで言葉を切り、懇願するように両手をエリックのほうに突き出してくる。

　エリックは部屋中の視線が自分に集まるのを感じる。アンドリューとウェンもこちらを見ている。エリックは告げる。「選択はしない。何があっても、家族の中から犠牲になる者を選ぶことはない。以上だ。聞きたくない話かもしれないが、きみたち三人は共通の妄想に取り憑《つ》かれてるんだ。妄想というのは手ごわくて……」

　エイドリアンが「ああ、もうおしまいだ。わたしたち、終わったよ」と両手を挙げる。

　カウチでウェンがつぶやく。「レナードがあたしに言った。神さまがこれをさせてるんだって」彼女がこの朝初めてしゃべったことで、おとなたちは〝だるまさんがころんだ《レッドライトグリーンライト》〟のように動きが止まる。

　アンドリューがきく。「その話はいつ聞いた？」

「夜中。あたしが目を覚ましたら、レナードも目を覚ましてた」

「そうか。彼の話はまちがってる。これをやってるのは彼らだ。ほかの誰でもない彼らが自分でやってる。レナードはおまえの友だちのふりをしたいらしいが、もし本当に友だちなら、おれたちを自由にするはずだろ？」アンドリューがレナードをにらみつけるが、レナードは反論しない。

ウェンはそれ以上何も言わない。毛布の下で脚を開いたり閉じたりして、チョウの羽のようにはためかせる。

「神はこんなことをしない」エリックは即座に断定するが、その言葉ほどには自信が感じられない。未来のできごとについて真実を語ると同時にそれが不運を招くのではないかと心配する口調だ。心の中では、この試練から無事に解放されますように、と神に祈っている。エリックは強《し》いて言えば自分はカトリック教徒であると自認している。同僚に対し、自分は〝控えめなカトリック〟だと言ったことがある。教会には月に一、二度通う。日曜のミサに参加することもあるし、特にストレスを感じるときは平日の出勤前に行くこともある。メッセージやメッセンジャーについてはしばしば苦になるものの、ずっと昔に暗記した祈りの言葉や聖歌、聖体の蠟《ろう》っぽいボール紙のような味、埃《ほこり》やロウソクや香のにおいには気持ちが癒される。クリスマスにしか教会に行かないにわかカトリック教徒などではないし、そうなったら教会に行かないほうがましだ。ウェンとの養子縁組を数週間後に控えたころ、ウェンには洗礼を受けさせず、どんな宗教も強制しない、というアンドリューの意見に不本意ながら（どれほど不本意だったか、無神論者を自認するアンドリューにはわからないだろうが）同意した。ウェンは大きくなって自分ひとりで決められるようになってから宗教を選べばよい。それはウェンを信仰を持たぬまま育てると言っているのと同じだと、エリックにはわかっていた。そのことでときおり、自分の大事な一部がウェンから遠ざけられているように感じたが、家族の決定には異を唱えなかったし、密《ひそ》かに布教することもしなかった。

暖かい風が網戸をガタガタと揺らしながらキャビン内に吹きこみ、生ゴミ由来ではない強烈な生ゴミ臭を運んでくる。アンドリューがエリックの視線をとらえ、うなずきかけてくる。よく言った、という意味だろうか？　アンドリューは何か知っているのか？　アンドリューのロープがエリックのものよりもゆるみ、準備ができたと告げているのだろうか？　太陽の光がひらめいたのでエリックは思わず顔をそむけ、まだ自分の準備ができていないときにふたたび光にさらされることを恐れる。

エイドリアンがサブリナに歩み寄り、どうすればいいかと問う。サブリナが何やらささやく。エイドリアンががっくりとうなだれ、両手で顔をおおう。

レナードが大きく息を吸う。「犠牲は絶対に必要で、われわれが望もうが望むまいが、いずれにしてもそれは必ず払われることに……」

突然、アンドリューがハチに刺されたかのように激しく身を起こす。「くそっ！　なんてことだ！　そうか……」

エリックはきく。「なんだ？　どうした？　大丈夫か？」アンドリューは演技をしているのか？　これはレナードたちを椅子の近くまでおびき寄せる作戦の一部なのか？　彼らをおびき寄せて……何をする？

アンドリューが目をぎらつかせ、吐き気をこらえるかのように深く呼吸する。「ああ、なんてことだ、エリック、あいつだよ。あのくそったれのレドモンド！　あいつだったんだ！　最初はこいつらが同性愛嫌いの過激な異常者集団にすぎないと思ってた……ああ、くそ、エリック、くそっ、くそっ……」

レナードとサブリナとエイドリアンがアンドリューから離れ、今度はなんだ、というとまどいの表情を交わす。

「落ち着け。落ち着いて話してくれ」エリックは椅子とロープのことを一瞬忘れ、立ち上がってアンドリューのもとへ行こうとする。全身がロープに引っぱられて椅子に強く尻もちをついてしまい、頭の中心を短剣で突き刺されるような激痛が走る。気がつけば両手を縛っているロープが数分前よりもゆるみ、巻きついている結び目の大部分が手首から手のひらまでずり落ちている。これなら手をくねらせて引き抜くことができると確信するが、それにはどれほど時間がかかり、どれだけ彼らの目をごまかせるだろうか。

アンドリューが彼らに怒鳴る。「レドモンドはやつの本名じゃない！　あんたたちも偽名を使ってるんだろ？　神さまにそうしろと言われたのか？」

エイドリアンは今も両手で顔をおおったままだ。「彼、いったい何言ってんの？」

サブリナがかぶりを振る。「いいえ、わたしたちは誰も偽名など使っていない。そうよね？」

　レナードとエイドリアンが「ああ」「もちろん」と応じる。サブリナはアンドリューに不審を抱き、彼自身とその言動を恐れているように見える。

「あそこで死んでるあの男、あんたたちが殺したやつ。あいつの名前はジェフ・オバノンだ」

「ジェフ・オバノン？」エリックはその名前を繰り返し口に出し、さらにきしむ頭の中で何度も言う。それは自分の知っている名前、あるいは知っているべき名前であり、顔を思い出したり意味のある人物情報を呼び出したりできるはずの名前だ。

「あいつはバーでおれを襲った男だよ、エリック！　あいつなんだ！」

アンドリュー

　ホッケー・バー〈ペナルティ・ボックス〉は大酒飲みが集まる安酒場《ダイブ》で、現在〝ダイブ・バー〟という語から連想される〝逆におしゃれ〟という空々しい魅力とはいっさい無縁だった。ノース・ステーションとボストン・ガーデンの向かい側、コーズウェイ通りの角に建つインダストリアル様式としか言いようのないレンガとコンクリートからなる四角い二階建ての一階にある店で、正面にレンガをくり抜いた洞窟のような入口と四角い窓、その上に黄色地に黒文字の看板がかかっている。店の常連は、他人にからむ酔っぱらい、最後の一ドルまで飲んでしまう連中、ホッケーのブルーインズやバスケットボールのセルティックスの試合の前後に大騒ぎするまぬけなど。一九九〇年代後半には、店の上に〈アップステアーズ・ラウンジ〉という地元では名の知れたミュージックスポットがあり、毎週金曜の夜には〝ピル・ダンス・パーティ〟と呼ばれるイベントを開催していた。八十人ほどの客が暗くて薄汚れたフロアにひしめき合い、DJのかけるブリットポップで踊っていたものだ。エリックと出会う前、アンドリューも仲間たちと定期的に〝ピル・ダンス〟に参加し、会場が〈アップステアーズ・ラウンジ〉からオールストーンの店に移ったあとも含めて五年間ほど通っていた。

二〇〇五年十一月、アンドリューと友人のリッチーは早々にセルティックスの試合に見切りをつけたあと、ノスタルジーにひたるために〈ペナルティ・ボックス〉（〈アップステアーズ・ラウンジ〉はだいぶ前に閉鎖された）で一杯か二杯だけ飲もうと思い立った。店に入ってみると、第四クオーター前半で二十五点差をつけられているセルティックスを見限って流れてきた緑色のユニフォーム姿の地元ファンたちで半分埋まっていた。アンドリューは白の長袖Tシャツの上に二十年前に買ったロバート・パリッシュ選手の小さくてきついタンクトップを着ていた。リッチーはポール・ピアース選手の新しいジャージを着ていたが、試合中は彼のシュート選択や明らかな速力不足についてずっと文句を言っていた。

　アンドリューはあの日から数年がかりで、襲われる前の何気ないできごとを入念につなぎ合わせて時系列を整理した。彼とリッチーが〈ペナルティ・ボックス〉にいたのはほんの十分間ほど。アンドリューは店に入るなりまっすぐバーカウンターに向かい、サミュエル・アダムズのドラフトを二杯注文した。カウンターにジェフ・オバノンとその友人二名がすわっているのを見た記憶はないが、警察の報告書と供述書によるとそこにいたようだ。アンドリューは入口近くで中年女性と話をしているリッチーのところへ二杯のビールを持っていった。長身でスリムなその女性はブルーインズのパーカーとジーンズを身に着け、酔っぱらって大声で話しており、顔にかかった脂っぽい髪をかき上げていないときはつねにリッチーの腕や肩や背中を触りまくり、彼をこれ以上なく喜ばせていた。女性の名前は覚えていない。アンドリューはリッチーにビールを手渡し、プラスティックカップを合わせて乾杯した。女性はリッチーに対してリカルド・モンタルバンに似ていると言ったが、当人は似ても似つかない。女性はアンドリューもキュートだがリッチーほどではないと発言したあと、自分のジョークに笑ったが、話が飛んでいて彼女がなぜ笑っているのかわからなかった。アンドリューは自分のキュートさが二流レベルだと言われたことに腹を立てるふりをした。店内にはテレビで試合を振り返っている実況のマイク・ゴーマンと解説者のトム・ヘインソーンの音声が流れ、音楽などかかっていないのに、女性はリッチーと踊りたがった。アンドリューは彼女とダンスをしろとリッチーをけしかけた。リッチーが「どうかな、今朝走ったから太ももが痛いんだ。たぶんね。あと内耳に問題があって回るとめまいがするし。どうしようかな。おれは左足の小指がないから身体がいつも右側に傾いてる。ダンスは楽しそうだけど……」とかなんとか言っていると、交渉が長引くにつれて女性が「あら、そう」と言葉をはさみつつ要求を増やし、ダンスだけでなくビールまでせがんできた。アンドリューは女性がただ会話を楽しんでいるのだと思った。リッチーは（アンドリューとちがって）ひるむことなく女性に質問を始めた（「それで、どこの出身？　ここへはよく来る？　セルティックスはまた調子を取り戻すかな？」）。リッチーは明らかに相手を焦《じ》らすのを楽しんでいた。アンドリューはそこでリッチーがこう質問したのを覚えている。「ここで最後に踊った相手はなんていう男？」女性は笑みを浮かべながら、そのダンスの相手がまだそこにいるかのように店の反対側に手を振ってみせた。「あのろくでなし男、名前はミルトンだった」（アンドリューはそこで「町の名前と同じ？」と口をはさんだ）。「そうよ。つまんない男だった。おさわりする気にもならなかったわ」三人で大笑いしたとき、アンドリューの左後方にいたオバノンが「ホモ野郎」と言ったのだ。それは乱暴で抑えのきかない怒声ではなく、不明瞭でもぞんざいでもなかった。明瞭かつ簡潔で、侮蔑に満ち、たったひと言で主張と正当性を表明していた。アンドリューは左後ろを振り返り、声の主を見た。それ以降、法廷で再会するまで直接見ることがなくなる顔を。アンドリューが振り向くとき、オバノンがビールびんで頭を殴ってきた。その衝撃でぱっくり開いた傷は閉じるのにおよそ三十針を要した。アンドリューはガラスが割れる音を聞いたが、痛みを感じず、代わりに頭と首に一瞬の冷たさが走り、見下ろした床が勢いよく目の前に迫ってきたのを覚えている。人びとが叫ぶ中、目を閉じたままうつ伏せで横たわっていたのを覚えている。救急車に乗せられた記憶はないが、搬送中に上半身を起こしたいと言ったことは覚えている。病院でエリックの顔を見たとき、なぜか恥ずかしかったのを覚えている。エリックに「ああ、ひどい、何があったんだ?」と言われたとき、アンドリューは小声で「わからん……」と答え、おれが何をしたっていうんだ、の言葉を呑みこんだ。オバノンはのちに有罪を認めた上で、酔っぱらっていて頭が回らず、自分の友人がたまたまアンドリューにビールをこぼされた(明らかな嘘だ)ため、ちょうど喧嘩《けんか》を吹っかけようとしていた友人にけしかけられたと証言し、いつもの自分ではなかった、自分はそんな人間ではない、と繰り返し主張した。

アンドリューはボクシングのレッスンやワークアウトの前、あるいは射撃場へ行く前にいつもあの暴行のことを考える。襲われたあとの二、三年間は、眠れない夜にインターネットで襲撃者の名前を検索し、別のジェフ・オバノンたちのデジタルライフを探ることに時間を費やしていた。目当てのオバノンに関する情報を掘りつくしたので(おかげでアンドリューはあの男のことを自分の身体に巣くう病気のように考えるようになった)、そのあとロサンゼルス在住でハリウッド映画の美術部門で働いているオバノンや、ニューメキシコ州の中学校の社会科教師で毎月第一金曜日に生徒たちのために『ルーニー・テューンズ』鑑賞会を開いているオバノンについてもネットで読んだ。一九四〇年の国勢調査をひと晩かけて熟読し、ミシシッピ州の自宅で妻と三人の子と母親と暮らしている二十五歳のジェフ・オバノンを見つけたこともある。その夜はデスクの椅子で眠っているところをエリックに発見され、ベッドにやさしく連れ戻された。

そうしたインターネット検索をやめてから何年もたつし、公共の場で以前のように頻繁に背後を確認することもないが、過剰な警戒心が完全に消えることはないだろう。ふとしたときに、自分が襲われた理由についていろいろ考えてしまう。まあ、理由はわかっており、憎悪に満ちた〝理由〟は痛いほど明らかだが、ではオバノンがアンドリューを選んだ理由はなんだったのか？　アンドリューがゲイであり、リッチーがそうでないことを、オバノンはどうやって知ったのか？　もしもリッチーがカウンターに背を向けて立っていたら、襲われたのは彼のほうだっただろうか？　オバノンが単に悪意のまぐれ当たりをしただけなのか？（法廷でオバノンは、〝ホモ野郎〟発言はアンドリューを暴行した理由ではないしアンドリューをゲイだと思ったわけでもない、それは仲間うちで意味もなく使っている言葉にすぎず中傷の意図はまったく含まれない、と主張した）。オバノンはボストン・ガーデンの外で、あるいは中でアンドリューを見かけ、そこからバーまで尾行し、アンドリューの顔だちや話しかた、歩いたり笑ったり首を横に振ったりまばたきをする仕草に愚かで貪欲な憎悪をつのらせたのだろうか？　それともオバノンがアンドリューを初めて見たのはカウンターに歩み寄ってビールを注文したときだろうか？　アンドリューを目にした瞬間に何かを見いだしたのだろうか？　オバノンにとってアンドリューは明るいオレンジ色の炎であり、彼の暴力に火をつけたのだろうか？　オバノンは根気よく観察し、じっくり考えて計画を練り、不安を抱き、その不安をうなり声とガラスびんのひと振りで乗り越えたのだろうか？　あのろくでなしに勝手に内面を見定められ、別モノとして分類されたことは癪《しゃく》に障るが、何よりもあの夜に餌食として目をつけられたことがアンドリューには腹立たしい。

アンドリューは告げる。「あいつだ。髪を刈り上げ、年を食って、体重も五十ポンド以上増えて、顔もむくんでたから、すぐにわからなかった。だけど、なんとあいつだったんだ。レドモンドの正体はジェフ・オバノン。おれが誰のことを言ってるかわかるだろ？」

「ああ、もちろん、わかるよ」エリックが眉をひそめながら言う。彼がオバノンを覚えているか、レドモンドが同一人物だと気づいたか、アンドリューには判然としない。「ああ、そうだな、きみの言うとおりかもしれない」

「かもしれない？」

「つまり、ぼくにはよくわからないけど……」

「なんでわからない？」
「……でも、きみがあいつだと言うんなら、あいつだ。信じるよ」エリックはこちらの目を見ようとしない。
アンドリューはため息をつく。「くそっ、あいつだと言ってるんだ。おれにはわかるん
だよ、エリック」
「そうだな、もちろん、きみにはわかる」
エイドリアンが横から言う。「ねえ、ふたりとも。時間がないんだよ？　あんたたちに
選択してもらわないといけないいんだよ？」
「ちょっと待って」サブリナが言い、その手の中で凶器が力を失う。「レドモンドが何を
したと言うの？」
アンドリューは答える。「およそ十三年前、おれは友人とボストンのバーにいて、あん
たたちの仲間の男が……なんら正当な理由もなく……後ろからこっそり近づいてきて、お
れのことを〝ホモ野郎〟と呼んで、ビールびんで頭を殴って、おれをノックアウトして
怪我を負わせたんだ」ウェンがこちらを見ているのに気づく。虚ろだった彼女の表情がび
くっとたじろぎ、強く二回まばたきする。
エイドリアンが「なんてこと……」と息を呑む。
サブリナが頬をふくらませ、鋭く息を吐く。

エイドリアンが言う。「ねえ、まさかそれって、作り話じゃないよね？　その話でわたしたちを……？」まるでクエスチョンマークが千の言葉以上に価値があるかのように口を閉ざす。

アンドリューは、頭からうなじまで走ってる傷跡をよく見ろ、と言おうかと思うが、もがけば手が自由になりそうなほどロープがゆるんでいる状態を間近で見られる危険を冒したくはない。昨夜、暗闇の中で目を覚ましているあいだずっと指を曲げたり伸ばしたり、手首をひねったりしていた。もはや問題は、両手を自由にできるかどうかではなく、いつそうすべきかだ。

アンドリューは言う。「おれは嘘などついてないし、話を作ってもいない。レドモンドは確かにおれを襲った男だ。人生でこれほど確信を持てたことはない。誰かデッキに出てあいつの財布を見つけて、免許証の名前を読んでみたらどうだ？　きっとジェフ・オバノンだから」

サブリナが言う。「あなたを嘘つき呼ばわりする気はないわ、アンドリュー。襲われた話がでっち上げだとも思っては……」

「確かに頭の後ろにひどい傷跡があるよ」エイドリアンがアンドリューを指さし、仲間のほうに後退する。

レナードが肩を落としている。見えない大きな重しに押し下げられているようだ。「アンドリュー、きみはウェンに、その傷跡が子どものころにバットで殴られたものだと言ったんじゃないか?」

「何? 待て、どうして……」アンドリューは驚き、ウェンを見やる。ウェンは見返してこない。マネキンのように微動だにせず、表情もない。アンドリューは娘に、ごめんよ、この世の何もかもがごめんよ、と言う以外にどんな声をかければいいのかわからない。

レナードが言う。「ウェンがそう教えてくれた。それで、きみたちのうち本当のことを言ってるのはどっちだ?」

「どっちもだ。おれが話してるのは実際に起こったことで、あの子があんたに話したのはおれから聞かされた話だ」アンドリューはそこでウェンに言う。「不愉快でひどい人間がおれをこんな目にあわせたなんて、おまえには知ってほしくなかったんだよ。この世にそんな人間がいるなんて知ってほしくなかったんだ」レナードたち三人をひとりずつこれ見よがしににらみつけてから続ける。「とにかく、今はまだ知ってほしくない」傷跡の本当の由来はウェンがきちんと理解できる年齢に達したら話すつもりでいた。残酷さや無知や不公平はこの世の社会秩序を支える柱や筋交いであり、天候と同様に否応なしで避けようがないが、将来ウェンがそのことを認識する日がどうか永久に先送りされるようにと、アンドリューは不合理にも願っていた。

レナードが言う。「わかった。きみを非難するつもりはない。それに、作り話じゃないと信じてる。でも、レドモンドが他人のそら似だという可能性も……」

「いや。あいつだ。まちがいない」法廷でおどおどしていたあのみすぼらしく痩せたイタチ男が年を取って肉がつき、トロールみたいなレドモンドに変容していくさまが、アンドリューの目にははっきりと見える。そこに疑いの余地はない。あってたまるものか。

アンドリューは両手を握りしめ、誰かが背後に来たとしても拘束がきつく締まって見えるようにロープの一部をつかんでおく。

エイドリアンが低い声を絞り出す。「じゃあ、レドモンドは罰を受けたのかも」

サブリナがうめき声をもらし、レナードと顔を突き合わせる。「まったく。なんてこと！ねえ、レナード、あなたはこのことを知っていたの、レドモンドのことを？」

「え？　いいや。もちろん知らなかったよ。アンドリューが嘘つきだとは思ってないけど、たぶんこれは……」

「あなたはレドモンドについて何を知っている？」

「きみが知ってるのと同じぐらいだ。きみたちふたりについて知ってるのと同じぐらいしか知らない。わたしは……本当にもう時間がないんだ」レナードが話をそらしてもサブリナは一歩も動かず、彼を解放しようとしない。「わたしもきみが思ったように思った。彼は荒っぽいところがあったりするけど、基本的にはいい人間だと」

「マジで？　どう見てもそうじゃなかったよ。よく言っても気に障る嫌なやつ」とエイドリアンが言う。

サブリナが指摘する。「わたしが掲示板を見つけたとき、すでにあなたと彼はそこにいた。エイドリアンが来る前から……」

「掲示板だと？」アンドリューは、やっぱりか、という調子をこめて大声を上げる。

あのいまいましいインターネット掲示板。彼らは狂信者かもしれないし、そうでないかもしれないが、掲示板に入りびたっては妄想を共有する〝特定の宗派に属さない異常者〟――以前にエリックが言った表現――であるのはまちがいない。アンドリューが昔読んだ二十一世紀特有のメンタルヘルスの危機について書かれた本によると、臨床的に見て偏執的・精神病的妄想に苦しんでいるにもかかわらず専門家の助けを無視する上に友人や家族との関係を絶つ人びとが増加しているという。そうした人びとは代わりにインターネットで心の支えを探し、同じ考えを持つ何百何千という人たち（彼らは自分たちを〝ターゲッティド・インディヴィジュアル〟もしくは〝ＴＩ〟と呼ぶ）をソーシャルメディアや掲示板で見つけるのだ。ネット上において、妄想で苦しむ人たちは他者から〝経験していることは化学作用による嘘〟だとか〝シナプスの誤発火の結果〟などと言われることがなく、クレイジー呼ばわりされることもない。どのグループの人びとも自分の身に同じことが起こっているので、ますます妄想を強く信じるようになる。最近、ある男がルイジアナ州の軍事施設で三人を射殺した。彼はＴＩたちが集まる巨大オンライングループの一員で、そこには、いかに影の政府が自分たちをストーキングし、マインドコントロール兵器を使用して人生を破壊しようとしているかを説明するブログや動画が氾濫していた。

アンドリューは考える。侵入者の三人に対し、レドモンドが彼らの考えていたような人間でないこと、彼らとは別種の人間であること、彼らのグループ（人類の救済者を目指すいわば敬虔《けいけん》で気高いグループ）の一員ではないことを証明すれば、彼らに疑念を与え、集団妄想に亀裂を生じさせてそれをクモの巣のように広げることができるだろうか？　三人はバーの襲撃の件を聞いて明らかに動揺しており、サブリナとエイドリアンは自分たちのやった行為やこれからやることになっている行為について葛藤を隠せずにいる。疑念はよい兆候だろうか？　それとも疑念は彼らをより必死で危険な存在にし、信念を守るために暴力を激化させる結果を招いてしまうだろうか？　アンドリューは握っていたこぶしをゆるめ、手の中のロープを一瞬だけ離し、本当に手を引き抜けるかどうか再度確認する。

サブリナが言う。「ええ、掲示板よ」そこでレナードに向き直る。「あなたはどれくらい前から……」

レナードが言う。「掲示板を開設したのはわたしだ。ビジョンのひとつでそう示されたとおりに。最初にたどり着いたのはレドモンドだったけど、きみよりもほんの数時間早かっただけだ。きみたちが加わる前にわたしと彼が交わした会話は、ログですべて読めるようになってる。それに彼は憎悪に満ちたことは何ひとつ言わなかった」

「彼と電話とかで話したことはある?」

「いいや、一度も」

エイドリアンが言う。「ビジョンで湖と町の名前を示されたって最初に言ったのはレドモンドだった」

「たぶん、そうだったと思うけど、きみはいったい何が言いたい?」とレナードが問い返す。

ずっと沈黙していたエリックが急に大声で割って入り、とたんに顔をしかめる。「彼女が言いたいのは、きみのレドモンドが意図的にこの場所を選んだということだよ」

アンドリューは言い添える。「あいつがここを選んだのは、おれたちがここに来る予定を知ってたからだ。あいつにとって重要なのは、ここにおれが来るってことだ」

レナードが言う。「それはありえない。たとえそうだとしても……彼はいったいどうやって突き止めた? これはそういうものじゃない。われわれはみんなビジョンを見たんだ。サブリナも、エイドリアンも、わたしもこのキャビンを見た。きみたちも見ただろう? ふたりとも見たと言ったじゃないか」

サブリナとエイドリアンはうなずいて認めると、レナードから離れ、たがいに距離をあける。

レナードが言う。「われわれは湖を見て、この小さな赤いキャビンを見た。それでこの場所を知ったんだ」そこで玄関ドアを指さす。「わたしはキャビンの前に続く舗装されてない道も見た。玄関ドアの木目までも見たんだ。生まれたときから知ってたみたいに。そして、ここに家族が、とても特別な家族がいることを知った。その家族は選択をしなくてはならず、われわれみんなを救うために犠牲を払わねばならない、と」彼がサブリナとエイドリアンを交互に見る。「こんな迷子の状態にさせておいちゃだめだ。何もかもが最悪だとわかってるし、吐き気がする。でも、みんなで乗り越えられる。ここでの苦しみは永遠じゃないから。これは試練なんだ。われわれは選ばれ、試されてる。ここにいる全員が。きみたちもだよ、アンドリュー、エリック、そしてウェン。われわれがこの最も困難で重要な試練を切り抜けなかったら、世界は終わることになる。そして、レドモンドに関しては、たぶん……」アンドリューのほうを向いて片手を伸ばしてくる。「たぶん、彼はオバノンじゃない。きみは言ってた、十三年たって、その、五十ポンドも体重が増えてるって」

「絶対にあいつだ！　おれはけっして……」

「わかってる、わかってる、彼なのかもしれない。わたしはレドモンドが本名かどうか知らないし、きみの身に起こったことを軽んじる気はないけれど、われわれがここですべきことがらになんの関係がある？」

サブリナが顔を紅潮させて叫ぶ。「もちろん関係あるわ！　もし彼がアンドリューやほかの人にそんなことをしたと知っていたら、わたしはたぶん……」そこで言葉が途切れる。

エリックがうながす。「たぶん、何？」

「たぶんここには来なかった、と言おうとしていたの。でも、それは事実ではないわ。だって、わたしはここに来ることを選んだわけじゃないから。これはわたし自身の選択ではない。わたしは……ビジョンやメッセージを無視しようとしたし、家でじっとしていようとしたし、ここに来るまいとした。けれど、うまくいかなかった。飛行機に乗ることになっていた日の前日、目覚まし時計をかけず、荷造りもせず、何も準備しないでおいた。職場にも出かけるとは伝えなかった。そしたら翌朝になっていて、わたしはロサンゼルス国際空港に向かっている途中のタクシーの車内にすわっていた」

エイドリアンが「おんなじだ」と言い、妙に甲高い声で短く笑う。「これってどうしようもない状況じゃない？」

エリックが言う。「ここにいたくないなら、ぼくらを解放してくれ。きみたちはもうこんなことをしなくていい。自分でもわかってるはずだ」

サブリナが凶器を持ち上げ、握りを調整し、また考え直す。それは海のうねりで上昇するブイのようだ。

「サブリナ、きみはオバノンみたいな人間じゃない……たとえレドモンドが彼と同一人物だろうとね……エイドリアンもオバノンじゃないし、わたしもオバノンじゃない」とレナードが言う。「われわれは善の力としてここに招集された。わたしはそれが真実だと知ってる。細胞のひとつひとつでそう感じてる。きみたちもそうだと思う。前にも言ったけど、われわれは心に憎しみや非難を持ってここにいるんじゃない。すべての人、すべての人類に対する愛とともにここにいる。ほかのすべての人びとを救えるかもしれないという望みのために、進んで自分の命を犠牲にしようとしてるんだ」

エリックが何度も「ちがう」と繰り返してから「頼むからぼくらを自由にしてくれ。お願いだ」と言う。

アンドリューはエリックに強い視線を向け、エリックもこちらを見返してくる。手首のロープがゆるんだことをまなざしだけでどうにか伝えられないものか？

レナードが言う。「レドモンドがアンドリューを襲った男だとしても関係ないと言ったのは、われわれが過去に何をしようがこの瞬間や次に起こることを変えることがないからだ。過去は、われわれの過去は、すべて払拭される。重要なのは、われわれが今ここにいることと、なぜここにいるかだ。重要なのはこの試練を乗り越えること。われわれはみんな理由があって選ばれた。それが重要であって、わたしはそれを疑わない。われわれは疑うことなどできない」

エリックが言う。「いいや、きみたちは疑ってるはずだ。まちがいなく疑ってる」

アンドリューは言いつのる。「これがどれほどまちがってるか、あんたたちはわからないのか？　縛られてるおれたちを見ろ。しっかり見るんだ。これが正しいことか？　正常なことか？　若い看護師やシェフや大学を出たばかりの男が週末にやることか？　あんたたちがぐちゃぐちゃにつぶした男をデッキまで見に行ってから、まちがってないと言ってみろ」アンドリューはレドモンド／オバノン殺しに言及したとたん後悔する。そのことに触れないほうがさらなる殺人を防げるような気がする。

レナードが言う。「きみとエリックが正しい選択の道を見つけて、どちらかが犠牲になれば、世界は生き延びて、つまりウェンも生き延びる。きみたちだって、あの子に死んでほしくは……」

エリックがさえぎる。「もういい。それ以上言うな。耐えられない、やめてくれ……」

沈黙が下りることが最初から計画されていたかのように部屋がしんと静まる。キャビンの外では、暗く冷たい湖面を見下ろす朝の青空に太陽がのろのろと昇り、姿の見えない小鳥たちがさえずったり変化に富んだ歌を歌う。アンドリューは今こそ椅子から脱出すべきタイミングだとわかっている。それなのに、こわばった両手には感覚がなく、彼らが飛びかかってくる前に脚のロープをほどけるか心もとない。

サブリナが咳払《せきばら》いをする。「わたしたち、時間がなくなってしまうわ」

「時間がなくなるのはわたしだよ」エイドリアンが前かがみで嗚咽《おえつ》をもらす。悲嘆に満ちた声は内なる悲鳴だ。「こいつらに選択させるためになんとかしなきゃ、今すぐ」

レナードが言う。「わかってる。われわれだって努力して……」

「もっと努力してよ！　もっと厳しくやってよ！　誰かひとり痛めつけるとか、膝を砕くとか、指を切り取るとか言って脅すの。ひどい怪我じゃなくて、これがマジだって信じるくらいやって！」

「エイドリアン！」サブリナが彼女とアンドリューとエリックのあいだに進み出る。

アンドリューの頭の中は自分の意に反し、エリックやウェンの指が一本ずつ切り落とされるイメージでいっぱいになり、酸っぱく固まった胃が沈みこんで床を突き抜け、縮みゆく地球の中心まで落ちていく。ウェンを見やると、今もカウチで半分毛布におおわれてうずくまっている。心が機能停止してしまったのだ。おそらくショック状態にある。

「それしか方法はないよ！」とエイドリアンが声をかぎりに叫ぶ。「わたしたちでこれを終わらせなきゃ！　でないとこいつら、わたしたちがみんな死ぬまでただじっと待つつもりなんだ！」

大岩が狭い洞窟を転がるようにレナードが進み出る。「彼らに危害を加えることはできない。わかってるはずだ。そんなことは許されてない」

「口で言うのは簡単だよ。次はあんたじゃないもんね。わたしは毛布にくるまれて外であのろくでなしの隣に並べられたくない。死にたくないんだ！」

サブリナがしゃがみ、冷静な声で言う。「彼らはわたしたちを信じてくれる。きっと信じるわ」

「信じないよ。信じる気もない。絶対に」

「しいぃ。信じるわ。見てて。きっと信じる」

エイドリアンの言葉は速い呼吸の合間に聞こえる。すぐ死ぬってわかってたこと。「最悪なのは、このたわごとを見始めたときから自分が死ぬってわかってたことだよ」

身をかがめて泣いているエイドリアンを、サブリナがささやき声でなだめる。レナードは腕時計を確かめ、励ましの言葉を曖昧につぶやきつつ、すべてがうまくいっていないのに何がなんでもその行為を続ける者に特有のあきらめと必死さとひたむきさの混じった表情を浮かべている。

エイドリアンが身を起こす。サブリナとレナードを押しのけると、頬をつたう涙を乱暴にぬぐう。「大丈夫。もう平気。取り乱したけど、ちゃんとできる」アンドリューとエリックのほうへ二歩近づいてくる。「ねえ、わたしはもう死んだも同然だけど……」

レナードが言う。「エイドリアン、そんなふうには……」

エイドリアンがレナードを振り向いて怒鳴る。「黙っててよ。わたしの番なんだから、自分の好きなようにやらせてもらう。いい？　いいよね？」彼女はレナードにもサブリナにも口をはさむ隙を与えずに続ける。「で、次にどうなるかだよね？　地震や津波みたいな大災害がもうひとつ起こって、何百何千って人がまた死ぬ。今度は疫病。楽しみでしょ？　ボーナスとして、わたしがくす玉人形《ピニャータ》みたいにたたかれてぐちゃぐちゃになる気持ち悪い光景も見られるしね。それとも、あんたたちのどっちかが犠牲になってすべてを阻止してくれる？」彼女がジーンズの後ろのポケットから白いメッシュのマスクを取り出す。レドモンドが頭にかぶったのとまったく同じもののようだ。彼女は錯乱しているように目をぎらつかせ、アンドリューとエリックの目の前でマスクをゆらゆらと振ってみせる。「さあ、どうする？　最初にマスクをかぶってほしい？」彼女は右手のこぶしをマスクの中に入れ、指人形のように持つ。今にも指人形にしか許されない不快で恥ずべきセリフを発しそうだ。「いいよ、どうぞ。選んで。あんたたちのひとりがみずから犠牲になるか、ほかの人たちがひとり残らず死ぬか」マスクにおおわれたこぶしを手のひらにたたきつけて音をたてる。

アンドリューはかぶりを振ってうなり声をもらす。待ちすぎて両手を自由にするタイミングを逸してしまったと思うからだ。さらに待ったほうがいいのか？　エイドリアンがほのめかしたように彼らが外に出るのを待つべきか？　彼らはオバノンのときと同じように本当にエイドリアンを殺すのか？　黙示録に触発されたあの儀式に固執するのか？　彼らが自分たちを殺す理由がいまだに理解できない。ある時点でたがいに殺し合うのをやめ、アンドリューかエリックかウェンに矛先を向けざるをえなくなるのではないか。

エリックが言う。「ちょっと待て！　待ってくれ！」あまりの大声にエイドリアンのせわしない身体の揺れが鈍る。彼女はマスクを手からはずし、誰も見てはいけないかのように背中に隠す。「話を続けようじゃないか。エイドリアン、きみの働いてたレストランのことを話してくれ。聞きたいんだ」

サブリナが口を出す。「もう時間よ。選択しないといけない」

「時間ならある。さあ、もう少しだけ話をしよう。いいね？」エリックのなめらかで深みのある声がかすかに揺らいでいる。彼らに自分のことや過去の人生を語らせようという作戦はどう見ても失速しつつある。彼らは答えようとせず、三人で近づき合い、分子のように集合する。

アンドリューは部屋の全員が同じ光景――共有の予言と要求による行為である、来たるべき暴力の一撃一撃――を頭に描いているのを想像する。部屋の空気がオバノンの殺された直前と同じに感じられる。アンドリューは動物的な予感を覚え、不可抗力から逃れたいという本能的な衝動にかられるが、同時に進んで参加したいというおぞましいうずきを感じてしまう。彼らがふたたび凶器を振るったら、たとえそれがエイドリアンに対してだけだとしても、アンドリューは両手をかかげて戦うつもりだ。

アンドリューは言う。「ウェン、ここに来ておれたちのどっちかといっしょにいたほうがいい」カウチにすわるウェンは誰も見ず、何も見ていない。

レナードがウェンを振り向く。「きみはそこにいてもいい。毛布で目をおおっていれば大丈夫だから」

アンドリューは声を張り上げる。「そうだな、それでうまくいく！　棍棒《こんぼう》で殴ったあとで、あんたがウェンを外に連れ出してバッタと遊ばせてやってくれ！」

エイドリアンが言う。「最後のチャンスだよ。どうする……」

突然、ウェンが甲高い声で叫ぶ。理解できないほど大きな苦痛を感じたとき以外には発しないような叫び声だ。「バッタ！　バッタ！　バッタ！」毛布を蹴ってカウチから跳ね起きると、誰かに抱っこして連れていってほしいとねだるように両手を突き出して身体を震わせる。最初の感情のほとばしりのあと、声も出ないほど激しく泣き始める。無音で口を開き、頬を濡《ぬ》らし、懇願の目を向けてくる。あまりに長いあいだ声を出さないので、アンドリューは彼女の息が止まったのではないかと心配になり、自分の呼吸まで忘れてしまう。ようやく喉があえぐように息を吸いこみ、ウェンがふたたび叫ぶ。

「バッタがびんに入ってる！　置きっぱなしなの、日なたに！　バッタが死んじゃう！　みんな死んじゃう！　ごめんなさい、忘れるつもりじゃなかったのに。父さん、あたし忘れちゃった！　あたし忘れちゃった！」ウェンはよろめきながらエリックに駆け寄り、膝によじ登る。

誰もがウェンの名前を呼び、口々に落ち着くように言い、何があったのかと尋ね合う。レナードたちがウェンとエリックを半円状に取り囲むが、触れたら危険であるかのように誰ひとりウェンに手を差し伸べようとしない。

ウェンが両手でエリックのTシャツを強く握りしめ、彼の顔に叫ぶ。「あたし、怖かったから、びんを草の上に置いて家の中に逃げてきちゃった！　びんがまだ外にある！　外に取りに行かせて！　確かめないと。バッタがまだ生きてたら逃がさなきゃ。きっとまだ生きてるよ！　外に取りに行かせて、お願い、お願い、お願い！」

レナードがウェンと目の高さを合わせようと身をかがめる。「ウェン？　ウェン？　大丈夫だよ。バッタなら逃がしておいた。わたしがやっておいたから。きみが中に駆けこんだあと、びんから出したんだ。みんなどこかへ跳んで行ったよ。みんな幸せだよ」

「父さん、レナードは嘘ついてる。嘘つきだよ。バッタはまだあそこにいる。びんの中に七匹いる。あたし、全部名前を書いた。逃がしてあげないと！　死なせたくない！　死んでほしくないよ！　お願いだから外に行こう！　今すぐ行こう！　お願い、父さん！」

涙と〝お願い〟と〝父さん〟が一体となり、ウェンがエリックの胸をたたく。両手のこぶしが、どうしてすぐに立ち上がっていっしょに外に行ってくれないのか、と問いつめる。エリックが「わかった、わかった」と言いながら、膝の上でウェンのバランスを保とうと必死に身もだえし、すわる位置をずらす。そして、隠していた大きな羽を広げるかのように、椅子の後ろからためらいがちに両腕を出現させる。手と手首の皮が赤くむけている。エリックは震えているウェンの身体を両腕で包みこみ、頭のてっぺんにキスし、今や彼自身も泣いている。

レナードたちは一瞬の間のあと、エリックがロープからさりげなく抜いた腕に驚きの目を見張る。サブリナとレナードが凶器を床に置き、怪訝な顔を見合わせる。

エイドリアンが両手で顔をおおい、かすれ声で怒る。「わたしたち、ロープもちゃんと結べないんだよ。レドモンドが言ったとおり、ダクトテープを持ってくればよかった」

傷ついた友人に対してするように、サブリナが片手をエリックの肩に置く。レナードが反対側の肩をつついてから軽くたたき、娘を手放すよう丁寧な口調で頼む。エイドリアンがふたりのあいだを往復しながら、レナードにはエリックの手を引き剝がすよう、サブリナにはウェンをつかむよう迫る。

そんな彼らにエリックが、ぼくらにかまうな、離れろ、もう少し時間をくれ、と怒鳴っている。

彼らが虚をつかれ、すっかり気を取られている今こそ、アンドリューにとって脱出すべきタイミングだ。一瞬の躊躇《ちゅうちょ》もない。右肩をそっとすぼめるように持ち上げる。呼吸で胸がふくらむのと同じくらいごく自然な動きだ。肩を上げながら右手を上にすべらせる。手のひらと親指のつけ根が引っぱられ、焼けるような痛みのあと右手が自由になる。ロープの残りが左の手と手首から抜け落ちる。床に落ちたロープが思ったより大きな音をたてるが、三人は見向きもしない。両腕をできるだけ縮こませ、椅子と自分の胴体の幅からはみ出ないように注意しつつ身体の前に回す。左右の手と前腕を一瞬だけ太ももの上で休ませてから、腫れ上がった指の関節を曲げて伸ばす。完全にこぶしを握ることはできない。前かがみになって手をじりじりと足首まで下げていく。急激に動いて注意を引いたり、フーディーニの縄抜けを視界の隅で見とがめられたりしてはならない。脚のロープをほどく大仕事に冷静かつ慎重に取り組む。ふくらはぎの結び目は太くてわかりやすい。傷んだ指でも結びかたがすぐわかる。結び目が解けるまで、アンドリューは顔を上げず、左側を見ない。

レナードたちはまだエリックに手を焼いている。エリックの両腕はウェンにきつく巻きつき、レナードでさえ容易に引き離せそうにない。サブリナがエリックに手を離すよう懇願する。エイドリアンはエリックの片腕を両手でつかみ、どうにか引き剝がそうとしている。レナードがウェンとエリックのあいだに手を差し入れようとしつつ、エイドリアンに対しては、落ち着くんだ、エリックの腕を離せ、と説得する。

ウェンが「あっち行って！」と叫び、両手を風車のように回してレナードをたたく。

アンドリューは脚に巻かれた果てしのないロープの輪に業を煮やし、慎重さをかなぐり捨てる。SUVと車内の拳銃にたどり着ける見込みのある経路はふたつ。最短なのは玄関を抜ける経路だが、彼らをかき分けていかねばならず、ドアの鍵を開けるのも時間がかかり、とはいえひとたび外に出れば邪魔立てされずにSUVまで到達できる。最小の妨害でキャビンから出られるのはデッキの網戸を抜ける経路だが、デッキの階段を下りて建物の側面を回ってからドライブウェイまで行く道のりはかなり長い。きっと彼らのひとりかふたりが直接玄関ドアから出て、SUVに先回りされてしまうだろう。できるだけひっそり動けば、彼らの目を盗んでデッキに出られるかもしれない。アンドリューはブリキ人間よろしく錆《さ》びついてきしむ脚で立ち上がり、網戸に向かって全速力で走る準備をする。

エイドリアンがレナードに指を突きつけて「ファック・ユー」と語気を強める。ぎこちない足取りで部屋の中央に向かい、そこでアンドリューのちょうど正面に立つ。ぎょっとしてたがいに目を見合わせる。エイドリアンが「ちょっと！」と叫び、アンドリューに突進してくる。

アンドリューはサイドステップを踏んで椅子を横倒しにし、それをエイドリアンの足もとに向かって蹴り飛ばす。彼女が足を取られてつんのめるが、ひっくり返った椅子の背もたれにとっさに両手をついて転倒をまぬがれる。

横からサブリナに左腕をつかまれ、アンドリューは振り向きざまにこぶしを放つ。紙をくしゃくしゃに丸めたようなこぶしでも彼女はうめき声をもらし、顔をしかめながらひざまずいてしまう。エリックが片腕をウェンに回してすわったまま、サブリナの腎臓にバックハンドのパンチで追い打ちをかける。彼女は腰のあたりに手を当て、エリックの手が届かない場所まで床を這っていく。

エリックがウェンを抱える腕を入れ替え、レナードの腹部に左ジャブを打つ。レナードは両手を開いてエリックの連打を不器用に回避する。一発が股間に命中し、レナードが片方の寝室の戸口のほうへよろよろと後ずさっていく。

エリックが叫ぶ。「アンドリュー、ウェンと逃げろ！　この子を連れてけ！」

レナードが体勢を立て直し、左側からエリックに迫る。エイドリアンはすでに足もとの椅子を排除したが、アンドリューを追わずにエリックにつかみかかる。

エリックがウェンを守りつつ、すばやいパンチをエイドリアンとレナードに向けて交互に繰り出す。

エイドリアンが怒鳴る。「彼を殴って、レナード！　頭を殴るの！」

レナードが「きみを傷つけたくはない」と言いながら、エリックが突き出す左腕をつかもうとする。

ようやくサブリナも立ち上がり、凶器を手にアンドリューに向かってくる。

アンドリューは三人を一度に撃退できない。銃がなければ無理だ。彼は玄関ドアに突進すると、ひと息の動きでラッチボルトを右にすべらせ、ノブを回し、扉を思いきり引き開ける。暖かい空気と太陽の光が押し寄せ、振り子と化したドアの勢いで危うくキャビンの中に引き戻されそうになる。ノブを離さずに全体重を前にかけ、外によろめき出るなり後ろ手でドアをたたき閉める。のろくて重い足が前傾姿勢に追いつかず、玄関前の階段を転げるように下りるなり草の生えた庭に倒れて胸と顔をしたたか打ってしまう。

呼吸が荒くて苦しく、口をつまんだ風船から空気を絞り出すようだ。まばたきでショックを払いのけ、ぐらつく脚でどうにか起き上がる。直立すると同時に前進のエンジンを始動させる。

背後でキャビンの玄関ドアが開く。サブリナが叫ぶ。「アンドリュー、止まって！　戻ってきて！」

アンドリューは立ち止まらず、彼女がひとりかどうか振り向いて確かめもしない。前方のSUVまでは十から十五ヤード。運転席側の前輪と後輪のタイヤがぺしゃんこで、側面が切り裂かれている。反対側のタイヤも同じように切られているだろう。あの車はもうどこへも行けない。

右手をバギーショーツのポケットに突っこんでキーを探る。キーがない。昨日、連中がキャビンに押し入ろうとしていたときにエリックに渡したのを思い出す。車のドアがロックされていたら拳銃を手にすることができず、そうなれば何をすればいいのか、何ができるのかわからない。

アンドリューは草地からドライブウェイへと走る。足の下で砂利石が踊り、土煙が舞い上がる。砂利を踏みつける音がやけに大きく、ドライブウェイを集団が走ってくるように聞こえるが、振り向く気はないし振り返ることもできない。サブリナはすぐ背後にいるかもしれない。彼女ひとりではないかもしれない。目の前に助手席のドアが迫ってくる。あれを開けるのだ。きっと開くはず。開かないという選択肢はない。車内に飛びこんだらドアをロックし、後部座席を抜けてトランクに這っていく時間を稼ぎ……。

ふいに右膝の外側に重くて鋭いものがぶつかり、激痛とともに膝が崩れる。アンドリューは前のめりに倒れ、車のドアに激突してしまう。衝撃の大半を両手と前腕で吸収したとはいえ、痛みを訴える膝に全体重がかかる。身体を反転させて車体に背中を預ける姿勢ですわりこみ、サブリナと真正面から向き合う。

サブリナが彼を見下ろしてくる。「あなたはあのふたりを残して行けない。わたしたちを置き去りにできないわ。わたしたちにはあなたが不可欠なの。中に戻って。手を貸すから」口調が妙に超然として不自然なほど抑揚がない。彼女が凶器を持ち上げる。手を貸すと約束したにもかかわらず、渦を巻く刃物をもうひと振りするかまえだ。

アンドリューは砂利と土をひとつかみすくい上げ、彼女の顔目がけてアンダーハンドで投げつける。彼女が目をつぶって顔をそむける瞬間、アンドリューは左膝だけで立ち上がって相手の腹にこぶしをめりこませる。サブリナの口から「うふっ」と笑えるような声がもれ、身体がふたつ折りになる。彼は凶器を取り上げようとするが、彼女が後ろに倒れて尻もちをつき、片手を腹部に当てながらもう一方の手につかんだ凶器で防御姿勢を取ってくる。

アンドリューはくるっと後ろを向き、車のドアハンドルを引く。ロックはかかっておらず、カチッとドアが開く瞬間に勝利のうなり声を上げる。SUVの車内にすべりこみ、助手席で身体を丸めながらドアを閉めてロックする。凶器で殴られた右膝の痛みはいくらか和らいでいるものの、今は表面ではなく内部に集中している。すでに通常の二倍ほどに腫れた膝は体重をかけるとぐらつき、蝶《ちょう》つがいのように締まりがない。

サブリナが身体を揺するように立ち上がる。今なお前かがみで腹部を押さえ、空気を求めてあえいでいる。すぐにもSUVに近づいてきて、あの悪夢のような凶器でウィンドーのガラスをたたき割るだろう。

アンドリューは身をくねらせてバケットシートからセンターコンソールを通り抜け、後部座席に這いずりこむ。前進に寄与しない右脚を後ろに引きずっているが、足先が助手席とコンソールのあいだにはさまってしまう。引き抜くのは痛くない。だが、膝がパテのように軟弱なのは腹立たしい。

サブリナの凶器の刃が後部座席のウィンドーに打ち下ろされる。ガラスは割れないが、周囲のフレームに向かってひびが広がる。

ヘッドレストのない後部座席の中央をほふく前進で乗り越える。シートの背もたれに胴体をのせてトランクエリアに向かって宙吊《づ》り体勢になるのはかなり厄介できつい。彼の右側のサイドパネルに収納コンパートメントがある。ふたつある黒いプラスティックのつまみを時計回りに下まで回し、プラスティックのハッチを引っぱる。

彼の左側でウィンドーが砕け散り、ガラスが小さな立方体の破片となって肌の露出したふくらはぎに降り注ぎ、一部がリアウィンドーに跳ね返ってトランクに散らばる。アンドリューは身をすくめ、両腕で頭を防御する。ガラスのないウィンドーを通じてサブリナの荒い息づかいが車内を満ちる。アンドリューはラバのように左足で背後を蹴りつける。大声を上げて全身に力を入れ、来たるべきサブリナの次の一撃と苦痛に備える。

開いたサイドパネルの中にガンケースが入っている。購入からまだ一年足らずで、サイズは八百ページのハードカバー本ほど。なめらかでエッジのないデザインが未来を感じさせるアルミ合金製の銀色のガジェットだ。エリックはこれを見たとき、まるでパニーニメーカーみたいだと冗談を言い、ツナメルトを作れるかときいてきた。当時の最新かつ最軽量モデルで、上部のセンサーで持ち主の掌紋か親指の指紋を読み取る生体認証によって開くと宣伝されていた。

アンドリューはサイドパネル内の暗がりからガンケースを引っぱり出し、トランクの床に落とすと、センサーに手のひらをかざす。極小油圧アーム機構でカバーが開く。中の黒いネオプレンゴムのクッションに三八口径スナブノーズと弾薬の入った小さな紙箱がおさまっている。紙箱のふたが開いてそこから弾薬がいくつか散らばっているのは、移動中に揺さぶられたか、サイドパネルから乱暴に取り出したせいだろう。

サブリナがドアを開ける。「なんだか知らないけれど探し物はそこまで。車から降りて中に戻ってちょうだい。あなたを怪我させたくないの」

彼女にはガンケースや拳銃が見えるだろうか？　立ち位置を考えると、おそらくこちらの身体が邪魔になってトランク内は死角になっているだろう。アンドリューは右手で拳銃をつかみ取る。小型だが十分頼りになるし、オバノンを殴って痛めた上にまる一日縛られて力を失った手にもしっくりおさまる。親指でラッチを押しこみ、シリンダーを左側に振り出す。震える指で五個の薬室に弾薬をこめていく。

サブリナが凶器で左の脇腹を突いてくる。錆びた刃の先が肋骨《ろっこつ》の下に食いこむ。アンドリューは悲鳴を上げて身をよじり、丸くなって凶器を避けようとするが、すぐ隣にある後部座席のヘッドレストのせいで身動きが取れない。誤ってガンケースをひっくり返し、中身をばらまいてしまう。弾薬がトランクの隅という隅に転がっていく。サブリナに突かれるのは苦痛だが、威力はさほど感じられない。ＳＵＶ内の閉鎖空間では十分に力をこめられないのか、あるいは、どうやって彼をキャビンに連れ戻せばよいのかわからず、解決策としてあの奇妙な凶器を使うことにためらいがあるのかもしれない。

アンドリューは実際よりも痛そうに悲鳴を上げ、やみくもに背後を蹴るが、せいぜい助手席の背もたれにしか当たらない。トランクの床から弾薬を拾い、最後のひとつを五つめの薬室に入れる。

サブリナが言う。「あなたは中に戻らないといけない。わたしたちにはもう時間がないの」今度は先ほどより強い力で突かれ、肋骨のあいだに刺さった刃が痛みをもたらす。

アンドリューは拳銃のシリンダーを閉じ、トランクの床を左腕で押し返す。両手を頭の上に伸ばした格好で腰を沈め、飛びこみ競技を逆再生するようにして背もたれの上から胸を引き抜くなり、身体をひねって背中から後部ドアにもたれる。反対側のドアから中に入ろうとするサブリナが凶器を持つ手の間隔をリトルリーグの選手のように広げている。

アンドリューは狙いをほとんど定めずに引き金を引く。銃声が耳をつんざく。狙いが高すぎたらしく、銃弾が厚い金属ドアフレーム上方の天井にめりこむ。

アンドリューとサブリナは一瞬顔を見合わせ、今の暴挙とそれが招いたかもしれない事態を驚きの中で共有する。サブリナが身をすくめ、はずれた弾が空に命中して破片が降ってくるかのように頭上を見る。

アンドリューは拳銃を突きつけて言う。「そいつを捨てて、さがれ」

「わかった、ごめんなさい、わかった……」彼女は凶器を捨てようとない。後ろ向きにすばやく遠ざかり、その姿がＳＵＶの内装とフレームにさえぎられてアンドリューの視界から消えてしまう。

アンドリューは彼女に、動くな、と怒鳴り、後部座席を横向きに移動する。座面に落ちているガラスの破片でむき出しの脚を引っかかれる。二度も突き刺された左脇腹が痛み、血にまみれたシャツがじっとりと生温かい。腫れてずきずきとうずく膝はすでにどす黒い紫に変色している。痛みは耐えられる範囲だが、この脚で体重を支えきれるだろうか。後部座席の端まで行って両脚を砂利敷きのドライブウェイに垂らすときには、サブリナは左方向に逃げて姿もはっきりしない。

「止まれ！　今すぐ止まるんだ！」アンドリューは開いているドアにつかまって左脚だけで立つ。右足を地面に下ろし、そっと体重をかけてみる。膝は持ちこたえそうだ。

サブリナは大きな凶器を左右に揺らしながら、二十歩ほど先を走っている。すぐにキャビンの角を曲がって見えなくなるだろう。アンドリューはふたたび彼女に止まるよう大声で命じるが、応じる気配がないので、射線を確保するためにドアの陰から右に踏み出す。深く息を吸い、彼女の脚のあたりに低く狙いをつけるが、無意識に右足に体重をかけたとたんに引き金を引いてしまい、膝がみるみる外側にたわんでいく。弾がはずれて銃声が湖と森にこだまし、アンドリューは倒れてしまう。

サブリナがキャビンの側面に姿を消す。そのまま森に逃げこんで身を隠すか、それとも裏のデッキか地下室に続く出入口から中に入って仲間たちに警告するか？　ほかの者たちは銃声を聞きつけて外に出てくるだろうか？

「くそっ、くそっ、くそっ！」アンドリューは地面で溺れたかのように手足をばたつかせてから、ようやく立ち上がる。自動開閉式のリアハッチが開くのを待ったり、車内に這い戻って弾薬を探し回ったりする時間はないと判断する。エリックとウェンをこれ以上彼らのもとに残してはおけない。銃声を聞いて、連中はエリックやウェンをもっと痛めつけようとするだろうか？

試しに不自由なほうの足を一歩踏み出してみる。スリンキー（階段を下りるスプリングの玩具）のように小刻みに震えるものの立ったままでいる。二歩め、さらに三歩めを踏み出し、どうにか膝と折り合いをつける。一直線に歩いて左右に急激に動かないかぎり膝は機能してくれそうだ。

前庭の草地に戻ると、足もとで砂利が音をたてないので、突然の静寂が新たな恐怖心をあおる。健全そのものの朝日を浴びているのにキャビンは古びてやつれ、悲しみに打ちひしがれているようだ。日に焼けてペンキが色あせているドアや窓枠。ところどころ白く退色し、悪い歯並びのように不均等にゆるんでいる屋根板。今やキャビンは昨日の暴力行為によって洗礼を受けた呪いの館であり、その邪悪で死にもの狂いの行為が積み重ねられるのは、窓枠に埃が積もるがごとく避けようがない。

窓が施錠され玄関ドアが閉まっていても、キャビンの中から格闘による叫び声やうめき声、何かが木材にぶつかる音やたたく音が聞こえてくる。草地から玄関前の階段まで足を引きずりながら走っていく道のりは絶望的な遠征のように長くて心細い。ウェンのバッタ用広口びんの横を通りすぎる。ガラスとアルミのふた（きつく閉まっている）に日光が反射し、こっちを見て、こっちを見て、と訴えているようだ。横倒しで草に沈んでいる広口びんは、大地に呑みこまれ、その存在の証拠が消えかけているように見える。どういうわけかアンドリューは、バッタを逃がしたというレナードの言葉が嘘でないことを望んでいた。バッタを逃がしたあとでふたを閉めた可能性もあるが、そうではなさそうだ。きらきらと光るびんの中に、ウェンが名前をつけた七匹のバッタの死骸が確かに入っているのを見つける。そのことが残酷な前触れのように思えてしかたがない。

アンドリューは玄関前の階段を、一段に両足をのせてから次の段に踏み出すやりかたでよじ登っていく。右膝を持ち上げて曲げる動作は、平地をまっすぐ歩くときよりも格段に痛みが増す。ようやくポーチに上がると、中でエリックが「近づくな！　ぼくらにかまうな！」と叫んでおり、その声は共有エリアの左側から聞こえる。

アンドリューはドア枠に肩でもたれかかり、しばし右脚を休ませる。左手でノブを握り、それを回す前に頭の中ですばやく予行演習をする。ドアを開けたあと何を言い、何をし、何を見るか。ドアを開けたとたんでたらめに撃ちまくるわけにはいかない。ＳＵＶでサブリナに放った性急な一発めを思い出すと怖じ気《おけ》づいてしまう。撃つと決めた覚えがなく、ただそうなってしまったのだ。

アンドリューは目を閉じ、ドアにぴったり張りつく。実際に中にいなくても、中にいる状態にきわめて近い。エイドリアンが、死にたくない、とわめいている。レナードがエリックに、振り回すのをやめて話し合おう、と言う。「エリック、話をしよう」と何度も繰り返している。レナードの声はこもり、共有エリアの谷間に反響する。

アンドリューは拳銃を顔の近くまで持ち上げ、腕を振り下ろすだけで部屋の中に狙いをつけられるよう準備をする。大きく息を吸ってノブを回すと、ドアが開き、キャビンが彼の再登場を渇望する。中に飛びこみ、拳銃を前に振り下ろす。アンドリューがそこにいることに誰も気づいていないようだ。

左側にエリックがいて、ウェンの寝室の戸口に立っている。左脚は自由に動かしているが、右脚には背後に転がった椅子から伸びているロープがねじれてからまったままだ。彼はエイドリアンの所有物だった鉤爪《かぎづめ》の凶器を握り、威嚇するように大きく宙をなぎ払う。彼はまるで効率の悪い機械で、シャツに汗がにじみ、息が上がっている。肩がすぼまり、背骨が湾曲し、凶器を振り回すたびに顔をしかめる。

レナードはカウチと暗いテレビ画面を背にして立っている。「みんな、落ち着いて話をしよう。これは誰にとってもよくない」自分は助けようとしているだけだ、と言わんばかりの鼻持ちならない口調。時間がないと散々言っておきながら、レナードはエリックをみずから疲労させることに満足し、オバノンがキャビンに持ちこんだ凶器を手にしているのに振りかざそうともしない。まるで世界一ばればれの秘密であるかのように背中に隠している。

エリックが追いつめられたライオンの調教師ならば、エイドリアンこそライオンだ。エリックにつきまとい、歩き回り、飛びかかる様子を見せては、さっと後退してかつて自分のものだった凶器のひと振りをよける。彼女の両手には刃がノコギリ状になったステーキナイフが一本ずつ握られている。ほかの凶器と比べるとステーキナイフは滑稽なほど小さく、まるで役に立たないように見える。

アンドリューは戸口を離れ、部屋の中に歩み入る。ほかの者たちがようやく彼の存在に気づいて動きを止め、話をやめ、息を呑む。エリックがぎくりとし、目を疑う顔でまばたきする。持っている凶器の鉤爪の側を床に下ろし、右手を額に当てる。その表情が安堵《あんど》によるのか苦痛によるのか、アンドリューにはわからない。

アンドリューはレナードとエイドリアンのあいだに銃口を向ける。彼らに怒声を投げつけ、脅し、傷つけたいと思う。そうなることを切望している。

「ナイフを捨てろ」とエイドリアンに命じる。

彼女が口を閉じたままぞっとするような叫び声を上げ、アンドリューは銃を持っているにもかかわらず自分に主導権がないのではないかと不安になる。

「今すぐ捨てろ！　さもないと……」

エイドリアンが大げさに両手を開き、ナイフが硬材の床で金属音をたてる。

「それでいい」アンドリューは息を深く吸い、銃をレナードとエイドリアンに交互に向ける。「ウェンはどこだ？」

レナードが言う。「あの子は無事で……」

「あんたに聞いてない！　エリック、あの子はどこにいる？」

エリックが自分の背後を指さすと、ウェンが寝室の戸口に姿をあらわす。目を泣き腫らし、汚れた頬に涙の筋が見える。親指はこぶしの中。そのこぶしは口の横に避難場所を探している。

アンドリューの背後の玄関ドアから暖かい突風が吹きこみ、共有エリアを通り抜けてデッキの網戸を乱暴に揺らす。アンドリューは、外にまだサブリナがいて背後からいつ忍び寄ってくるかわからないことを思い出す。不安とともに前庭をさっと振り返る。ドアを閉めるべきかもしれないが、そうしないでおく。キャビン内の空間にふたたび閉じこめられるという選択肢はない。

レナードがほとんどささやき声で言う。「アンドリュー、きみはわれわれ全員を破滅に追いやろうとしてる。エリックやウェンをも死に追いやろうとしてるんだ」その言葉はあまりに弱々しく、失望と憂鬱が張りつめている。

「もう終わりだ。あんたのたわごとにはもう耳を貸す必要もない」アンドリューはレナードの太ももを撃ち抜いて血がほとばしる光景を想像する。

「アンドリュー？」

「その口を閉じろ！」アンドリューは腕をレナードのほうに伸ばす。拳銃はちっとも重くないが、引き金にかけている人さし指とグリップを握っているほかの指がまたもやこわばり始め、前腕の筋肉には痙攣《けいれん》を予感させる痛みがある。

レナードは自分に向けられた震える銃口になんら反応を示さない。冷静というより観念しているように見える。彼は終わりが迫っているのを確信する者なのだ。

「アンドリュー？」

その声はレナードではなくエリックだ。

「アンドリュー、もう行こう。今すぐ出かけられる。彼らをここに残して、ぼくらは行こう」彼の声はしわがれ、ざらついている。あのひどい体調で果たしてどこまで歩いていけるだろう？　切り裂かれたタイヤでＳＵＶを走らせることも可能だが、タイヤがちぎれてリムが泥道にはまりこんで動けなくなるまでさほど時間はかからないだろう。小石が流砂と化したらドライブウェイさえ走り抜けられないかもしれない。ここから全部とは言わないまでもかなりの道のりを歩かねばならず、幹線道路まで出るとしたら、五、六時間ではすまないだろう。逆方向を選び、湖岸沿いにくねくねと続く道に分け入って人間や固定電話に出会えるキャビンを探す手もあるが、一番近くても数マイルは離れており……。

「アンドリュー？」

「ああ、わかった。まずこのふたりを縛ろう。それが公平ってものだろ？」

エリックがゆっくりうなずき、目を閉じる。頭に閉じこめた何かを逃がすまいとするかのように、今も片手を額に当てている。

エイドリアンがきく。「あんた、サブリナを殺したの?」開いた手を横に広げ、先ほどナイフを落とした姿勢から一ミリも動いていない。「彼女、あんたたちを怪我させる気はなかったんだよ。なのに銃声が聞こえて……」

「いや、おれは彼女を撃ってない」アンドリューは正直に答えてしまったことを悔やむ。なぜ彼らにサブリナが助けに来るかもしれないと思わせる? おれはすべてを台なしにしている。「だからといって、あんたを撃たないという意味じゃない」

またしても風が迷子の霊のようにキャビンに吹きこみ、アンドリューはふたたび肩ごしにサブリナを探さずにいられない。ちらっと、せいぜい二秒ほど。部屋の中に目を戻したとき、エイドリアンが身をかがめて歯をむき出し、落としたはずのナイフを振りかざして向かってくる。

ウェン

冬のある日曜の午後、ウェンは父さんたちから寝室に来るよう呼ばれた。ふたりはとても真剣な顔つきで、ウェンがチャイニーズスクールに行きたくないとごねるといつも見せる、半分おもしろがって半分悲しがるみたいな笑みを浮かべていた。父さんたちは、大事なものを見せて大事な話をしたいという。ウェンは、寝室に忍びこんで赤ちゃんのころの写真をこっそり見ているのがばれたのだと思った。罰として夕食後の一時間のテレビを禁止されたり、スマートフォンを取り上げられたらどうしようと心配になった。どちらも何度も口にされてきた罰で、今まで一度も実行されたことがない。叱られるのは父さんたちの寝室に無断で入ったからだと自覚していたけれど、悪いのは写真をそこにしまっている父さんたちのほうだ。そもそも写真は見たいときにすぐ見られる場所（ウェンの部屋とか）に置くべきなのに、隠すのはフェアじゃないと思う。だって、ウェン自身の写真なのだから。忍びこんだことを謝って、父さんたちが叱り終わったら、そう主張しようと思っていた。ところが、父さんたちの話は写真のことでは全然なかった。話は寝室に置いてある（詳しい場所は教わらなかった）アンドリュー父さんの銃と保管ケースについてだった。アンドリュー父さんは靴箱ぐらいの大きさで前面のパネルにいくつかボタンのついた黒い収納箱を持ち上げて見せ、あまり長く見せずにすぐしまった。ウェンは、これを見つけたことがあるかときかれ、嘘は言わないと約束するように言われた。ウェンは見たことがなかった。それは本当のことだ。アンドリュー父さんが新しいガンケースを買ったと言って、別のを見せてくれた。銀色で前のものより小さくて、ミニ宇宙船みたいに見えた（この家族会議から数ヵ月たっても、ウェンは家に銃があることを友だちの誰にも言わず、ただギータとオーヴィンにだけは、父さんのひとりが特別な銀色の金庫を秘密の場所に隠し持っていると教え、そこに何が入っているかを三人で推理するゲームをして休み時間をすごしていた)。アンドリュー父さんがウェンに見えないようにケースを持ったまま後ろを向き、次にこちらに向き直ってみると、箱の上の面が車のリアハッチみたいに開いていた。中に入っていたのは拳銃。それまで本物がどんな形かよく知らず、両手でないと持てないほど大きいものだと想像していた。アンドリュー父さんは、これは弾が入ってないけど、それでもすごくすごく危ないものだ、と言った。エリック父さんは、これはおもちゃじゃない、どんなことがあってもケースや拳銃に触ってはいけないよ、と何度も繰り返し、話しながらずっと、このすべてがとんでもない考えだというように首を横に振っていた。アンドリュー父さんは特別な許可をもらっていて、銃を正しく使って正しく保管する方法を学ぶためにたくさん講習を受けたのだそうだ。父さんたちは銃を持つ理由を言わず、ウェンもきかなかった。ふたりの寝室にこっそり入ってベッドの下から赤ちゃんのときの写真を出して見ていたことについて、父さんたちはとっくに知っていた。それについて怒ることはなく、写真を見るのは全然かまわないから、好きなときにいつでも見られるようにリビングルームの戸棚に移しておこうと約束してくれた。ウェンは内緒で写真を見ていたことを知られてきまりが悪かったけれど、そんな気持ちはすぐに消えてしまった。アンドリュー父さんが拳銃をケースから取り出して自分の手のひらにのせた。ウェンには大きいようにも小さいようにも感じられ、本物のようにも偽物のようにも見えた。アンドリュー父さんから、拳銃を持ってみたいか、ときかれ、ウェンは、うん、と答えようとしたけれど、その前にエリック父さんが、やっぱり気が変わった、この子には触らせたくない、と言った。アンドリュー父さんは反論しなかった。父さんたちは拳銃をケースにしまってふたを閉めながら、大勢の子どもたちが銃で遊んでいるときに怪我をしたり、ときには死んでしまっていて、それはたいてい親の持っている銃を見つけたからだ、と教えてくれた。ウェンは今後ひとりで父さんたちの寝室に入ってはいけないことになり、アンドリュー父さんに「ここでこそこそするのはもう禁止だ」と言われた。特殊なロックがかかっていて、ウェンには開けられず、アンドリュー父さん以外の誰にも開けられないとしても、ケースに触ったり動かしたりしてはいけない。そして、この新しいルールは今までのルールの中で一番大事だ、と言われた。

ウェンはその一番大事なルールを思い出し、アンドリュー父さんと父さんの拳銃を見つめる。銀色のケースはどこに隠してあるのだろうと思っていたけれど、まさか車に秘密の隠し場所があるなど考えてもみなかった。

アンドリュー父さんが言う。「ああ、わかった。まずこのふたりを縛ろう。それが公平ってものだろ?」

エイドリアンがきく。「あんた、サブリナを殺したの?」彼女は案山子《かかし》みたいに両手を広げてじっと立っている。誰も怖がらせられなくて怒っているみたいだ。それでも、ウェンにとって今はエイドリアンが一番怖い。エリック父さんがアンドリュー父さんの椅子を拾ってエイドリアンの手から武器をたたき落とさなかったら、ウェンは自分が殴られていたと思う。エイドリアンの言うことを聞いちゃだめ、とアンドリュー父さんに伝えたい。彼女は言葉で父さんを傷つける方法を見つけるかもしれないから。「彼女、あんたたちを怪我させる気はなかったんだよ。なのに銃声が聞こえて……」

アンドリュー父さんが言う。「いや、おれは彼女を撃ってない」そこで足を引きずるように半歩前に進み出る。「だからといって、あんたを撃たないという意味じゃない」

ウェンは寝室の中にそっと消えてしまいたいと思う。そうすれば何も見ないですむ。エイドリアンがあの両手を下げたとき、あるいは父さんたちによって椅子に縛られたとき、何をしでかすか見たくない。アンドリュー父さんが銃を撃つのも見たくない。

ウェンは玄関ドアを通して外の草むらを見ようとするけれど、アンドリュー父さんがちょうど視界をさえぎっていて角度も悪い。広口びんに閉じこめられているかわいそうなバッタたちのことをふたたび思い出し、彼らがどれほど恐ろしい目にあったかと思う。空気がなくなって、ふたにぶつかりながら死んだのだろうか？　電池の切れたおもちゃみたいにだんだん動かなくなったのか？　エリック父さんが言ったみたいに、太陽にあぶられて身体の中が茹《ゆ》だって死んだのだろうか？　ひょっとするとまだ生きているかもしれないけれど、もしそうだとしても苦しがっているだろう。全部自分のせいだと思いながら、ウェンは頭の中でバッタたちの名前を次々に思い浮かべ、また泣き始める。

草地に置き忘れたびんを思うウェンの心の声が聞こえたかのように、アンドリュー父さんがさっと後ろを見る。その瞬間ウェンの目には、共有エリア全体がぐぐっと広がっておとなたちが動きだし、ひとつの動きが次の動きを生み出すのが見える。そのすべてを理解できるわけはなく、いちいち反応する暇さえないが、脳内ではあとから分析して考えられるようにひとつ残らず記憶する。

アンドリュー父さんが上半身をねじり、左の肩ごしに後ろを見る。エイドリアンが片膝をついて右手でナイフを拾い上げ、アンドリュー父さんに飛びかかっていく。レナードがエイドリアンの動きに誘われるようにカウチから飛び出す。アンドリュー父さんが部屋に向き直り、そのときエイドリアンがあと一歩か二歩のところまで迫っている。ナイフを持つ手が勝ち誇ったように高くかかげられる。レナードがエイドリアンの名前を呼びながら猛然と部屋を突っ切る。アンドリュー父さんが銃を撃つ。大きな音がとどろき、ウェンには二台の車が衝突したみたいに聞こえる。その強烈な音も、音が短いのも、直後の真空を満たす静寂もみんな耳ざわりだ。ウェンは両耳をふさぐ。エイドリアンがびくんと直立し、目に見えない魔法の壁が銃口から吐き出されたみたいに、かかとを支点にして後ろに押される。シャツが黒いので布に赤いしみは見えないけれど、だらんと垂れている左の腕か肩のどこかに弾が命中したにちがいない。エリック父さんがもとはエイドリアンのものだった武器を持ち上げ、みんなのほうに駆けていこうとするものの、椅子につながっているロープが脚にからまっているせいで転んでしまう。勢いよく倒れこんだ先は武器の鉤爪の上だ。花のように丸まった鉤爪の根元で、木の柄が弱々しい偽の銃声みたいな音をたてて折れる。レナードがエイドリアンのすぐ近くまで迫り、そちらに片手を伸ばす。エイドリアンがまたナイフを振り上げるけれど、その手は震え、表情の消えた顔には感情が見えない。アンドリュー父さんがふたたび銃を撃つ。銃声の破裂音のあと、何かを吸いこむような柔らかくて湿った音が続く。エイドリアンの喉が爆発して血が噴き出す。すぐ近くにいるレナードの顔とシャツに血しぶきがかかる。エイドリアンの腕が下がり、ナイフが落ちる。彼女自身も背中から床に倒れる。首からほとばしる血は止まる気配がない。ごぼごぼと喉の鳴る音がかすれる息の音に変わり、それが次第に小さくなって、とうとう何も聞こえなくなる。エリック父さんが仰向けに転がり、脚にからまるロープを蹴ってはずそうとしている。アンドリュー父さんは口をぽかんと開け、唇を震わせ、目を大きく見開いている。拳銃が下がり、銃口が床か死にかけているエイドリアンに向く。レナードが進路を変え、エイドリアンの横を通ってアンドリュー父さんに向かっていくけれど、父さんはすぐに反応できない。あわてて銃をかまえても、もう遅い。レナードが飛びつき、両手で父さんの手と拳銃をいっぺんにつかむ。アンドリュー父さんの腕は両方とも頭の上まで持ち上げられてしまう。身長差のせいで、父さんの頭はレナードの顎までしか届かない。アンドリュー父さんが大声でうなりながらレナードの首と胸に頭突きを食らわせ、膝で胴体を何度も蹴り上げる。レナードはちっともひるまず、手を離そうとしない。

ウェンは寝室から共有エリアに出ると、ぶつかり合うふたりを中心とする軌道にふわふわと引き寄せられていく。エイドリアンをじっと見下ろす。目が半分閉じられ、顔が高級な人形みたいに白く輝き、その下の喉には赤い穴がぽっかりとあいている。もともと黒い髪が、床に広がる血だまりによってさらに黒ずんでいく。

ウェンの右側では、エリック父さんが縛られている片足を必死になって蹴り、ロープでつながっている椅子がまるで帰宅した飼い主を見て喜ぶ犬みたいに跳ね回っている。ウェンは椅子を避け、エリック父さんの横にしゃがむ。太ももをとんとんとたたくと、父さんが蹴るのをやめてこちらを見る。ウェンは「あたしが手伝う」と言い、ねじれたロープの下に指をすべりこませようとするけれど、父さんが暴れたせいでこんがらがってきつく締まってしまい、もともとの結び目が見つからない。

エリック父さんが床にすわる姿勢になり、いっしょにほどき始める。父さんの片方の手はエイドリアンの血で濡れており、ロープを赤く汚す。父さんはウェンを押しのけはしないものの作業を引き継ぎ、ロープを強く引き、結び目や輪の中に隠れている別の輪を引っぱり出す。ロープがほどけ始め、糸巻きの脚からもつれたかたまりが解けていく。ウェンは身を引いてしゃがみ、自分の膝を抱える。指がエイドリアンの血でピンク色に染まっている。

レナードの身体がアンドリュー父さんよりどれほど大きいか、ウェンは驚きの目を見張る。体格に差があるのに、ふたりは銃の奪い合いでたがいに一歩も譲らず、膠着《こうちゃく》状態が続いている。レナードが右肩を下げ、アンドリュー父さんの胸にたたきつけようとする。父さんが身体をひねって衝撃を避けた拍子にレナードがバランスを崩し、ふたりいっしょに玄関ドアの横の壁に激突してしまい、キャビンが揺れるほど重い音が響く。急降下する城門みたいにふたりの腕が頭上から下ろされる。拳銃がふたりの両手に呑みこまれているけれど、腕を左右に振るにしたがって短い銃身の黒い銃口がちらっと見えては、からまる指の根の中にまた隠れてしまう。レナードが身体をよじって体重ごとぶつけ、アンドリュー父さんを壁に押しつける。

レナードが「離せ！　いいから離すんだ！」と怒鳴る。

ウェンは叫ぶ。「父さんに乱暴しないで！　やめて！」

エリック父さんがロープと椅子から自由になろうとしている。

アンドリュー父さんの顔は真っ赤で、レナードの圧倒的な大きさと力の前に身体が縮んでいる。息が不規則で荒い。父さんの両足がレナードの後方に突き出され、自由になる道を必死に探しているけれど、身体はどこにも動けない。アンドリュー父さんが突然――たぶん意図的に――両膝を落とす。まるで足首とすねが薄いボール紙でできていて、それが体重でくしゃっとつぶれるみたいに。レナードがよろけてバランスを失い、頭の横を壁板にひどくぶつけてしまう。すぐにまっすぐ身を起こし、拳銃を奪い取ろうとアンドリュー父さんの腕を上下左右に強引に引っぱる。

そのあと、ウェンはもう何も見えず、何も聞こえず、何も感じない。

生まれ落ちた日のごとく
血にまみれて

5

レナード

アンドリューとエリックがウェンの遺体といっしょにいる。レナードの左側の床にうずくまり、ふたりでウェンを抱きしめている。ふたりでウェンを囲み、レナードから守っている。声を上げて泣き、ウェンの名を呼び、叫び声を上げる。

ほんの少し前、拳銃とアンドリューの手はマトリョーシカのようにレナードの両手の中におさまっていた。アンドリューは疲弊し、力が弱まり、屈服する寸前だった。押し返そうと抵抗する試みがしぼみつつあるのをレナードは感じていた。レナードは相手の降伏を寛大に受け入れるつもりだった。裁くことも報復をちらつかせることもせず、その手から穏やかに拳銃を手放させ、破滅から救おうとしていたのに、突然アンドリューがすとんと床に崩れ落ちたものだから、レナードはバランスを失って頭を壁に強打するはめになった。あまりの痛さに怒りが発炎筒のごとく発火した。彼は冷淡でも無感情でもなく、超然としているわけでもないのだ。レドモンドが死んだときの〝自分でない自分〟でもなかった。これまでの自分と同様に怒りを感じ、アンドリューの両腕を引きちぎらんばかりに強くねじった。ちぎった腕を投げ捨て、キャビンを打ち壊し、世界を跡形もなく破壊してしまいたいと思うほど怒っていた。アンドリューの手はレナードの手の中で暴れるスズメバチの群れであり、一匹残らず握りつぶそうと思った。レナードが両手を絞るように握ったとき、手のひらにかすかな振動と引き金が弾《はじ》ける感触が伝わってきた（今は両手のひらを開いて床に押しつけているが、引き金が弾けたときの感触がまだ残っており、短い自分史を〝その前〟と〝その後〟に区切る物理的なタイムスタンプとなっている）。銃声がとどろいた瞬間、衝撃が左右の腕を駆け上ってきた。ウェンが倒れたあと、まだ銃を握っている指が銃弾の通り抜けた熱で焼かれていることにようやく気づいた。

レナードはウェンのほうを直接見ていなかったが、銃声の直後、ぼやけた彼女の顔にパッと赤い花が咲くのが見えた。ウェンのほうを直接見ていなかったが、彼女が後ろ向きに倒れるのが見えた。

レナードは床に四つんばいになって泣く。深く頭を垂れ、今はウェンのほうを見ない。あの子の身に起きたことを正視できない。そうしたくない。自分は臆病者で、失敗者で、二度と彼女に会う資格がない。

レナードはささやき声で何度も「すまない」と繰り返す。声に出して言い、心の中でも言い、誰かがそれを信じてくれることを願う。

それでも自分がやるべきこと、求められたこと、命じられたことは実行しなくてはならない。レナードは床を這《は》い進み、エイドリアンの脚をまたぐ。彼女の死体の足先から頭までの短い旅程において、どんな小さなことも残らず目撃し、確実に記憶しなくてはならない。これは子どもとの約束を破ったことや、そもそもそんな約束をした傲慢さに対しておこなうべきいくつもの償いの最初のひとつだ。

エイドリアンの死は起こりうるものだとわかっていた。レナードはエイドリアンのために最も静かな口調で「すまない」と再度告げる。彼女に対して申し訳なく感じるのは、彼女が撃たれたとき、彼女に死をもたらすという自分の重荷が取り除かれたことに安堵《あんど》と一瞬の喜びを覚えてしまったからだ。レドモンドを殺したように彼女を殺さなくてよくなったからだ。レドモンドがもしかすると偽名で、アンドリューを暴行した過去があるかもしれない（今、レナードはアンドリューの言葉を信じている）と知り、ここでおこなっている行為に対する信念をひどく揺さぶられている。だが、この時点まで来て、これを続ける以外にいったいどんな選択肢があるというのか？　続けることは勇敢とも臆病とも言えず、その両方だとも言える。見てきたものを見て、感じてきたものを感じる中でレナードは、選択肢がないことには人を落ち着かせる力があると強く信じる。自分が単なる運び手であり、不完全な存在にすぎないと自分に思い出させるが、悪い結果——恐ろしいほどひどく悪い結果――となったのがすべて自分の責任、自分ひとりだけの責任ではないかと恐れている。

　レナードはエイドリアンの遺体を見下ろしながら這い続け、その手がまだ温かい血だまりの中を動き回る。彼の手はいつも血まみれだ。ようやくそのことを素直に受け入れる。誰もがそうであるように、自分も血にまみれて生まれてきたのだ。

　レナードは右手をエイドリアンの腰の下にすべりこませる。ジーンズの後ろのポケットからメッシュのマスクを取り出す。マスクは柔らかく、ひな鳥のように心もとない。できるだけマスクを白いまま保つために血をつけないよう気をつける。彼も自分のポケットに同じマスクを持っている。それを顔にかぶったときにどんな景色が見えるか想像する。マスクを通して世界が見えるのか、それとも輪郭と暗い形しか見えないのか？　血はもう見なくてすむだろうか？　自分でマスクをかぶる機会を与えられるのか、それとも自分が死んだあとに生き残った誰かによってかぶせてもらうのか？

　マスクを持ったまま血だまりの中に膝をどっぷり浸《つ》からせ、レナードはエイドリアンの顔を真下に見下ろす位置まで這い進む。彼女の喉は生体組織が破壊され、血が漏れ続け、気泡がごぼごぼと音をたて、胆汁の酸っぱさを帯びた金属臭がする。引き裂かれた皮膚や露出した傷口を見ているのはつらいが、石に変わっていく顔を見るのはもっとつらい。まるで不注意で閉め忘れたドアのように上下の唇が離れている。茶色い目は垂れているまぶたでよく見えない。まぶたの垂れかたが左右で異なっており、この小さな筋肉の機能不全とそれによってもたらされた非対称性は、彼女に対する最後の侮辱に等しく、レナードはもはや彼女の生前の顔すらよく思い出せない。

レナードは彼女の頭部や身体を動かしたくないし、マスクがその人らしさを消し去ってしまうのが恐ろしいが、どうしても彼女にかぶせなくてはならない。マスクは彼には理解できない謎めいた儀式の一部であり、その儀式については完遂できない場合の曖昧で悲惨な結果のみしか説明されていない。儀式は淡々と進めねばならない。さもないと、ウェンとエイドリアンの死が無駄になってしまう。ふたりが無駄に死んだとしたら、そこにどんな意味があるというのか？　そう考えたとき、奥の壁にかかっているテレビのことを思い出す。広い世界に通じる気味の悪い扉。レナードは黒い画面がひとつ目となってじっと見つめてくるのを感じる。テレビをつけるのが怖いが、じきにそうしなくてはならない。

マスクを引っぱって広げ、エイドリアンの頭のてっぺんにかぶせる。これに関して不確実なことはない。このマスクで彼女の顔を消し去るが、これは神の恵みであり、レナードは自分もそれを受ける価値があってほしいと願う。これが終わって、このキャビンから連れ出され、自分が破った約束を二度と思い出さずにすめばいいと思う。エイドリアンの頭を押したりずらしたりしないよう注意を払うものの、彼の手はこの作業に向いておらず、つい不器用で乱暴になってしまう。後頭部と血だらけの髪にマスクをかぶせるのに二回のやり直しを要する。どうにかかぶせ終わると、マスクが顔にぴったり張りついて単純化された新しい皮膚となる。彼の手がこんなにも血にまみれているのに、マスクは驚くほど白い。とたんに、これまで起こったことや自分がやらされたおぞましいことに反抗したい衝動がこみ上げ、彼女の白い口や目の上に血を塗りたくりたいと思う。

気がつくと隣にアンドリューが立ち、レナードに拳銃を突きつけている。「立て！」と怒鳴る彼は目が石炭のように燃え、歯をむき出し、頬を異様に紅潮させている。血が皮膚の下から今にも外に飛び出したがっているようだ。

レナードは銃が怖くない。自分の身の危険も恐ろしくない。そんなものは二度と気にならないだろう。自分に何が起ころうと、すべては報いなのだ。レナードは言う。「ウェンに約束したんだ、あの子は無事でいられるし、わたしがあの子の身に何も起こさせない、と。すまない。本当にすまない……」これは言わずにおくべき言葉であり、この告白がアンドリューとエリックにとって苦痛になるだけだとわかっているが、口にせずにはいられない。身勝手だろうが記録として残さずにはいられないのだ。これまで流れた血のためにも、これから流れる血のためにも、自分が立っているかぎりすべてが終わるまでウェンとの約束を守るつもりでいたことを。

アンドリューがレナードの顔の横に拳銃を振り下ろし、こめかみのすぐ下に当たる。レナードの視界で明るい光が炸裂《さくれつ》し、部屋いっぱいに広がる。刺されるような痛みが、切れた傷口の煮え立つ激痛と腫れ上がった組織の鈍痛へと瞬時に変わる。レナードは膝から崩れ落ちて四つんばいの姿勢に戻り、二足歩行へ向かう人類の進化説明図を逆行する。彼の手はふたたびエイドリアンの血にひたされてしまう。片側の耳で音叉《おんさ》の高周波音が鳴り響く中、エイドリアンのマスクの顔を見下ろしたとき、アンドリューに肋骨《ろっこつ》を蹴りつけられる。レナードは両手をついた懺悔《ざんげ》の姿勢のまま、さらなる攻撃を受け入れようと思う。当然の報いなのだから。

アンドリューが、立て、と叫ぶ。彼の叫び声は喉を裂くような支離滅裂なうめき声に変わる。先ほど殴られたのと同じこめかみに銃口が押し当てられる。

レナードがゆっくり立ち上がると、頭の中を苦痛の電流が走る。アンドリューの肩ごしに、床に横たわるウェンの姿が見える。顔に赤いものが見え、すぐに目をそらす。「すまない。すまない……」

アンドリューの顔から涙とよだれと鼻水がつたい落ちる。腕が震えている。全身が震えている。レナードは拳銃でもう一度殴られ、顎への強烈な一撃で頭がぐるぐる回り、耳の甲高い音の音量がレッドゾーンに入る。

レナードはふたたびウェンの遺体を見る。そうせずにはいられない。どうか起き上がってほしいと祈るが、これまでの祈りと同じく聞き届けられはしない。

娘のかたわらにうずくまっていたエリックがのろのろと立ち上がる。生まれたての子馬の足取りで二歩進んだところでつまずいて床に倒れてしまう。ウェンの姿が彼にさえぎられて見えなくなる。エリックが嘔吐《おうと》し、口から吐瀉物《としゃぶつ》をひと筋垂らしながら半身をゆらりと起こす。

レナードは言う。「すまない、すまない、すまない……」

アンドリューがレナードに銃を向けたまま足を引きずって後ずさり、エリックが縛られていた椅子をつかむ。レナードのほうへまっすぐ引きずってくると、椅子がエイドリアンの脚にぶつかって倒れる。「その椅子にすわれ。そこから絶対に動くなよ」彼はそこでエリックに言う。「大丈夫か？」

エリックの身体が前後に揺れている。目をつぶり、両手で頭を抱える。「いいや」と答える声は吐息で、誰もいない部屋に向かってささやかれた名前のように重く寂しい。

レナードは、すまない、と何度も何度も繰り返す。彼は永遠に謝り続けるよう運命づけられ、その言葉は誰にも聞かれず、誰にも信じてもらえない。彼は椅子を拾い上げると、エイドリアンの血の上にすわらないようにキッチンのほうへ小さく二歩移動する。椅子を置く前に、アンドリューを縛っていたロープを床から蹴る。ロープがサイドテーブルまで飛んでぶつかった拍子に小さな黄色いシェードのランプがぐらつき、酔っぱらいのようにゆっくりと輪を二回描いたあと、レナードが椅子を床に置くのを待ってから動きを止める。彼は椅子に腰を下ろし、周囲との関係を断つ。アンドリューの指示にしたがうつもりだ。動く気はない。じっとすわって、何をすることになろうとアンドリューが次に出す指示を待つ。

アンドリューがエリックに歩み寄り、説得して立ち上がらせる。エリックが言う。「ぼくらはここを出ないと。この子をいっしょに連れていくんだ」ふたりは振り返ってウェンを見ると、たがいの額を合わせてわっと泣きだす。それが悲しみの形であり象徴であるかのように抱き合った身体を弓なりに曲げる。

アンドリューのほうが先に身体を離し、エリックを支える。そして勢いこむようにささやく。「おまえの助けが必要だ。ふたりであいつを縛らないといけない。あとを追ってこられないように縛ったら、おれたちは出かけられる。おれたち家族三人でここを立ち去るんだ」

エリックが「わかった、わかった」と言いながらも、集中できない様子でがっくりと膝をついてしまう。エリックは具合がよくない。格闘による肉体の緊張と酷使で脳しんとうの症状がぶり返しているにちがいない。

アンドリューが陰謀をたくらむように声を低める。「おまえは銃を持って、あいつに突きつけろ。おれが椅子に縛りつける。わかったか? おれがあいつを縛り、おまえはあいつが立ち上がらないよう目を光らせる。できるな? おまえならできる」

エリックが言う。「だめだ」日時計の影の動きぐらいゆっくりとかぶりを振る。「ぼくにはできない」

「やってくれなきゃ困るんだ。おれがあいつを縛るあいだ、これをかまえてろ」アンドリューが自分の手の中にある拳銃を目顔で示すが、とたんに自分が見ているもの、あるいはすでに見たものを恐れるかのように目を見開く。

「ぼくが彼を縛る。それならできる」エリックがよろめき、身体が傾く。

アンドリューはエリックがまだ隣にいて聞いているかのように話し続ける。「もし怪しい動きを見せたら、すぐに銃で……」彼はそれ以上何も言えなくなり、手の中で拳銃が震えだす。

エリックは綱の上を渡るようにふらついている。彼はエイドリアンの遺体をまたがずに脚のほうを回ってくると、レナードの前で尻もちをつく。その目は瞳孔が開ききっており、レナードを一瞥《いちべつ》する視線は彼の身体を突き抜けて遠くに向いているようだ。エリックがロープを拾って輪に巻いていく。その端はレナードがすわっている椅子の脚にまだ縛ってある。エリックが結び目や輪やもつれも気にせずにナイロンロープをレナードの脚に巻きつける。とても効果的な拘束とは言えず、輪の巻きかたにパターンや論理がないばかりか、ゆるみがないように引っぱって締めることもしない。

レナードは最初、もがけば自由になれてしまうと考えるが、ロープは大量にあり、エリックはそれらを全部使ってレナードの脚をミイラにしていく。彼はさらに椅子の後ろへと腹ばいで進み、先ほどレナードが蹴り飛ばしたロープまで集めてくる。

レナードはエリックに命じられる前に両手を椅子の後ろに回す。それでもエリックは手を後ろに回すよう告げ、その声はまるで穴の底から浮かび上がってくるようだ。彼は二本のロープをレナードのわきの下を通して胸に巻き、椅子の後ろにたぐると、余った部分を手と手首に巻きつける。

風が急に吹いて開けっ放しのドアが内壁にぶつかり、砂埃《すなぼこり》や枯れ草や枯れ葉、松葉などがキャビンの中に勢いよく流れこんでくる。たちまちエリックが驚きと恐怖の声を上げ、レナードの左隣でへたりこんでしまう。彼は泣きながら独り言をつぶやき、玄関ドアに這っていこうとするが、渦を巻く風の中で見えざる手に押されたり引かれたりして容易に進めない。

アンドリューが足を引きずりながらエイドリアンの遺体をまたぎ、レナードの前に立つ。レナードの手が自由であれば触れられるほど近い。拳銃はさげられたままだ。彼はレナードを見ていないし、エリックのことも見ていない。自分の赤く腫れた手と拳銃を見ている。

彼が何を考えているのか、レナードにはわかる。どうして考えずにいられよう。口に出したところで助けにならないが、それでもレナードは口にする。「きみのせいじゃないよ、アンドリュー。あれは偶発事故だったんだ。自分を責めなくていい。わたしはきみがやったんじゃないと知ってる。われわれは格闘していて、銃は双方の手の中にあって、それで……それで……」自分が両手を握りしめたから銃が暴発したと、レナードは言うことができない。それを口に出すつもりはない。結局のところウェンが死んだのは、自分と仲間たちが何も考えずにただ命じられたことにしたがい、ひょっとすると抵抗できたかもしれずその努力をすべきだったのに、ノーと言うのがあまりに困難だったからノーと言わなかったせいだ。それを自分でもわかっているが口にはできない。すでに恐ろしいできごとが起こってしまったにもかかわらず、また、世界はもはや救う価値がないのではないかと恐れているにもかかわらず、それでも世界を救おうと思っている、と口に出して言えない。

レナードが口ごもっているあいだにエリックが玄関にたどり着き、ドアをつかもうと苦戦している。

アンドリューの顔はひと晩で伸びた黒い無精ひげでざらつき、髪の毛が片方の目をおおっており、もう片方の目はまばたきもしない。彼が銃身の先端を、鋼鉄で縁取られた黒い点を、レナードの額に押しつけてくる。

レナードは撃ってほしいと願う。もうこれを終わりにしたい。みんなを救えなくて残念に思う。たったひとりの子どもさえ救えなかった。

玄関ドアがバタンと閉まったとき、レナードは思わず椅子の上で跳び上がり、知らぬ間に止めていた息を吐き出す。ドアの音が銃声でなかったのをうらめしく思う。アンドリューにこんなふうに視線を向けられながら自分がまだここにいることで、レナードは泣きたくなる。

レナードは身勝手ゆえに長い沈黙を破る。「銃は暴発しただけだ、アンドリュー。あれは誰の……とにかくただ暴発したんだ。わたしは……」

アンドリューが引き金を引く。レナードは空《から》の撃鉄音を聞く。アンドリューがすぐ目の前で叫んでいてもその音が聞こえる。アンドリューが何度も何度も引き金を引く。拳銃を額に強く押しつけられ、レナードは顔がのけぞって天井を向いてしまう。頭上には埃をかぶった馬車の車輪が吊《つ》り下がっている。涙でにじんだ視界の中で車輪がかすみ、かすかに揺れながら、真下で繰り広げられる争いを見守っているが、車輪は回転しておらず、もう二度と回転することはない。

6

エリック

わたしは何もしないから心配いらない。すべてが終わるまでこの椅子から動かないよ。アンドリュー……なあ、エリックの様子を確かめたほうがいい。エリック、大丈夫か？　聞いてくれ、アンドリュー、われわれは話をする必要がある。わたしには……これがもう終わったのかどうかわからない。だから、それを確かめないといけないんだ。アンドリュー？　アンドリュー？

レナードがべらべらとしゃべり続けている。エリックの頭蓋骨の中でレナードの声が不明瞭にうなり、ループしている。頭の中にレナードが入る余地などまったくないというのに。エリックは前日に床に頭を打ちつけたあとの最初の数時間の痛みよりもさらにひどい痛みに襲われている。この二回めの脳しんとうの症状はより激しい。今のところ呼吸することと目で見ることはどうにかできているが、つい先ほど意識を失ったときの圧迫感と痛みは目が見えなくなりそうなほどひどかった。喉がひりひりし、口の中に吐瀉物《としゃぶつ》の味がする。吐いた記憶はない。玄関ドアに背中をもたれてすわった覚えもない。

ロープを持って扱った記憶はあるものの、両手にその感触はない。不快なもやの中を歩き、這《は》ったことを覚えている。開け放たれている玄関ドア、悪意をともなう不定形の実体を持つ光、それがすべてを燃えがらにしてしまうほどまばゆかったことを覚えている。ドアを閉めないとそれが入ってきてウェンを連れ去ってしまうのではないかと恐れたのを覚えている。自分の脚からロープをほどいているとき、隣にウェンが膝を抱えてすわっていたのを覚えている。銃声がとどろき、ウェンが倒れたのを覚えている。ウェンの顔を見たことと、あの子が死んだとわかったことを覚えている。どうか神よ、やめてください、と何度も心の中で祈ったこと、そしておそらくそう叫んでいたことを覚えている。

レナードが大昔の録音のようにひずんだ声でまだしゃべり続けている。「エリック？無理して動いちゃだめだ、エリック」

外は空がどんより曇り、十一月の雨天のように灰色に変わっている。エリックはキャビンに恐ろしい光がふたたび射すのを防ごうと、玄関ドアに背中をつけてすわっている。

数歩先の場所でレナードが椅子に縛られている。顔の左側から血が細くしたたっている。キャビンの床には大量の血がこぼれ、黒い池となって広がり、床の真ん中からひとつの支流がデッキのエイドリアンの遺体まで続いている。カラスのように黒いハエの群れが彼女のまわりをうるさく飛び回り、首のあたりに止まったり、白いマスクの上をらせん状に飛んだり、網戸やキッチンの窓に激しくぶつかったりしている。エリックの左方、ウェンの寝室の前の床にはキルトの掛け布団が広げて置かれている。厚くてふわふわで淡い緑色の布団はウェンの血を吸った部分だけ色が濃い。アンドリューがカウチに腰を下ろしてうなだれ、髪がシダレヤナギのように顔に降りかかっている。膝に横たわるウェンの下に両腕を差し入れてツタのようにからめている。ウェンはフランネルのシーツでしっかりくるまれている。クイーンサイズのシーツが幾重にも巻かれてウェンを楕円形《だえんけい》の繭《まゆ》に変えているが、そこからあの子が蛹《さなぎ》となって出てくることはない。シーツは全体が白く、小さな青い花がいっぱい描かれている。キャビンが寒いかもしれないからと、家からフランネルの寝具一式を持ってきたのだ。

エリックは「アンドリュー？　アンドリュー？」と呼ぶ。

そのとき過去の光景が閃光《せんこう》となってよみがえる。失われてしまったが忘れていない記憶だ。アンドリューがちょうど今と同じ格好ですわっており、ほほ笑みながら唇に人さし指を当て、口の形で「しぃぃ、この子はもう寝てる」と告げる。

エリックは言う。「さあ、ＳＵＶに乗って出かけよう」

「やつらにタイヤを切られた」

「だったら、パンクしたタイヤで走ろう。問題ないよ」

「そんなのうまくいかない」

「試すことはできる」

アンドリューが割れたガラスのかけらでできた短文で話す。「あのSUVじゃ遠くまで行けない。試すのはいいが、幹線道路までたどり着けないだろう。ドライブウェイからすら出られないかもな。それより、やつらの車が見つかるかもしれない。道のどこかに駐《と》めてあるはずだ。そうだろ？　レナードはキーを持ってない。エイドリアンもだ。おれが確かめた。たとえキーが見つかったとしても、未舗装のでこぼこ道路を歩く必要がある。だいぶ歩く。ずっと歩くかもな」

「なら、歩こう」エリックが言ったとき、ハエの羽音がやけに大きくなる。近くでハチの巣が割れたのではと心配になるほど危険を感じさせる騒音だ。親指の頭くらい太ったハエが二匹飛んできてレナードの顔にとまる。ハエが肌の上を探索しても彼の顔はぴくりとも動かない。

「エリック？」

「え？　ああ、聞いてる」だらんとすわっているとキャビンの中心にあるブラックホールに吸いこまれてしまいそうな気がして、エリックは背筋を伸ばす。

アンドリューが言う。「おまえの準備ができたら行こう」

「準備ならできてる」

「サブリナがまだ外のどこかにいて、凶器を持ってる。こっちの銃は弾切れだ。車のトランクに予備がある。おれたちのどっちかがウェンを運ばないと」

「ここには置いていかない」

「ああ、絶対に。この子はおれたちといっしょだ。どこへ行くにも」

「よし。準備オーケーだ」エリックは背中をドアに押しつけ、ずるずるとすべらせながら立ち上がる。

レナードが声を上げる。「待ってくれ、頼むから待ってくれ！　きみたちは出かける前にテレビをつけなきゃいけない。聞いてくれ。エイドリアンが死んだから、テレビをつけて何が起きてるか見ないといけないんだ。何か起きてないか確かめてくれ。きのう、レドモンドのあとにわれわれがやったみたいに。彼が死んで、テレビをつけたら、わたしが言ったとおりに都市が水没するのが見えた。だから、今テレビをつける必要がある。確かめなきゃいけないのは……」レナードが口を開けたまま言葉を切る。自分の口から出た言葉が信じられないかのように。それから繰り返す。「確かめなきゃいけないのは……」ふたたび言葉が途切れる。

エリックもアンドリューも説明の続きを求めない。アンドリューがまたもやうなだれ、自分の殻に閉じこもる。

レナードが続ける。「確かめなきゃいけないのは、このキャビンで起こったことが次に外の世界で発生するはずのできごとを阻止できたかどうかだ。ウェンの死が世界の終わりを止められたかどうか、確かめないと」

アンドリューがカウチで身体を前後に揺らして言う。「それ以上何か言ったら、殺してやる」

レナードが言う。「わたしを殺しても、きみたちはやはりテレビを見て確かめねばならない。あの子の死が……必要な犠牲として受け入れられたかどうかを。犠牲者は自分の意志によらねばならない。だから、われわれはきみたちふたりに選択してくれと求め続けてきたんだ。われわれの手できみたちのひとりを犠牲者にすることはできない。それは認められてない。言ってきたはずだよ、選択するのはきみたちだと。選択しないといけないんだ。ひょっとすると、あの子は……認められないかもしれない」

アンドリューが叫ぶ。「認められないだと？　あの子が認められないだと？」

「いや、ちがう、そういう意味じゃない。もちろん、あの子は認められてる、世界の何よりも認められてる存在だ。わたしが言ってるのは、きみたちは選択をしなければならないってことだ。犠牲は自分の意志で望んだものでなければならない。あれはそうじゃなかった。あれは事故だった。悲惨な事故だ。あれは誰かが選択したものじゃない。あれで十分なのかもしれないけれど、わたしにはわからない。どこか……まだ終わってないような気がするんだ。テレビをつければ、それがわかる。だから、テレビをつけて……」

レナードがテレビのことと、すべてに対して自分がどれほどすまないと思っているかを長々と話す。エリックは目を閉じ、どうか神よ、あなたの子イエス・キリストの名においてぼくらをお助けください、と祈り続ける。ふいに、虫の大群が発するチェーンソーの音とともに、玄関ドアを通して異様に集束した熱が放射されるのを感じる。いいや、この事態は――それがなんであれ――まだ終わっていないらしい。

アンドリューが立ち上がって後ろを向き、身をかがめると、ウェンの遺体をそっとカウチに横たえる。くるまれたウェンの頭にいつまでも右手を当てている。

エリックは玄関ドアを離れ、さまようように部屋の中に向かう。「ぼくが連れていく。その子をぼくに渡してくれ。絶対に落とさないから」と両腕を突き出す。ハエの羽音とレナードの果てしない懇願がうるさいので、アンドリューに聞こえたかどうかわからない。

しばらくウェンのそばについていたアンドリューが急に左方に身を乗り出し、カウチの端と壁のあいだに立てかけてある凶器をつかむ。くるっと振り向くと、足を引きずりながらレナードに近づいていき、凶器の片端についているスレッジハンマーを振りかざす。

レナードがもう一度「すまない」と言ってから押し黙る。彼は慈悲を乞わず、求めず、懇願もしない。ロープを曲げたり引っぱったりもしない。目を閉じようともしない。上げた顔は反抗的でも尊大でもない。鼻から音をたてて呼吸し、身体を震わせている。

エリックは「アンドリュー？　何してる？」と、ウェンの遺体を受け取ろうと腕を突き出したまま彼の前に立ちはだかる。「よせ、そんなこと」

スレッジハンマーが抗しがたい磁場に捕捉されたようにゆらゆらと動き、今にも前に飛び出そうと気をはやらせるが、アンドリューは凶器の一端を床に落とす。金属と木材の衝突音を聞いてレナードが椅子の中でびくっと動く。アンドリューが言う。「おれはすでにやつらのひとりを殺してる」手ぶりでデッキのエイドリアンの遺体を示す。それから、肩ごしにカウチのウェンを見やる。生気のない目を涙で光らせ、ふたたび凶器を持ち上げる。「だから、こいつも殺してやる」

「きみは人殺しなんかじゃない」エリックは必死に呼びかける。「エイドリアンがナイフで襲いかかってきて、きみは身を守っただけだよ。それに、彼は縛られてて無力じゃないか」

「こいつが無力であるものか」

「これは話がちがう。きみにはできない」

「ウェンが死んだのはこいつのせいだ！　エリック、こいつがおれの手を強く握りしめてきて、それで……それで……」

レナードがすすり泣き、そんなつもりはなかった、ウェンの身に何も起きないと約束したのに、と言う。エイドリアンの遺体からハエが続々と飛び立ち、飼い主に呼ばれたペットのようにレナードの周囲を旋回し始める。

アンドリューが言う。「こいつがおれに撃たせた。弾はおれの手の中の銃から発射されたんだ、おれが引き金に指をかけてた銃から。あの子を撃ったのは、おれだ……」

「きみのせいじゃない」エリックは凶器をつかんで押し下げる。

アンドリューは抵抗せず、エリックにされるがままにハンドシャベルがいくつもついた凶器の先端を床に下ろす。「おれの責任だ。本当にすまない……」

「ちがう」エリックはアンドリューを抱きしめようとする。「きみの責任じゃない。そんなことを言うのは絶対に許さない」

アンドリューは抱擁に応《こた》えるために凶器を捨てようとしないが、エリックのほうに寄りかかり、頭を肩に預けてくる。「エリック、おれたちはいったいどうすればいい？」

「出発するんだ、きみが言ったように」エリックはしばらく動かず、アンドリューの息づかいに耳を澄ます。アンドリューから身を離したとき、自分たちがエイドリアンの血だまりの中に立っているのに気づき、後ずさる。「サブリナが待ち伏せしてるかもしれないなら、その凶器は持っていこう。ウェンを連れてくる」エリックはなぜか一瞬、血だまりが琥珀《こはく》となってふたりの足が永遠に床から離れなくなるのではないか、と恐ろしく感じる。そのうちふたりとも化石になって凍りつき、何百万年も発見されないだろう、と。

エリックはよろよろとカウチに向かう。めまいを感じるというより平衡感覚を失っているようだ。足を一歩前に出すにも頭で考えて計画する必要があり、でないとキャビン全体が釣り合いの取れないシーソーのように傾いてしまう。動きを修正するたびにシーソーが逆側に過剰に振れ、つんのめりそうになる。カウチの下部フレームの下に両足の甲を差し入れて立つことで身体を安定させる。歩くことに集中する必要がなくなったので目を閉じ、頭の中のまとまりのつかない思考に神が意味づけしてくれることを願って祈る。娘をこの場所から運び出すことができるだけの力を与えてほしいと願う。この場所から運び出す、この場所から運び出す、この場所から運び出す……それが頭の中でマントラとなり、せわしなく繰り返すうちに音節と韻が言語として認識不能のノイズに変わっていく。

エリックが目を開けてみると、ウェンの遺体をくるんでいる白いシーツがハエの群れで真っ黒になっている。飛び交い、這い回り、たがいに重なり合うハエたち。エリックは大声を上げ、遺体の上で気も狂わんばかりに両手を振り回す。ハエはまったく動じない。彼らは太っていて貪欲で残酷で恐れを知らない。彼らはウェンの埋葬布の黒ずんだ結び目となり糸となる。

アンドリューが言う。「エリック！　エリック？　何してる？」

「こいつらを追い払ってる。この子に近づけたくないんだ」

「何を追い払ってるって？」

「ハエだよ。ぼくらの子にたかってる」エンジンのような羽音のうなりは低くて耳ざわりで、やがてあざ笑う声に変わる。ウェンからハエを遠ざけるためなら、どれだけ時間がかかろうと一匹ずつ指でつぶしてやってもいい。

「おれには見えないが……なあ、もしおまえが運べないなら……」

「たくさんいるんだ」

「本当に大丈夫か？　なんならおまえがこの凶器を持って、おれがウェンを……」

「大丈夫。ぼくならできる」

羽音と会話の隙間に別の声が入りこんでくる。レナードが「エリック、テレビをつけてくれ」と二回言う。ちょっと試してみないか、と友人に気軽に提案するような口調だ。

テレビ。それはエリックの目の前の壁にかかっている。黒い画面は鏡とまではいかないが、彼の顔や背後のキャビンの様子を暗く色調を抑えたフィルターをかけて映している。映った像は色があると同時に色がない。レナードを縛っているロープは白、アンドリューの長い髪は黒。血だまりが赤黒くくすみ、床が穴だらけに見える。

「エリック、テレビをつけてくれ」レナードの辛抱強い要求は、エリック自身の思考を言語化しているように聞こえる。そう、エリックはテレビをつけてもいいと思っている。ほとんど手間はかからないし、出かける妨げにもならない。テレビをつけ、見るかもしれない何かを見てもいい。それは答えかもしれない。なんでもないかもしれない。エリックは昨日の津波、水没と破壊の映像を覚えている。次にどんな災厄が起こることになっているか、思い出せない。キャビンで目撃したこと以上にひどいものを見ることなどありうるのか？　隆起した海がオレゴンの海岸線とそこにいる人びとを呑《の》みこむ光景を見つめ、一瞬とはいえ四人の侵入者が彼ら自身が告げたとおりの人物だと信じたことで恥ずかしさと後ろめたさを感じたのを覚えている。今、自分は彼らのことを信じているのだろうか？　テレビをつけるほど信じているのだろうか？　画面が暗いままで何も映らなかったら？　それはすべてが終わり、何もかもが、誰も彼もが消えてしまったことを意味するのか？　それを見たら安堵《あんど》するだろうか？　画面がパッと輝き、キャビンが光に満たされたら？　この空間が暗闇ではなく、容赦のないほどまばゆい光の海だとしたら？

アンドリューがレナードに顔を近づけて怒鳴っている。その口を閉じろ、テレビのことなど気にするな、と。

レナードが言う。「頼むから、つけてくれ。われわれはこれを阻止できたか、それともできなかったか、知らなければならないんだ」あたかも部屋には彼とエリックしか存在しないかのように、内容を聞き取れるだけの最低限の声量しか出していない。

エリックは「ぼくらはもう出かけるんだ」と言う。しかし、ウェンを抱き上げる動作には移らない。

アンドリューが言う。「エリック、まさかこいつの言葉に耳を貸さないだろうな？　おい、大丈夫か？　少しすわったほうがいいんじゃないか？」

一匹のハエがテレビ画面の右下隅にとまり、無限大の記号の形に這い続ける。エリックは「今すぐここを出よう」と言う。もしかしたら口に出さず、そう思っただけかもしれない。彼はハエに導かれるように手を伸ばし、薄いプラスティックフレームの内側のへりにある電源ボタンを探る。ボタンは隠れており、大きさが彼の指の腹の半分しかない。それを押す。

一、二秒ほど遅れてから、画面いっぱいに乱雑で刺激的な色彩とイメージのコラージュが出現し、ナレーターの説得力のある語りがかぶさる。エリックは目をすがめる。最初は何が起きているのか把握できない。ぼやけた文字と数字の見出しバナーがスクロールしたあと、空港の俯瞰《ふかん》ショットから、医師たちが防護服とシールドを着用している病院、歩道の雑踏、活気のある市場、超満員の地下鉄、サージカルマスクで鼻と口をおおっている大勢の市民、エリックにもすぐにわかるある都市の象徴的な風景へとすばやいカットで切り替わっていく。彼は圧倒的な映像と音の猛攻撃に屈し、尻尾《しっぽ》を巻いてテレビとカウチから後退するが、その拍子にアンドリューとぶつかってしまう。

アンドリューに肩をつかまれて振り向かされ、顔と顔を突き合わせる。「なぜこんなことをした？」と、アンドリューが裏切りにでもあったような困惑の表情を向けてくる。

エリックはテレビをつけるかどうかを考えたり決めたりした覚えがない。「あそこにハエがいて……」

「何がいたって？」

「もう行こう。ウェンを連れてくる」エリックの声は減衰したエコーだ。

レナードが叫ぶ。「われわれは止めてない！　何も止められなかった！　また一歩、終わりに近づいてしまった」

アンドリューが「黙れ」と言うが、その声にはあまり力がない。顔をわずかにテレビのほうに向け、エリックに向けてきたのと同じ懐疑的な視線を送っている。

レナードが鼻をすすり、咳《せき》をし、震えるような深い呼吸の合間に言う。「覚えてるか、わたしは昨日こう言った。海が隆起し、多くの都市が水没する、と。それは起こった。きみたちはそれを否定できない。その目で見たんだから。そして、わたしはこう言った。それに続いて、恐ろしい疫病が蔓延《まんえん》し……」

エリックはさえぎって言う。「そして、きみは言った。空が墜落し、大地に激突し、ガラスの破片のように粉々になって、そのあとに果てしのない終局の闇が訪れる、と」自分では破滅的な災厄の続きを言う気はさらさらなかった。テレビのスイッチを入れる気がなかったのと同様に。

レナードは自分の言葉が復唱されたことに驚き、当惑した様子で、もう大声を上げようとしない。「ああ、そのとおり。わたしはそう言った……そう、疫病だ、疫病が蔓延する。それが今、ほら、起こってる」

テレビ画面には香港にまつわる動画と静止画像のスライドショーが映し出されている。

その中には湾仔《ワンチャイ》にある藍屋《ブルーハウス》（アンドリューのお気に入りの建物で、一階が〈香港故事館〉というミュージアムになっており、ふたりで湖北省に向かう前の最後の朝をそこですごした。家に戻ってから、藍屋の前で写した記念写真を額に入れてコンピュータ・デスクの上の壁に飾った。写真の中でふたりはスーパーマンのポーズで胸をふくらませ、ヒーロー然とした笑みを浮かべている）や、ジャーディン・ハウス（豆の木のように天まで伸びた超高層ビルで、巨大な穴のような丸い窓が無数にある。エリックのお気に入りの建物だが、中に銀行家がたくさんいるから好きなだけだ、とアンドリューにからかわれた）も含まれている。これぞ香港というコラージュの最後に、賑《にぎ》やかな九龍市場に立つ現場リポーターがあらわれる。彼女のサージカルマスクは口からはずされて首からぶら下がっている。

画面の左下隅に赤い長方形が表示され、番組名が書いてある。〈シティゼロ・香港：鳥インフルエンザとの戦い〉。リポーターが、香港では一月以降にH7N9の人間への感染例が急増し、その死亡率が四十パーセントにもなると告げている。政府はここ数ヵ月だけで数百万羽のニワトリとアヒルの殺処分を命じ、香港では被害の最も甚大な地域を隔離して青空市場も閉鎖する可能性が高まっているらしい。この数週間、鳥インフルエンザ株を保有する鳥の死骸が英国サフォーク州やドイツのほか、テネシー州のグレイソン養鶏場でも発見され、世界的な大流行が懸念されているという。

「なぜテレビをつけた？」アンドリューがふたたびきく。

イエスかノーで答える問いではないのに、エリックはかぶりを振る。汗と血にまみれた手の甲で目をぬぐう。頭の中では〝この場所から運び出す〟の祈りを繰り返している。

アンドリューが顔を近づけてきてささやく。「こいつのことを信じ始めてるのか、エリック？」

エリックはそれを否定したい。そう切望している。だが、あまりにひどい痛みと悲しみの中で混乱し、疲労しているので、カウチでウェンの隣に横たわって目をつぶりたい。それにアンドリューの問いに否定の答えを返してしまったら、ふたりともこの場所から立ち去ることを許されない気がして恐ろしい。「すまない」とだけ答える。

アンドリューが言葉につかえながら言う。「エリック、おまえは、おまえは何を言ってるんだ？　ありえない。おまえは、まともにものを考えられる状態じゃない」

レナードが言う。「ほら、見てくれ。きみたちは犠牲になることを選択しなかった。ウェンの死は偶発事故だから、終末が起こるのを止められない。わたしは次に疫病が発生すると言い、そのとおりになってる。見てないのか？　きみたちは起こったことをひとつ残らず見なければならない。すべての終わりを阻止する唯一の方法は、きみたちのどちらかが進んで犠牲になることなんだ」

アンドリューがレナードに飛びかかり、凶器の柄の部分で鼻を殴りつける。レナードがうめきながら頭をのけぞらせ、噴き出した鼻血がすでに血で汚れているシャツにしたたる。

エリックはアンドリューの腕をつかみ、これ以上レナードを殴らないように引き離す。テレビを指さして言う。「彼は確かに疫病が発生すると言ってた」

アンドリューが信じられないという顔で甲高い声を出す。「これが？　鳥インフルエンザの記事ならもう何ヵ月も前から読んでる。これは疫病の災厄なんかじゃない……単なるニュース報道だ。しかも生放送ですらない」彼がテレビに勢いよく近づき、画面に出ている赤いタイトルボックスを指さす。「事前に放送が決まってる番組じゃないか。ちゃんとタイトルまでついてる。ニュース速報ならタイトルなんかない。レナードもサブリナも、全員がこの鳥インフルエンザの番組が放送されるのを知ってたんだ。放送時間まで知ってたんだ」

レナードが言う。「お願いだ、アンドリュー。どうしてきみは……」

「その口を閉じないと殴るぞ」アンドリューが頭をめぐらせて部屋を見回す。「リモコンはどこだ？　見つけて、ガイドボタンを押してみろ。メニューに番組タイトルが表示される。前もって予定されてた番組だ。こいつら、ここに来る前にそれを知って、自分たちの物語に組みこんだんだ」

エリックは両手でアンドリューの片腕をつかんでいる。彼の言い分は理にかなっているが、必死な論理づけに聞こえる。

アンドリューが続ける。「神はふたつも地震をもたらしたのに、そのあとおれたちが夕食をとってひと晩眠るのを待ってから、この夏ずっとニュースになってた疫病をのんびり呼び出したってわけか？　エリック、こいつらは朝からずっと時計をチェックしてた。全員がだ、きのうレナードがやってたみたいに。おまえはそのことを覚えてないか？　露骨だったぞ。隠そうともしてなかった」

レナードが言う。「わたしは緊張すると腕時計を見てしまうんだ」まるで詫《わ》びているような細い声だ。「たいてい自分でも気づかずにやってる」

エリックは言う。「ほかの連中も時計をチェックしてた」実は彼らがそうする場面を覚えていないが、アンドリューが嘘をついたり記憶ちがいをすることはないと思う。アンドリューに同調したのは、まだ彼の味方でありたいからだ。

レナードが言う。「彼らもきっと緊張してたんだ。肝心なのはわれわれみんなが、そのときが来ると感じてたことだ。われわれは、じきにきみたちが選択するはずだと知らされてた。だから、誰だってそうするように、腕時計を確かめたんだ」

エリックはレナードのことを信じ始めているが、それでも彼の弁明は不器用でぎこちなく聞こえる。

アンドリューが言う。「今どき誰が腕時計なんかつける？　みんな携帯電話で時間をチェックしてる。特にあんたの世代ならな。あんたたち四人がたまたま腕時計をつけてあらわれたって言うのか？　ちがうね。あんたたちはこのキャビンに来ることも、ここが電波の圏外ということも知ってて、そこで時間を知る手立てがないといけないとわかってたんだ」

「全然ちがう。誓ってそんなことは……」

「こいつの言うことをよく聞け、エリック。嘘をついてるとわからないか？　こいつらは今日のこの時間帯にこの鳥インフルエンザの番組が放送されると知ってたのさ。キャビンに来る前にアラスカの地震が発生して津波警報が出されたのを知ってたみたいに……」

「わかってる。きみの言うとおりだ」エリックはあたり一面にざわめきを感じる。レナードが〝そのときが来ると感じた〟と言ったが、その意味がわかったように思う。まるで存在と目的からなる物理的な事象であるように。彼は光の人の姿を思い出す。あのとき見たものは、可視化された時間だったのかもしれない。それは正確ではないかもしれないが、真実にきわめて近いと感じられる。このことをアンドリューに伝えたいと思う。だが、別のことを言う。「でも、アラスカの地震のあとにもうひとつ地震があった。そっちで大勢の人が死んだんだ。レナードたちはここに来るまで二番めの地震のことを知らなかった。あれはぼくらがテレビを見てるときにリアルタイムで起こった」エリックは、自分がまちがっていますように、自分たちが立ち去ることを許されますように、と心の中で祈る。

「それで？」

「あれは彼らが予見したものだ。エイドリアンはあの大きな岩のビーチで起こる光景をすでに見たと言ってた」

「彼女は何も見てない。見たのは『グーニーズ』だけだ。あの地震は最初の地震に誘発された。やつらは最初のほうの発生を知ってて、ラッキーなことに……なんでおれたちはこんな話をしてるんだ、エリック？」

「今度は鳥インフルエンザの蔓延だ。ぼくらにとって特別な場所である香港でだよ、アンドリュー。ふたりで香港にいたとき、あの地を〝わが街〟と呼んだのを覚えてるか？」エリックにとって中国への旅行は北アメリカから外に出た最初の機会だった。旅客機の中では不安と興奮で眠れず、機内映画を立て続けに五本観た。香港に滞在した四日間はできるだけ多くのものを見て、多くのことをして、ウェンとの新しい暮らしの冒険が始まる前の生活における最後の熱狂的で自由奔放な時間となった。「あの場所であることに、あの場所で起こってるということに、何か意味があるんだ」

「なんの意味もない。言ったはずだ、中国はこの大流行に何ヵ月も前から取り組んでる。そのことをおまえと議論する気はない。まさにあいつの思う壺《つぼ》さ。だから、もう行こう。おまえとおれと……ウェンの三人で」アンドリューの声の調子が変わり、怒りが消えていく。目に涙をためている。「おまえの準備ができたら出かけよう。おれは……おれたちはもうここにはいられない」

そのとき、床の下からサブリナの声が聞こえてくる。「ねえ、わたしよ。サブリナだけど、今から地下室の階段を上っていってもいい？　誰にも危害を加えるつもりはないから、どうかわたしにも危害を加えないで」

返事をする者はいない。彼女の足音が地下室から共有エリアに続く木製の階段に響く。一階の床に近づくにつれて、のろくて不規則な葬送歌の音程と調子が変化する。あらわれた彼女は鋭い刃物を渦巻き状に曲げてつけた凶器を持っているが、かまえに攻撃性は感じられない。逃れようのない最終的な裁きである〝緋文字《ひもじ》〟のように凶器を運んでくる。

サブリナが言う。「わたしはしばらく地下室にいたの。あなたたちの会話やテレビの音声に耳を澄ましていた。だから、知っているわ……わたしたちがこれを止められなかったことを」彼女がアンドリューとエリックを見ながら、真横に動いて地下室の階段から離れる。顔が土埃《つちぼこり》の汚れで縞《しま》模様になり、髪が汗で黒ずんで見える。くすんだ白のシャツには昨日の血が固まってこびりついている。「何が、どんなふうに起こったか、わたしは知らない。でも、ウェンのことは本当に気の毒だと思う。なんて言ったらいいかわからない」

アンドリューが言う。「なら何も言うな。こっちにも近づくな」

「ええ、わかったわ」サブリナがふたつの寝室の入口を隔てる壁に寄りかかり、デッキの網戸のほうへ首を伸ばす。「エイドリアンのことも残念だった。でも、彼女はあなたたちを脅すべきじゃなかったわ。こんなことは起こってはいけなかったの」

ながす。

「ポケットを全部裏返せ」アンドリューがサブリナに命じ、スレッジハンマーの動きでうながす。

「どうして？」

「キーだ。この近くのどこかに駐めてあるはずのあんたたちの車のキー」

サブリナが空《から》のポケットを引き出す。ジーンズの尻から垂れた白い布があかんべえをしている舌のようだ。後ろを向き、平らなポケットを手でなでつける。

テレビでは鳥の死骸をブルドーザーで山にして焼却処理をする映像をバックに、報道の内容が語られていく。

アンドリューが言う。「エリック、あれを消してくれないか？」

エリックはテレビに近づくが、色鮮やかにきらめく映像がずきずきする頭にこたえ、目をすがめて顔をそむける。側面のコントロールパネルを手探りしてボタンを押すと、疾病対策センターのパンデミック予防プログラムに対する現政権の短慮で法外な予算削減について議論しているコメンテーターの声が途絶える。だが、エリックは音声をミュートにしただけで映像はそのまま流れ続ける。

ふいにめまいの発作に襲われ、エリックはカウチに沈んでハエだらけのウェンの隣にすわりこむ。エリックは自分の身体もハエたちに狙われているとわかる。ウェンの遺体を持ち上げて膝の上にのせる。巻かれたウェンは古代の失われた都市の地図のようだ。

アンドリューが言う。「エリック？　大丈夫か？　すぐに出かけるべきだ。そう思わないか？」

「ぼくは……まだ行けない」

「本気か？　おれはもう行くべきだと思う」

「気分がよくないんだ……あと数分だけ待ってくれ。ほんの数分でいいから。そしたら行こう。いっしょに。約束する」エリックは、その約束が守れますように、と祈る。

ハエの群れがウェンの遺体から離れ、放出された胞子のように散らばっていく。エリックはウェンからハエが飛び立ったことで安堵するが、黒い群れが室内で嵐の雲を形成するさまはなんともおぞましい。ぶんぶん飛び回り、壁やテーブルや椅子の上を這い、レナードたちの手や口やまぶたにたかる。絶え間ない羽音は消音したテレビのスピーカーを通じて聞こえるようで、変わることのない腐敗と究極の破滅を伝える古代のメッセージに思える。

サブリナとレナード

「気分がよくないんだ……あと数分だけ待ってくれ。ほんの数分でいいから。そしたら行

き、アンドリューの腰にもたれかかる。

「わかった、少し休め。でも、準備ができたらすぐ行くぞ。これ以上ここにはいられない」アンドリューがエリックの肩に手を置き、背中をさする。エリックが何やらつぶやき、アンドリューの腰にもたれかかる。

レナードはエンパイアステートビルから墜落して巨体がぼろぼろに衰弱したキングコングだ。サブリナは断崖の崩壊寸前の出っぱりに立っているかのように壁に背中を押しつけている。ふたりは視線を交わす。相手が何を考えているのか、何を信じているのか、何をするつもりなのか、たがいにうかがう。同じビジョンや同じ命令を本当に共有しているのだろうか。相手は本当に自己申告どおりの人間なのだろうか。ここに導かれる前は、本当によき人間だったのだろうか。ふたりは探るように長く見つめ合う。たがいに相手のことをこれっぽっちも知らないのだと気づく。自分がたったひとりであることを、根本的にひとりであることを、この暗黒の一日の暗黒の時間の中で思い知る。

サブリナは言う。「もう終わりにすべきだわ、レナード」

「でも、終わってない」

「わかっている、わかっているけれど、あんなことが起こったのだからもう十分なはずよ。どうしてまだ足りないの？」

「あの子は進んでああなったわけでは……」

「そんなのどうでもいい。ちっとも正しくないわ。彼らはもう多すぎるほど失っている。これは、どう正しくないか言えないくらい正しくない」

「そうだけど、決めるのはわれわれじゃない」

アンドリューが上の空で、静かにしろ、と言う。

サブリナは続ける。「あなたが何をしようとかまわないけれど、わたしはこれにあらがうつもり。前はあらがった……誓って本当にあらがったわ。でも今は……こんなのはもうたくさん。わたしはやめる。わたしたちはもっと、何かわからないけど、何かすべきだったのよ、これに抵抗するために。これを拒絶するために。これ以上は……」

「ある時点が来たら、もうできなくなる。わかってるはずだ」レナードの言葉に嘲りや脅しはない。あるのは同情だ。

「どうしてわたしたちなの？　どうしてこんなことをさせられているの、レナード？　そもそもどうしてこんなことが起こっているの？　野蛮で下劣で邪悪だわ。わたしたちがそんなことの一部だなんて」

「わたしにはわからないよ、サブリナ。心底わからない。わたしには理解できないし、われわれは理解することになってない」

「そんなのでたらめだわ」

「われわれは数十億もの生命を救おうとしてる。多少の苦しみは……」

「それでも正しくない。どこまでも気まぐれで残酷だわ。いったいどんな神だか宇宙だかがこんなことを望んで命じているの？」

レナードはため息をつき、答えない。サブリナを見つめ、まばたきをする。

「だめ、だめよ。ちゃんと答えて。自分の答えはわかっている。あなたの答えが知りたいの。聞きたいのはレナード・……」サブリナは言葉につまって笑う。「今、あなたの苗字《みょうじ》を言おうとしたけれど、知らないんだった。どうかしていると思わない？」

「わたしの苗字は……」

「苗字なんかどうでもいい！　あなたの答えがほしいの。教えてよ。どんな神さまがこんなことを起こさせているの？」

「われわれの神だ」

ふたりはまた目を見交わす。レナードは不格好でグロテスクな未完成のモンスターだ。サブリナは溶岩流の崩れかけた縁に立ち、毒性の空気を吸っている。ふたりは自分たちのどちらか、あるいは両方が狂っているのか、それともどちらも狂っていないのか、と思う。果たしてそれは重要なことだろうか。目の前の相手は前から今のように弱かっただろうか。ふたりはふたたび長いあいだ見つめ合う。ふたりの視線は、差し迫っている不可避な災厄——それが天災であれ、人類の手ひどい失敗であれ——を前にした不運な観察者のものだ。天の示す恐ろしくも神聖な真実に直面したあきらめによる憂鬱と畏怖の表情で、まばたきひとつしない。ふたりはまたしても、自分がたったひとりであることを、根本的にひとりであることを、この暗黒の一日の暗黒の時間の中で思い知る。

サブリナはうなずき、手にした凶器を落とす。それはふたりを隔てる境界線のように床に横たわる。「わたしは地獄なんて一度も信じたことがない。でも、これはとんでもない地獄よ」

アンドリュー

エリックの脳しんとうはアンドリューが当初考えていたよりもひどく、明らかにエリックのことがますます信頼できなくなってきている。エリックが歩けるまで回復するのに十分なほどの休息は与えられないだろう。どこか近くに駐めてあるはずの彼らの車まで歩くだけであってもだ。エリックをここに残して自分だけで助けを求めに行くか？　いや、その選択肢はない。二度とエリックやウェンを残したまま行きはしない。

アンドリューはシーツに包まれたウェンの遺体を見やる。レナードに手を握りつぶされかけ、指が折れ曲がり、引き金に押しこまれ、カチンと撃鉄が弾《はじ》け、拳銃が反動で跳ね上がったときの感触がまだ忘れられない。銃弾がどこへ飛んだかわからなかったが、エリックが悲鳴を上げて四つんばいのままウェンに駆け寄った。ウェンは仰向けに倒れ、曲がった脚が身体の下敷きになっていた。アンドリューは娘の砕けてしまった顔を見て、エリックの隣に崩れ落ちた。あふれる涙をぬぐいもせず、まばたきもせず、まるで井戸の底から見上げるようにずっと視界がゆがんでいた。気がつくと、エリックがドアにもたれるようにして意識を失っており、アンドリューは椅子に縛りつけたレナードの前にひとり立っていた。シリンダーが空だというのに拳銃の引き金を何度も引いた。やがて拳銃を自分の尻のポケットにしまい、レナードのポケットを探ってみたが、キーはなかった。エイドリアンのポケットも調べた。それから彼女の死体をデッキまで引きずっていった。ほかに何をすればいいのかわからなかったからだ。オバノンのポケットも確かめようかと考えたが、意識不明のエリックをキャビンの中でひとりきりにしたくなかったし、ウェンを床に横たわらせておきたくなかった。アンドリューは自分たちの寝室に入り、ベッドからフランネルのシーツを剥いだ。そのシーツでウェンの遺体を丁寧に包み、またしてもぼやけた視界の中で娘の名前を呼んだ。ウェンを床から持ち上げ、抱いたままカウチにすわって名前を呼んだ。ほかに何を言えばいいのかわからなかった。額と額をそっと合わせ、シーツごしに鼻の頭にやさしく口づけし、ごめんよ、とささやいた。銃の暴発は事故であって自分のせいではない、と言いたかったが言えなかった。その代わり名前を何度も何度も呼んだ。それがウェンがもう二度と誰にもそう呼ばれないのを恐れるかのように名前を呼んだ。それがウェンをここから家に連れ帰るための厳粛な誓いであるかのように名前を呼んだ。

　サブリナが凶器を落とす。渦巻き状に曲げられた刃物が硬材の床に当たって大きな音をたて、アンドリューは麻痺《まひ》状態から現実に引き戻される。彼女が言う。「わたしは地獄なんて一度も信じたことがない。でも、これはとんでもない地獄よ」

　レナードが言う。「まだチャンスはある。彼らはまだ選択できるんだ。全員を救うことを選べるんだよ」

　サブリナが言う。「ほかの全員、という意味よね」

　アンドリューは、溶けたロウソクのかたまりのようにでこぼこになるまでレナードの頭をスレッジハンマーで殴りつける光景を思い描く。ぽっかりとあいた悲しみと怒りの穴は暴力行為で埋められることを欲している。今やサブリナの手にも凶器はない。レナードの味方をして邪魔立てしようものなら彼女もたたきのめしてやる。

　レナードが言う。「サブリナ？」

「何？」

「白いマスクをわたしにかぶせてくれないか、あとで。この椅子から生きて離れられるとは思えない」

　アンドリューは、レナードとサブリナを両方とも打ちのめしてからエリックとウェンとともにカウチにすわっている自分を夢想する。エリックとふたりで膝の上にウェンをのせて揺らし、エリックが歩けるようになるまで平穏のうちに好きなだけ長く待つのだ。

サブリナはレナードの依頼には応じず、部屋をゆっくりと横切ってきてアンドリューの前で立ち止まる。「わたしたちがレドモンドを殺した理由を、あなたは一度も尋ねなかった」

アンドリューはエリックの背中から手を離し、ふたたび凶器を握る。

エリックが言う。「よせ、アンドリュー」

アンドリューはサブリナに答える。「あんたのお友だちのオバノンのことか？　あいつのことを言ってるのか？」

「彼と友人だったことはないわ。彼を信用したこともない。でも……彼といっしょにここに来たのは事実よ。そのことを説明できないし、自分でも信じられないけれど……」

アンドリューは言う。「おれは明確に説明できる」

サブリナがうなずく。「わたしたちは自分たちの役割についてきちんと説明していない。あなたたちに選択肢を示しただけ。それなのにわかったの？」

「今すぐ後ろにさがらないと、これを振り回すぞ。自分で椅子を見つけてすわれ」

アンドリューは〝世界はこうして終わる〟の題名で黙示文学に関する講義を複数のクラスでおこなってきた。講義では、聖書のヨハネの黙示録や、赤・黒・白・くすんだ白の馬にそれぞれ乗った黙示録の四騎士について文学的分析をすることもある。講義の概要は年ごとに進化してきたが、学生たちとの主要な議論・討論のひとつは何年たっても変わっていない。どれほど希望がなく悲惨であっても終末のシナリオが人の心に訴えかけてくるのは、人がそこに意味を見いだすからだろう。何十億もの人びとが滅びる中で自分だけが生き延びると想像するとナルシシズムが満たされるというのは、今まで散々議論されてきたわかりやすい説だが、アンドリューの主張は、自分が生き延びられず終末を目撃することになる運命の魅力もまた否定できないというものだ。少なからぬ者に顔をしかめられるが、彼は学生たちに公然と語ってきた。「終末に対する畏怖と恍惚《こうこつ》という果実の芯に、すべての組織化宗教の種があるんだ」むろんアンドリューはレナードたちの訴える疑似キリスト教的な終末をとっくに見抜いているが、それをここでサブリナに説明したくはない。精神的にひどく参っている今のエリックの前で聖書との関連性を明らかにすること──彼のカトリック信仰は愛すべきものであるが、アンドリューにとっては同時に不可解で当惑させられる──はなんとしても避けたい。

サブリナは動こうとしない。「わたしはすわるし、言われたことはなんでもするから、その前に説明させてほしい。まずは話をさせて」

「さっさと後ろへさがれ」

エリックが口をはさんでくる。「アンドリューとぼくが犠牲になることを選択しなかったら、そのときはきみたち四人のうちひとりが犠牲にならないといけないんだな」

「そんな話はやめろ」アンドリューはエリックと目線を合わせようとしゃがむが、その途中で右膝がへたってしまう。腫れた膝が脚からゆるんではずれることでめまいを感じ、頭が熱くなる。これから先の道のりをこんな膝で歩き抜くことができるのだろうか？　サブリナかレナードから車のキーを手に入れられなかったらどうなるのか？　エリックとふたりでやつらの車を探し、どこかにキーが隠されていることに賭《か》けるリスクとともに歩くのか？　アンドリューの父親はピックアップトラックのスペアキーをいつも運転席側のホイールウェルに隠していたものだ。あるいは道を逆方向に森の奥へと進み、数マイル先の一番近いキャビンまで歩いて中に固定電話があることを願いながら押し入るか？

アンドリューの全身全霊が、まずはこの死と狂気の場所から抜け出し、すべての解明はあとにしろ、と叫んでいる。彼は凶器に寄りかかり、エリックが自分のほうに目を向けるまで名前を呼ぶ。「よく聞け。おまえを愛してる、そして今すぐ行くべきだ。いいか？　おまえなら絶対にできる」

「ぼくも愛してる。でも、ぼくにはできそうに……」

「道の途中で何度でも必要なだけ休憩を取ればいい。おれたちはやり遂げられる」アンドリューは立ち上がり、エリックの腕に腕をからめて引っぱり上げる。

ところがエリックはカウチにウェンとすわったまま立ち上がろうとしない。「まだだ。あと一分待ってくれ」

サブリナが言う。「彼の言ったとおりよ、アンドリュー。あなたたちが選択しなかったから、わたしたちはレドモンドを殺さざるをえなくなったの」

「そんな話はこれっぽっちも聞きたくない！」アンドリューは声を荒らげる。

サブリナが指を四本立ててみせる。「彼が死んだあと、地震と津波が起こった」小指を折り、三を示す。「エイドリアンが死んで、鳥インフルエンザが蔓延した」もう一本を手のひらに丸めこむ。残った二本が場ちがいなピースサインになる。「わたしたちはあとふたりしか残っていない。あなたたちが犠牲になることを選ばないなら、そのときはレナードとわたしが犠牲になる。ひとりが死ぬたびに……」さらに指を一本曲げる。「……別の災厄が……」

「空が墜落し、大地に激突し、ガラスの破片のように粉々になる」エリックが掛け合いの祈禱会《きとうかい》に参列しているかのように言う。

サブリナが続ける。「……そして、終末がもう一歩近づいてくる。あなたたちが選択せず、わたしたちの最後のひとりが死んだら……」残された一本指がこぶしの中に呑みこまれる。

エリックが言う。「果てしのない終局の闇。レナードはそう言ってた」

「……それで何もかもが終わる。わたしたちの最後のひとりが死んだら、あなたたちに終末を阻止するチャンスはもうない」

アンドリューはよろめきながらサブリナに近づく。「話をやめろと言ったんだ」

「ここに着く前、レナードとわたしはあなたたちにすべてを説明しようと思っていた。キャビンに入ったら、知っていることを何もかも話すつもりだった。レドモンドとエイドリアンがそうしないようにわたしたちふたりを説得したの。とても信じてもらえるような内容ではないし、わたしたちだってばかではないし狂ってもいないから……狂っていたならどんなにいいか……」

レナードが言う。「きみは狂ってなどいない」

「今はその両方だと思う」それがどういう意味なのか彼女は説明しない。「アンドリュー、あなたはわたしたちを信じようとしなかった。わたしたちがここに来た理由も、選択とその結果についても。最初に話したときは特にそうだったし、これからもたぶん信じないでしょう。だから、あなたたちが犠牲になる者を選択しない場合はわたしたちの中からひとり殺す、と伝えるリスクを冒せなかった。それを知ったらあなたたちがじっと待ち、わたしたちが殺し合うのを眺め、そのまま世界が終わってしまうのではないか、とわたしたちは恐れていたの」

「椅子を持ってきて、ドアの横の壁につけてすわれ」アンドリューは命じる。

「この世界は滅んでしまうべきかもしれないわね。どんな小さな一部もこんなふうになるよう作られているのなら」サブリナが何か決心か約束をするようにうなずく。レナードに顔を向け、テレビを指さす。「この鳥インフルエンザの番組が放送されることを知っていたの？」

　レナードは彼女の急な質問に驚いたようだ。「え？　そ、そうだな。いや、ちがう。こういう番組があるのを知らなかったし、どんな種類の、その、疫病が発生するか、どこに発生するかも知らなかった。ただ、ある種の致死性の病気が蔓延することは知ってた」

「どんなふうに知ったの？」

「サブリナ、なぜそんなことを……」

「わたしたちがここに来る前、あなたはこう言った。もしも彼らが二日めの早朝に選択をしなければ、九時ごろに疫病が発生する、と。エイドリアンとわたしは津波のあとに疫病的な災厄が起こるだろうと漠然と知覚していたけれど、正確な時刻はわからなかった。それを教えてくれたのは、あなただった」

「どう答えていいかわからない。ただそれが起こる時刻がわかったんだ。まるでそれが頭の中にずっと存在してて、わたしに見つけられるのを待っていたかのように」

「わたしたちと会う前に番組表をチェックしていないのね」

「ああ、もちろん、そんなことはしてない」

　サブリナが何を目論んでいるのか、なぜ今になって番組と時刻についてレナードを問いつめるのか、なぜ彼女が突然こちらの側に立っているように見えるのか、アンドリューにはさっぱりわからない。

サブリナが言う。「レドモンドも時刻を知っていると言っていた。彼のほうが先にあなたに教えたの？」

「ちがうよ。彼と……ほかのみんなとも……話す前に、わたしは時刻がわかってた」

「それは確か？」

レナードがため息をつく。「ああ、確かだよ」

「つまり、レドモンドはあなたが教えたから時刻を知っていただけなの？」

「彼が何を知ってたのか、何を示されたのか、わたしにはわからない。なぜ今、そんな質問をするんだ？　起こったことを疑うなんて、きみには……」

アンドリューは告げる。「そんなことはもういい。おれたちがここからいなくなれば、あんたたちには問題を議論する時間が山ほどできるんだ。その椅子を取ってすわれ、サブリナ。さもないと、ふたりとも痛い目を見ることになるぞ。おれは躊躇《ちゅうちょ》しないからな」

サブリナが言う。「わたしにまかせてくれるなら、あなたとエリックがここを出るのを手伝うわ」

サブリナ

聞いて、アンドリューにエリック。わたしたち四人はレドモンドのピックアップトラックのキーを隠した。舗装されていない道から何歩かはずれた場所に埋めてある。レドモンドではなくてオバノンと呼ぶべきかしら。たとえアンドリューの誤解だったとしても、わたしは今、彼がそうだと思っているわ。レドモンドはネットの掲示板で初めて会ったときから嫌なやつだった。わたしたちが体験した夢や悪夢、メッセージやビジョン、それが人生にもたらしたことを分かち合っているときも、彼は男性器の写真を投稿してジョークを言い、エイドリアンとわたしに何を着ているか質問してきた。レドモンドのことはともかく、わたしは同じ経験の中で生きている人たちの存在を知ってほっとしたわ。わたしたちが共有するビジョンは本当に恐ろしかったけれど、わたしはそれと同じぐらい自分のことが怖くて、ほかの人たちを見つけたおかげで自分がひとりぼっちじゃないとわかったし、精神を病んだわけではないとわかって、度を超した自己分析や自己診断をやめることができた。掲示板に集まった最初の夜、わたしたちはビジョンの意味や自分たちに役割があることをまだ知らなかった。自分たちが予言者みたいな存在になれたらいいぐらいに思っていた。人類に警告するの。同胞や環境に対してひどいことをやり続けていたら、こんな災厄が起こるって。掲示板では、数日前の夜に〈イン・アンド・アウト・バーガー〉で行列しているときにささやき声が聞こえたのが始まりだった、と話したわ。あのときのハンバーガーは、一日中試験勉強をしていた自分へのご褒美だった。わたしはカリフォルニア州立大学の制度を使って診療看護師の修士課程を受験する予定だったの。それで最初は、わたしの後ろに並んでいる変な人が耳元でささやいているのかと思った。声が聞こえるだけじゃなくて髪や耳に吹きかかる息まで感じられたので振り向いてみたら、わたしの後ろには誰も並んでいなかった。わたしの振り向きかたは異様に見えたにちがいないわ。わたしは、勉強モードからまだ抜け出せていない不平だらけの脳のせいにして無視しようと、ハエか蚊が耳元で飛び回っているかのように何度も耳を触った。カウンターの中で怪訝《けげん》な顔をしていた子に思わず注文を大声で叫びそうになった。ささやき声がまだ続いていたから、ひょっとするとエアコンが変な周波数で動いているのかと思って、店内で食べるのをやめて、トレーから注文の品をかき集めるなり車に走った。わたしはくたくたになって、心底怖くて、それでも声がやまない。頭の中で聞こえるのではなくて、誰かが携帯電話の小さなスピーカーを通してしゃべっている感じなの。だけど、電話はジーンズのポケットかバッグに入ったままか、運転席の下に落ちていたはず。わたしはあのときのことをずっと考えてきたし、自分が正気でないことに気づかない人間の言い草みたいだろうけど、声は頭の中で聞こえているわけじゃない。ささやき声はわたしとは無関係に存在していて、車の中のどこかから聞こえてくるの。カーラジオをＫ‐Ｒｏｃｋに合わせて大音量で鳴らしながら家に帰った。歌詞も知らない歌をいっしょに歌ってシャウトしながらね。車を駐めて、ワンルームマンションの二階の狭い自宅に駆け上がると、スラッシャー映画で犠牲者がナイフで刺される瞬間みたいに鍵を開けるのに手間取ってから、中に入って、受験用の参考書や書類で散らかったキッチンテーブルにファストフードを落とした。部屋はセントラルエアコンがカチカチ鳴る音と上の階から響いてくるこもった足音以外は静かだった。声もささやきもなかったけれど、部屋の様子がどこか変だった。わたしが出かけたときのままに見えるように整えられていて、けれど気づかないほどの嘘臭さがある感じ。何かがおかしい。わたしにできるのは、そのおかしな何かが起こるのを待つことだけだった。ふだんなら無視している日常の背景ノイズに耳を澄ますと、その下から甲高い耳鳴りみたいなものが、大音量のライブに参加したあとのようににじみ出てきた。けれど、それは頭の中や耳の中から来るのではないの。音の響きには確かに距離が感じられた。ありえないほど遠い距離が。その音が、ファンの回転が遅くなるように低くなって、自分の声の中に、それも今まで使ったことのない声の中に、言葉として集束していった。わたしは腰を下ろし、耳を傾けた。ハンバーガーも食べず、テーブルで眠りに落ちて夢を見た。その最初の夜の夢には使い古したトランプの束が出てきて、それは色が褪《あ》せ、角が折れ曲がり、何枚かなくなっていて、わたしはどのカードがないのかわからないけれど、それはとても大事な、何よりも大事なカードなの。わたしはあの声が告げたことを全部覚えている。耳を傾けるという物理的な部分も覚えている。その言葉がどんなふうに感じられたかも覚えている。

聞いて、アンドリューにエリック。掲示板を見つけた翌朝……未明まで何時間もキーボードを打ち、みんなの投稿を何度も読み返したあとよ……わたしはロサンゼルスから北に二十マイル離れたヴァレンシアまで車で行かなければ、という強い衝動とともに目を覚ました。ヴァレンシアには子どものころに行ったきりで、どうしてそこに行かなければならないのか、そこで自分が何を見つけるのか、わからなかった。でも、ネットでみんなとつながったあとでまだ気持ちが高揚していたから、衝動を否定せずに受け入れた。変に聞こえるかもしれないけれど、何もかも投げ出してどこか知らない場所まで車を飛ばすのは怖いと同時にスリリングで、なぜか安心するものだった。信じる行為が人生をがらりと変えてしまうとわかっていたのに、身をまかせることで不安が和らいだの。とはいえ、少なくとも意識の上では、そうした変化を望んでいなかった。〈イン・アンド・アウト・バーガー〉の一夜まで、わたしは社会生活を犠牲にしてまで仕事と修士課程の受験に百パーセント集中していたのよ。幸せだったし、幸せでないとしてもかまわないし、それで十分だった。でもあの朝、職場の病院に病欠の連絡を入れた。病欠の日が増えると入学願書に必要な上司の推薦状が輝きを失うとわかっていながら、その週に入って三度めの欠勤をしたの。上司は完全に腹を立てていたけれど、わたしにはほかに選択の余地がなかった。あるいは選択の余地がないと自分に言い聞かせたのかもしれない。どちらにしても、かつては自尊心があって生まれながらの無神論者だったわたしにとって、この奇妙な冒険の可能性と意味は心を浮き立たせるものだった。わたしは何か理由があって選ばれた。自分や周囲の人たちや日常をはるかに超越した何かが存在するという証拠を与えられ、その存在がわたしに語りかけてきて何をすべきか教えてくれていた。ほかの何ものかに自分を完全に託すことがどれほど心地よいか知っている？　わたしはそれを知ったわ。

聞いて、アンドリューにエリック。つまり〝プロセスを信じろ〟よ。それはわたしの父の好きな言い回しで、スポーツや職業から、政治、人間関係、数年前に母が亡くなったあとの悲しみへの対処まで、何にでも適用できるものなの。正直、わたしはその言葉自体も、父がそれを何度も口にするのも嫌いだった。あの大きくて強い男がそう言うと、失敗に甘んじている口先だけの弱々しい受け身人間に見えたから。プロセスを信じろ、と言って肩をすくめるのよ。〝わかった、降参だ〟と書かれたTシャツを着るほうがまだまし。癌《がん》の専門医から見込みのない治療法を提案されてその内容を聞かされたとき、父が「プロセスを信じろ」のひと言をまるで〝ハレルヤ〟のように言ったから、わたしはその場で父を罵倒した。今になって父に謝らないといけないと思っている。なぜなら、この七日間でわたし自身が何度〝プロセスを信じろ〟と自分に言い聞かせたかわからないから。わが聖なるマントラよ。自宅にいて職場や友人や父からの「どこにいる?」メールや留守電を無視するたびに、それを口にした。整形外科からメッシュを持ち出して、理由も用途も不明なままビジョンに指示されたとおりに四人分の白いマスクを作ったときも、口にした。航空券を買ったときも口にした。高速道路のサービスエリアにある〈バーガーキング〉でレナードとエイドリアンとレドモンドに初めて会ったときも口にしたし、ほかの三人がわたしと同じようにジーンズとボタンダウンシャツを着ていて、レドモンドが「おれたちゃ売れないインディーズ・バンドか」と冗談を言ったときも口にしたし、シャツの個別の色の意味がわかって自分たちがそれぞれ何者であり何者であるべきかを知ったときも口にしたわ。自分たちがこのキャビンで具体的に何をするのかを言葉で伝えられたときも口にしたし、レドモンドのピックアップトラックの荷台を覗《のぞ》いたら、先端にとがった金属がついた道具を彼が手作りしてきていて、そのどれもがわたしがここに向かう機内で見た夢に出てきたものとそっくりで、まるで彼がわたしの頭から引っぱり出して荷台に置いたみたいに思えたときも口にしたし、彼が道具の作りかたも知らなかった上にどうやって作ったか記憶もないとみんなに明かしたときも口にしたし、レドモンドのピックアップトラックに乗りこんだときも口にしたし、車が曲がったり跳ねたりするたびに後ろの荷台で恐ろしい道具がガチャガチャと音をたてたときも口にしたし、舗装されていない道で車を停めたときも口にしたし、わたしが使うために作られた凶器を取り上げたときも口にしたし、ダクトテープではなくロープを使うかもしれないと知ったときも口にしたし、父に〝プロセスを信じて。愛している〟とメールしようとしたけれど結局は携帯電話をピックアップトラックに置いて道を歩きだしたときも口にしたし、しかたなくキャビンに侵入する前にも口にした。わたしはずっと口にし続けている。十分前に地下室から階段で上がってくる前にも口にした。プロセスを信じろ。ものごとはなるようにしかならないのだ、と黙って信じなさい。いかに分別があろうと、信じるからこそうまくいくのだ、と信じなさい。

聞いて、アンドリューにエリック。急に思い立ってヴァレンシアまで旅した話よ。道路マップもGPSもなしに州間高速五号線を北に向かい、行き当たりばったりの出口から降りた。自分でも何を探しているのかわからずに郊外の町を走っていたら、サンフランシスキート・キャニオン・ロードに入って、あっという間に田舎の風景に変わり、蛇行する川みたいに丘や森の中を曲がりくねりながら進んでいった。道が急カーブしている場所で止まって、突き当たりがコンクリートの車止めでさえぎられた砂利敷きの小さな駐車場に車を入れた。車止めの向こう側は旧サンフランシスキート・ロードで、何度も洪水被害にあったあとに閉鎖されて新しいルートに変更されたの。旧道沿いにはセント・フランシス・ダムの廃墟《はいきょ》がある。ダムは一九二八年三月のある真夜中に決壊して、峡谷に流れこんだ大量の巨大コンクリートのかたまりと何十億ガロンという水によって家屋や牧場が押し流され、四百人以上が死亡し、遺体は太平洋まで流れ着いたそうよ。ダムに関しては、家に帰ってからインターネットで調べるまで何ひとつ知らなかった。ダムの残骸の中を歩いてみたわ。閉鎖されて周囲の草木や土や泥にすっかり浸食されている道に沿って、ひとりで歩いた。峡谷は乾燥して白く、月面のように人っ子ひとりいなかった。まわりの丘陵は岩だらけで表面が陰り、その上には雲ひとつない青空が広がっていて、虫の声以外に聞こえる音はなく、さながら世界滅亡後の景色の中を歩いている気分だった。先ほどまでの興奮はみるみる消えてしまった。これから何を見せられるにしても、わたしにはそれを止められず、自分の唯一の目的は目撃者になることだという確信があったから。

聞いて、アンドリューにエリック。わたしは今、終末をただおとなしく目撃することだけが自分の役割であるよう望んでいるの。わたしは早足にならないように気をつけながら時間をかけて旧道を歩き、すべてを目にとめて目印を作った。三十分ほどたったころ、高さ十五フィートもある立方体のコンクリートのかたまりが道路脇の草むらに日光浴中のカメみたいにうずくまっているのが見えた。砂色のもろいコンクリートには何本も筋が入って、道路から眺めると巨人が使う階段の部品みたいだった。さっきも言ったように、家に帰るまでそれがセント・フランシス・ダムの一部だと知らず、人間の手で作られた不運な過去の墓碑であること以外はわからなかった。わたしは道なりに歩き続け、足を止めたのはさらに三十分くらいあとだった。自分の意志ではなく、止まらされたの。今思えば、あそこは峡谷を横切ってダムが建っていた場所だったんだわ。わたしは道路からはずれ、石ころや小さなコンクリート片が混じった瓦礫《がれき》まみれのエリアまで歩いた。わたしは峡谷の一番低い地点に立っていて、そこは海の底のように静かだった。丘を越えて誰かが、あるいは何かがやってきて（今でもまだ〝神〟と口にすることはできない）、それが……頭がおかしいと思われるだろうけど……わたしをつかみ上げるんじゃないかと予期していた。あのときは自分が人形サイズになった気がしていたし、自分はもうひとりじゃないと思えたし、それはいい気分だったから。そしたら、何もかもが暗くなった。

聞いて、アンドリューにエリック。エイドリアンは、みんないっしょにテレビで見るよりも前に『グーニーズ』の岩と津波を見たと言っていた。わたしは一度も見なかった。嘘を言うつもりはないわ。その約束はちゃんと守っている。わたしはそこが大洪水の通り道だと知らずにダムの瓦礫の中を歩きながら、暗闇以外に何も見えなかった。時間を忘れたとかで峡谷が夜になってしまったんじゃないわ。あれは夜の闇ではなかった。何も見えないの。何もないの。わたしは無だったの。でもそのとき、うめき声と圧迫感のある高周波音が聞こえてきて、丘のひとつが爆発してわたしのほうに降ってくるのかと思った。ひび割れる音がとどろき、大地の敗北の吐息とでもいうような低い振動音が聞こえると、大量の水が滝のように落ちてきて、わたしに押し寄せ、わたしを通りすぎ、わたしの目には見えない土地へと流れていった。木々がへし折れ、家屋やビルが倒壊する音が聞こえた。大勢の人が叫んでいた。最悪なことに叫び声はいつまでたっても終わらない。峡谷の底で、わたしは過去に起こった破滅に耳を傾け、自分以外の何もかもが終わるのを聞き、けれど終わりはけっしてやってこない。冷酷な洪水はとどまることを知らず、破壊と死の最後のエコーが消えてもずっと流れ続けていた。永遠に流れていた。わたしはその中に身をまかせ、冷たさも温かさも感じないひとつの残骸となって押し流されていった。わたしの一部は今もまだあそこにいる。気がつくと終わりのない時間から引き出されたわたしは、すでに暗闇の中にはいなくて、車に戻ったときにはもうすぐ正午になろうとしていた。車まで歩いて戻った記憶はないわ。プロセスを信じろ、よね？

聞いて、アンドリューにエリック。わたしの記憶にはもうひとつ空白があるの。その空白を埋める気はないわ。どうにかニュー・ハンプシャーに来ないように抵抗した話はもうしたわね。自分を取り戻したとき……どこから取り戻したのかわからないけれど……わたしがロサンゼルス国際空港に向かうタクシーの車内にすわっていたって話を。

これだけは聞いて、アンドリューにエリック。わたしとレナードとエイドリアンの三人でレドモンドを殺したとき、わたしはわたし自身じゃなかったか、あるいはその場にいなかった。あれはトランス状態だった。たぶんね。トランス状態になった経験がないから、よくわからないけれど。わたしの一部、一番善良で一番大事な部分は、あの無の中に引き戻されて峡谷の終わりのない終わりの中を流れていたんだと思う。でも、わたしの大部分はここに残っていて、マスクにおおわれたレドモンドの顔が笑うのを見て、彼の頭を殴ったときに凶器の木の柄が振動するのを両手に感じて、頭蓋骨が砕ける音を聞いた。わたしは儀式のあいだずっとここに存在していたわけじゃない。凶器を何回振るって彼を殴ったか、自分でもわからない。わたしたちの誰が彼にとどめの一撃を加えたのかわからない。聞いて、アンドリュー、わたしはあなたとSUVの中で争ったことをもはや具体的に思い出せないの。まるで幼いころのできごとを思い出そうとしているみたい。あれが起こって、わたしはそこにいた、というかかすかで大まかな記憶の名残《なごり》しかないの。

エリックが、ここかあそこでほかの誰かを見なかったか、ときいてくる（彼は〝あそこ〟がどこなのかはっきり言わない）。そして、人の姿と光について何かつぶやく。アンドリューがほとんど怒鳴るように、もう誰とも話すな、とエリックに告げ、もう出かけられるか、と尋ねる。エリックはアンドリューを見ようとしない。彼はわたしだけを見ている。わたしはシーツにくるまった状態で彼の膝にのっている娘のことを見ないようにしている。自分がひどい看護師であることを、今になって思い知らされる。シーツの中のウェンを診せるよう求めず、本当にもう救えないのか確かめなかったのだから。

聞いて、エリック。わたしはあなたが説明したような人の姿をまったく見なかったけれど、だからといって、それがここにいなかったとは言えないわ。

エリックが言うには、レドモンドが殺される直前、ある存在をこの部屋の中に感じたらしい。水の入った鍋に卵をひとつ落とすとその分だけ水位が上がって水が置き換わる、そういう感じだったと彼は言う。

わたしは彼の言うことが気に入らないし、彼の様子も気に入らない。彼は目がどんよりして、どこか上の空だ。自分の体験を話しているとき、わたしもあんな顔つきだったのだろうか？　実際にどれほど多く、また少なく口に出して彼らに話したか、それとも単に頭で考えただけか、わたしは思い出せない。

エリックは、部屋の空間が置き換わるのが感じられた、と言う。何かが出現し、これから殴打しようとレドモンドを取り囲んでいたわたしたちの輪にそれが加わるのを見たらしい。彼はそれがデッキから射した一瞬の光のいたずらか、脳しんとうとストレスによる幻覚か、片頭痛の症状だとして片づけようとしたが、その人の姿が自分のほうを見た、自分のほうを凝視したというのだ。エリックは明確に〝凝視した〟と表現する。その人の姿はもう二度と見ていないが、まだあたりに存在するのが感じられるらしい。エイドリアンとウェンが死んだあともどこか近くにいたので、エリックはそれがキャビンに入ってこられないように玄関ドアを閉めたのだそうだ。

わたしはエリックに、それは今もここにいるの、ときく。

彼は、いない、と答えるが、じきにあらわれると思っていると言う。

アンドリューがまっすぐわたしに向かってくる。エリックに話しかけるな、彼の頭にでたらめと嘘を詰めこむな、と怒鳴る。エリックに対しては、おまえは怪我《けが》をしてて、何を見たとしてもそれは幻覚で、今のおまえはまともに考えられないんだ、と言う。

聞いて、アンドリュー。悪いけど、エリックに何かを吹きこむ気はないわ。わたしはあなたたちふたりがキャビンを出るのを手助けしたいの。今やりたいのはそれだけ。それがわたしの人生に残されたただひとつの使命よ。あなたたちが生きてここから出るのを助けることが。

レナードが、彼らはじきにまた選択しなくてはならない、と言う。彼の声が起床の合図となり、わたしは自分の中に本当はないはずの新しい一部を呼び覚まされ、肯定するのを止められずに、そうね、と答えてしまう。

アンドリューがレナードを無視し、わたしに椅子にすわるよう命じ、それ以上何か言ったら殺す、と言う。

わたしは一歩も引かない。アンドリューがわたしの頭にスレッジハンマーを振り下ろすつもりなら、そうすればいい。聞いて、アンドリュー。レドモンドのピックアップトラックはこのキャビンからちょうど三マイルの場所に駐めてある。キャビンとトラックの中間地点あたりの道路脇にキーを埋めて、フリスビーぐらいの大きさの平らな石を目印に置いた。スレート色の石で半分ぐらい薄緑色の苔《こけ》が生えていて、道から藪《やぶ》の中に四歩ほど入ったところにある。石を置いたのは、幹に甲状腺種大のこぶがある木の前。なんの木だかはわからないわ。聞いて、アンドリューにエリック。残念だけど、あなたたちが自力でそれを探そうとしても、前に見たことがなければどの木かを見分けるのはむずかしいと思う。だから、わたしもいっしょに行くつもり。

アンドリューが、ファック・ユー、と言う。

言っておくわ、アンドリューにエリック。わたしたち四人は携帯電話と財布をトラックに置いてきた。電話とキーを残してきたのは、わたしたちの安全策よ。あなたたちがわたしたちを圧倒してトラックのキーを奪い、世界が滅亡するのもかまわずにあっさり車で逃げてしまうリスクがあるから。わたしは今、まさにそのとおりのことをあなたたちにさせようとしているの。わたしはここで起こっていることを信じているけれど、信じてもいない。

レナードがわたしの名前を呼ぶ。その口調はわが子に失望した親、自称専門家、今ではなんの権威もない者のそれだ。彼が、ピックアップトラックの話をやめて無私の選択をするよう彼らを説得するんだ、と言う。今や残り時間がどんどん早くすぎていく、と。

聞いて、アンドリューにエリックにレナード。わたしはこんなことをするような神さまを信じていないわ。そこで言葉を切り、自分自身を笑う。〝誰か〟や〝何か〟と言う代わりに、とうとう〝神さま〟なんて言葉を使ってくれるようになったのね、わたしは。

聞いて、アンドリューにエリックにレナード。わたしはこんなことをする悪魔も、こんなことをする宇宙も信じていない。これを聞いたら彼らはきっとがっかりするわね。わたしはまた笑う。ごめんなさい、おかしくなんかないわね。ちっともおかしくない。聞いて、アンドリューにエリックにレナード。このことが正しいだなんて、もうこれっぽっちも信じていないわ。というか、これが正しいとか道義的だとか、一度も信じていなかった。でも、世界を救うためには何があろうと起こらなければならないと思っていた。今は思っていない。プロセスを信じるのをやめたの。

エリックがアンドリューに、わたしの話を聞くようにと言う。わたしをいっしょに連れていくべきだ、と。

わたしはこう言おうと思う。いっしょにピックアップトラックを見つけたら、そのまま警察に行って、わたしたち四人のことや監禁のことを洗いざらい話し、ここで犯した罪をすべて認めるつもりだ、たとえわたしがもうほかの誰かに話をするほど長く生きられないとしても、と。そう言おうとしたら、エリックとアンドリューが恐ろしく激しい口論を始め、わたしは無視されてしまう。

わたしは足もとから凶器を拾い上げる。レドモンドがわたしのために特別にあつらえた道具で、その用途は説明されていないけれど言葉にしなくても明白だ。わたしの手にあまりにしっくりなじんでいるので、ひどく気分が悪くなり、いっそ誰かがこの裏切り者の両手を切り落として二度と握れなくしてくれたらさぞかしうれしいだろうと思う。わたしは峡谷の暗闇に戻り、ただひとり無の中を流れていき、ただひとりキャビンの中にいる。エリックがわたしに説明を試みた光の中の存在とやらはどこにも見当たらない。光は存在しない。一度として存在しなかった。あるのは空虚と欠如と空白だけで、それらが世界がこんなふうである理由をすっかり説明し、わたしは可能ならば叫び声を上げただろう。アンドリュー、あなたはエリックに懇願している。わたしの話を聞くな、罠《わな》にかけるためにわたしがキーの話をでっち上げているかもしれないと考えろ、わたしが信用できないのは火を見るよりも明らかだ、と。エリック、あなたはわたしの手を借りようと訴えている。あなたはわたしを信じており、キーを見つけるにはわたしが必要で、脱出にはわたしが不可欠だ、と。わたしは部屋を走って横切る。そのとき足に床を感じない。頭上にかかげる渦巻きの刃物は、死と不幸と終わりなき暴力を象徴する旗のようだ。アンドリュー、あなたはエリックに、今すぐ出かけるがわたしを連れていかない、と言う。エリック、あなたはわたしが部屋を駆け抜けるのを見るけれど、アンドリューに警告しない。

わたしは狙いすまして丸太を割るように凶器を振り下ろす。胴体が自然に前傾して両脚が屈し、わたしの全体重と力が一撃にこもる。刃先がレナードの脳天を突き破り、鈍くて湿った音が重く響く。わたしは無から引き戻され、左右の手と腕に衝撃が伝わるのを感じる。レナードは甲高い声でプログラムされたような悲鳴を上げる。損壊した脳が泣き叫ぶサイレンのモードで固まってしまったらしい。刃物が頭蓋骨の奥深くまでめりこんだので、わたしは彼の膝に片足をのせて固定し、てこの要領で引き抜こうとする。レナードは椅子で激しく身を震わせてのたうち、いつしか悲鳴が捕食される動物の断末魔の金切り声となる。やっとのことで刃物が抜けたので、今度はやみくもに水平に振って手製の解体用鉄球を彼の顔と首に何度も何度も打ちこむ。最後には、わたしはまるごとわたしに戻っている。凶器を振り回し、渾身《こんしん》の力で殴り続けていると、彼の悲鳴や痙攣《けいれん》が止まる。

わたしは凶器をレナードの後方に投げ捨てる。凶器は一度跳ねてからサイドテーブルにぶつかり、弾き飛ばされた黄色いシェードのランプが床に落ちて割れる。聞いて、アンドリューにエリック。壊してごめんなさい。

わたしが凶器を手に取ることはもう二度とない。少なくともわたしにとって、そういう約束だった。レナードの顔はもうそれが顔だったとは認識できない。白いシャツは白い部分が点々と残っているだけ。わたしはめまいを感じるものの立っていられないほどではなく、それなのに床で四つんばいになっている。彼のジーンズの後ろのポケットからメッシュのマスクを引っぱり出し、わたしのマスクの中に詰めこむ。マスクのことに気が回るのは本能的でもあり不可解でもある。それから、レナードの椅子の下を探し回る。歯を一本見つけたとたん、わたしは誤って毒グモをつまんでしまったかのように驚き、手で払いのける。わたしの頭と首と両腕にレナードの生温かい血のしずくがぽたぽたと垂れてくる。わたしは咳をしてから床の捜索を続け、テレビのリモコンを見つけ出す。

わたしはレナードの背後で立ち上がる。力を振り絞りすぎたせいで手足が震えている。

激しいトレーニングをしたあとのようだ。レナードの髪はぐちゃぐちゃの頭皮と血で艶がなくなり、黒ずんでいる。わたしの目に涙があふれるが、レナードのための涙ではまったくない。アンドリューとエリックがぎょっとした顔でレナードを見やり、それからわたしを見る。あなたたちの血と汗と涙にまみれた無表情の顔に対して申し訳なく思う。すべてのことに対して申し訳なく思う。エリックがまるで答えを待つかのようにわたしを見つめてくる。アンドリューが対応を決めかねる様子でスレッジハンマーの凶器を時計の振り子のように上げたり下げたりしている。

わたしはリモコンを落とさないように注意して持ち手を変えながら、両手をジーンズでぬぐう。腕が勝手に持ち上がる。配線と歯車の詰まった機械仕掛けの腕が密《ひそ》かに機能し、務めを果たす。聞いて、アンドリューにエリック。わたしは音量を上げなくてはいけないけれど、あなたたちにはそれを聴く義務も画面を見る義務もない。血まみれのリモコン上で正しいボタンを探らなくても、わたしの親指がテレビのミュートを解除する。

つねに大小の災厄で埋めつくされている画面では、すでに鳥インフルエンザの番組が中断してニュース速報が流れている。その恐ろしくもおぞましい画面には、煙を上げる旅客機の残骸が映っている。もうもうと上がる真っ黒な煙は、毒々しい柱となってよじれ、うねりながら広がって雲になり、大空の腫瘍と化している。墜落現場の空撮映像に切り替わると、草原に機体の破片が紙吹雪のように散らばっているのが見える。次に映し出されるのは、別の野原の真ん中に墜落してクレーターをうがった別の旅客機の残骸だ。さらなる黒い煙が立ちのぼり、眠りを誘うようなうねりの中にメッセージがあるのをわたしは知る。続いて、また別の墜落機に切り替わり、海岸からほんの数百フィート沖合いの海面にいくつもの破片が浮かんでいる。機体の尾部は無傷のままで、海面から突き出ている尾翼はリヴァイアサン（旧約聖書に登場する巨大海獣）のひれのようだ。胴体の銀色のパネルが青い波に静かに揺られている。放っておけば沈んでしまうだろう。それが岩礁の一部となって魚の生息地を提供し、新たな生態系が生まれるところを想像したけれど、もちろんそんなことは起こらない。生命そのものがもはや将来を約束されたものではないのだ。

　エリックが立ち上がり、テレビがよく見えるようにカウチから離れる。その腕にはまだウェンを抱いている。後頭部に貼ったガーゼ代わりのペーパータオルはだらりと垂れ下がり、今にも剝がれ落ちそうだ。彼は昨日レナードが言ったことを繰り返す。空が墜落し、大地に激突し、ガラスの破片のように粉々になる。そして、人類の上に果てしのない終局の闇が訪れる。

　あなたに言いたい、エリック。レナードの言葉を口にしないでほしい。そもそも、それはレナードの言葉ではない。わたしたち四人が与えられたもので、それを与えた者をあなたは信用することができない。あなたに言いたい、エリック。言葉のことも、旅客機のことも、血のことも無視しなさい。わたしはあなたに嘘をつきたいの、エリック。あなたとアンドリューがこのキャビンから出られたら、すべてがうまくいくだろう、と。

　聞いて、アンドリューにエリック。わたしたちは今すぐ行かないといけない。これ以上一秒たりともこの場所ですごしてはならない。わたしが四人の最後のひとりで、次はわたしの番で、それが起こったらわたしは安堵を感じるだろうということは、あなたたちに言わないでおく。本当は、わたしたちがキャビンに来るずっと前から世界の終わりは起こりつつあって、今見ているもの、これまで見てきたものは、世界の大団円に打ち上げられる花火ではなく、わたしたちのあとがきにちらつく名残の火花にすぎないのかもしれない。

　コメンテーターによると、七機の旅客機がなんの前触れもなく救難信号を発信することもなく墜落したことが確認されており、飛行管理システムに組織的なサイバー攻撃があったのではないかという懸念と憶測が高まっているらしい。運輸保安局はまだ声明を出していないが、世界中の空港でフライトのキャンセルが相次いでおり……。

　アンドリューがスレッジハンマーをひと振りし、テレビ画面の真ん中に穴をあける。穴は旅客機から噴き出す煙と同じくらい黒い。

これで終わりさ

7
アンドリューとエリック

われらは先に進むことができない。じっとテレビを見つめる。画面にあいた穴は沈みゆく船の丸窓。それはぎざぎざの小さな歯が不均等に並んだ口であり、かつては想像を絶する場所やものごとについて語っていた。それは傷口であり、やがてこれ以上ないほどの黒い膿《うみ》が流れ出てくるだろう。それは望遠鏡の視野であり、星々の生まれる前、もしくは死んだあとの宇宙の光景が見える。

キャビンに新たな静寂が広がり、アンドリューには自分の息づかいと速まった鼓動のメトロノームしか聞こえない。頭の中では、血で汚れたハンマーをテレビに振るい、画面とフレームが粉々に砕けるまで、氷のような疑念の触手を撃退するまで、たたき続けるところを想像している。

エリックはほかの場所を見るのを怖がるように画面をじっと見つめている。見つめる行為そのものがお守りであり、それはすでに自分たちを守ることに失敗していた。彼はウェンを両腕で抱え、穴の中からこだまするハエたちの激しい羽音のリズムに合わせて身体を揺らしている。光の中に人の姿を見たのが自分ひとりだったように、ハエの群れを見たり羽音を聞いたりしているのも自分ひとりらしい。

エリックは心の中でウェンに告げる。この腕がどんなに疲れようと、おまえを下ろしたり、キャビンを出る前にアンドリューに抱っこを代わってもらったりしないよ。それから口に出して言う。「今すぐ行かないと」自分がそう言うのは、単にサブリナが今すぐ行くべきだと主張したからだろうか？　目を閉じると、暗くなっていく空から何機もの旅客機が雨粒のように落ちてくる光景が見える。

アンドリューは言う。「わかった、行こう。ウェンはおれが連れていくほうがよさそうだ」アンドリューは自分の声ににじむ挫折感と切望が気に入らない。

「いや、ぼくだ。ぼくが連れていける。やってみせるよ」エリックは胸のうちで、ウェンを運ぶ力が必要なかぎり続きますように、と祈る。三歳の誕生日を迎えたころ、ウェンが抱っこでマンションの中を行ったり来たりしてほしいとせがみ、何往復できるかによって父親たちの強さを測っていた時期があった。ぼくらはあえて同じ往復数で歩き終わるようにしたが、ウェンはたいへん不満げで、ぼくらに隠しごとをされたような反応を見せた。ぼくらは冗談めかし、父さんたちの腕力はいつも同じレベルで、疲れるのはウェンが抱っこのあいだにも一秒ごとに成長して重くなるからだよ、と腕をこれ見よがしに震わせながら言った。

アンドリューは言う。「もちろん、おまえならできるさ。ただ……その証拠を見せてくれ」ウェンの遺体はアンドリュー自身が巻きつけたシーツのせいでほとんど形がわからない。彼は今すぐもう一度娘を抱きたいと思い、小さな身体の脇にきちんと伸ばしてそろえた腕がずれたり曲がったりしていないか、手先はどうなっているのか、足先はどうなっているのか、シーツをほどいてあの子の状態をきちんと確かめてから顔の下半分を見ずに額にキスするべきではないか、と思う。

エリックは「じゃあ、見せよう」と答える。

アンドリューは泣けてくる。「もういい。おれが悪かった」自分が生きているかぎり、ウェンの死について、エリックから全面的ではないにしろ責め続けられるのだろうか？ 銃を密《ひそ》かにキャビンに持ちこんだのは自分であり、銃を握っていたのは自分の手であり、引き金にかかっていたのは自分の指であり、それが引かれるのを防げず、知らないうちに自分がその一部となっていた最悪の不可抗力装置がウェンの命を奪ったのだから。バギーショーツの後ろのポケットに拳銃の冷ややかなふくらみがある。アンドリューの両手は今、オバノンが自作した呪われた凶器の木の柄を握っている。この手には凶器ではなくウェンを抱いていたい。

「なぜ謝る？」エリックはそれ以外に何を言えばよいかわからない。アンドリューに、愛してる、と言いたいが、それが何か決定的な響きを持つのが怖い。

アンドリューは説明もせずに「悪かった」と繰り返す。ゆらゆらと左に傾いてはまた右に傾くエリックの立ちかたが気に入らないし、抑揚のないしゃべりかたも気に入らない。内面がうかがえないエリックの目も気に入らない。もはや脳しんとうや、開いた瞳孔や、ショック状態の問題ではない。エリックがあんな顔をしているのは、あきらめてしまったからなのか？

エリックは言う。「今すぐ行こうと言ってるじゃないか」

「わかってる。もう行こう」

われらはふたたび正しい言葉を口にするが、動こうとしない。その場に立ちつくしている。今や四人のうち残っているのはサブリナだけで、凶器を持っていない。われらにとってより大きな懸念は、自分たちが何を考えているか、自分以外のもうひとりが何を考えているか、だ。おたがいを案じつつも、自分たち自身を恐れている。どうしたら先へ進めるのか？　そんな思いを共有しながら、われらはテレビから顔をそむけ、おたがいから目をそらす。

サブリナがレナードの後ろでマスクを両手で広げている。原形がそこなわれた彼の頭部にマスクをかぶせる。メッシュ素材が不明瞭な起伏にフィットすると、白地があっという間に赤く染まる。マスクに隠されたいびつな頭部は醜悪なほど小さく、ロープの輪に無理やり封じこまれた山脈のようにたくましい肩と草原のように広い胸部の上で、こぶのように見える。拘束されている身の毛もよだつ死体は、人間の姿をふざけて誇張した悪趣味なマンガのようだ。

アンドリューはサブリナに手ぶりで合図する。「まずあんたとおれでデッキに出る」

サブリナがきく。「どうして?」

「オバノンのポケットにトラックのキーがないか調べる」

「そこにはないわ。キーは平らな石の下に隠したと言ったでしょう? 見つけるのをわたしが手伝うって約束する」彼女が小さな笑みを浮かべてエリックをうかがい、彼に助け船を求めたことを恥じるように顔をしかめる。

アンドリューは言う。「あいつみたいなやつが自分のキーを手放すわけがない」

サブリナはそれ以上反論しない。黙って共有エリアとキッチンの境界線を越えてデッキに向かい、エイドリアンの仰向けの死体をまたぎ越えながら網戸をがたつかせる。

「網戸ははずして外に放っておけ」

サブリナが網戸をデッキに運び出し、ピクニックテーブルとキャビンの外壁のあいだに立てかける。アンドリューは彼女に、オバノンの隣に立って木製の手すりに背中をつけるよう指示する。彼女が言われたとおりにすると、アンドリューもデッキに出る。空気は暖かくて湿気があり、今にも破裂しそうだ。風が木々をざわめかせ、眼下の湖岸に小さな波が打ち寄せる。空は灰色に塗りたくられ、それは小説『ニューロマンサー』の冒頭で語られる空の色で、時代に取り残されたように淀んでいる。

エリックはレナードの後ろへ歩き、デッキの様子がよく見える位置に立つ。太陽は沈黙しているものの、空の灰色が彼にはまぶしすぎる。鳥のさえずりはまったく聞こえず、レナードの死体に集まるハエの羽音だけが耳につく。エリックは羽音をかき消すため、ぼくらはどうしたらいいのですか、と心の中で祈る。頭の中で旅客機が次々に墜落している。一機が湖に飛びこんで湖底まで沈むが、水はカーテンのようにただ払いのけられる。

アンドリューは言う。「ベッドカバーを持ち上げてポケットを調べろ」オバノンがキーを所持しているという見込みのない希望を持ち続ける。もしもキーが見つかれば、サブリナの嘘を見破ったことになり、彼女たちの話が嘘だらけで世界の終わりをめぐる狂った取引が本当に狂っていたことを、エリックに容易に納得させられる。

サブリナがオバノンの下半身をおおうカバーをめくる。彼女が咳《せ》きこみ、デッキを容赦なく支配する腐敗臭と排泄《はいせつ》臭から後ずさる。アンドリューも後ろによろめく。前腕で鼻と口を押さえるが、満潮を食い止めようと砂の壁を築くのと同じくらい効果がない。

サブリナが気を取り直し、オバノンの胴体と頭が露出しないよう注意しながら、めくったカバーを折りたたむ。ジーンズの血痕はすでに乾いて硬いかさぶたになっている。彼女はひざまずくと、顔をしかめてうめきながら左右の前ポケットを探り、袋を裏返して引っぱり出す。

アンドリューは問う。「手のひらにキーを隠してないだろうな?」

サブリナが両手を広げてかかげ、何もないことを示す。

「後ろのポケットを調べろ」キーがそこにあることを切望するあまり繰り返す。「後ろのポケットを調べるんだ!」

「そこには何も……」

「いいから調べろ!」

サブリナがオバノンを横向きに転がすと、においが信じがたいほど強烈になり、物理的に皮膚を突き抜けてくる。サブリナが涙目になり、食いしばった歯のあいだから荒い息を吐く。オバノンから顔をそむけ、新鮮な空気をむさぼるように吸う。「左右とも何も入っていないわ。ポケットを引き出せないから、あなたが自分の目で見て」そう言って死体を横向きのまま倒れないように押さえる。

オバノンのブルージーンズは血と排泄物の混合物で黒ずんでいる。後ろのポケットはふくらみがなく身体にぴったり張りついて見えるが、本当にキーが一本も入っていないのか、アンドリューは確信が持てない。アンドリューがポケットに手を突っこむかどうか決めかねているあいだに、サブリナがオバノンから手を離して死体を仰向けに戻す。彼女が死体から身をよじって四つんばいになり、咳をしながら、おえっと声を出す。

アンドリューは言う。「靴下の中にキーを隠してるかもしれない。それも調べろ」

「キーはここにないわ」

「いいからやれ」

サブリナがオバノンのジーンズのすそを太くてしみだらけのふくらはぎまでまくり上げる。彼女がため息まじりに言う。「見て。スニーカーソックスを履いている。これじゃ、くるぶしさえ隠せや……」

「靴を脱がせろ。靴の中に入れてるかもしれない。キーは身体のどこかにあるはずだ」

サブリナが肩をすくめる。「それ、本気?」彼女は冷静さと〝ただ手助けしたいだけ〟の姿勢を失いつつあり、それはアンドリューにとって好都合だ。疲れてイラつけば、それだけ嘘でしくじりやすい。

サブリナが靴ひもをほどき、棍棒《こんぼう》のように太いオバノンの足から靴を脱がせる。「アンドリュー、わたしたちはキーを森に隠したの。本当よ。嘘じゃない」彼女が無骨な黒い靴をアンドリューに向かって投げてくる。左右の靴が音をたてながら転がってきてひっくり返り、横倒しで止まる。キーが落ちる音はしない。「さあ、調べて。ここに来てから、わたしは嘘をついていないわ。ただの一度も」彼女が立ち上がり、死体の下半身にもとどおりカバーをかける。

エリックはキャビンの中から声を上げる。「彼女が嘘をついてるとは思えないよ、アンドリュー。まったく思わない」

サブリナが言う。「あなたたちに鍵のありかを教えるわ。わたしなしでも見つけられるかもしれないけれど、まず無理だと思う。あなたたちを侮辱するつもりじゃなくて、単に事実を言っているだけ。でも、わたしはキーを見つけるし、そのあとあなたたちはわたしを道路脇の木に縛って置き去りにしてもいいし、トランクに閉じこめて警察に突き出してもいい。ご自由に。好きに選んで。本当よ」

アンドリューの望みはウェンを取り戻すこと、そしてエリックがこんな脳の壊れたゾンビもどきでなく本来のエリックに戻ること。もしそれが不可能なら、すわって泣き続け、二度と動きたくない。自分たちのものだった毛布にくるまっていたい。サブリナをデッキの手すりに縛りつけ、永遠に置き去りにしたい。脳しんとうになったエリックの頭の中で何が起きているのかを正確に知りたい。おまえはサブリナの言うことをなんでも鵜呑《うの》みにして肩を持つ、とエリックを非難したい。ウェンをエリックから引き離したい。彼の手から奪い取りたい。

アンドリューはサブリナに告げる。「よし。キャビンに戻れ。早くしろ」

エリックは尋ねる。「出かけないのか？　彼女もいっしょに来るのか？　ぼくらには彼女が必要で……」

「全員で行く！」アンドリューは怒鳴る。

その吠《ほ》えるような怒声が頭を突き抜け、エリックは顔をしかめて目を閉じる。目を開けたときアンドリューの向こうに湖が見え、迫りくる車の直前を横切るリスの速さでひとつの考えが頭をよぎる。ウェンを抱いたまま水の中に歩いて入ることができる。湖面が頭上に来るまで歩ける。湖底の泥に足首が沈むまで歩き、水草で足かせの鎖を編み、この身が二度と浮上しないように、二度と光にさらされないようにするのだ。そうすれば、すべてが終わる。求められた犠牲を払い、世界は救われる。それがルールではないか？　病巣のように成長し転移している部分の自分が真実だと信じているルールではないか？　まだ疑う気持ちがあるものの、信じないより信じるほうがずっと容易になってきている。これまでも信じるほうが容易だっただろうか？　いずれにしても、湖の解決法は正しいと思えない。ウェンをアンドリューから引き離して自分が連れていくのは公平ではないだろう。エリックは漂うようにカウチに近づき、腰を下ろす。左右に広げた太ももの上でウェンの遺体を安定させ、遺体の下から引き抜いた両腕を少し休ませる。どれくらいの距離かわからないが、この先ずっとウェンを抱いて歩くなら休息が必要だ。ハエの群れが飛んできて、今回はウェンの遺体にではなくエリックの腕に止まる。彼はハエを追い払わない。

サブリナがエイドリアンをまたぎ越え、キャビンの中に戻る。アンドリューもそのあとに続く。彼はキッチンに入るなり、まな板の上から刃渡り八インチのシェフナイフをつかむ。スレッジハンマーの凶器をデッキに投げ捨てると、ちょうどオバノンの死体の上に落ちる。アンドリューは「これでよし」と言う。あの恐ろしい凶器を今は亡き作り手に返還し、ゴミの山の上に仕上げのチェリーをのせたことで、アンドリューは気持ちが鼓舞される。次の一分間を生き延びるためにすべきことに、願わくはその先の数分をも生き延びるためにすべきことに、もっと集中できそうだ。

アンドリューは意気揚々と共有エリアの中央に戻るが、右の膝がわずかにずれ、不安定な骨が警告を送ってくるので歩調をゆるめる。血でぬめっている床を慎重に歩く。サブリナが玄関横の壁を背にして立ち、エリックがカウチにすわって膝にウェンをのせている。まるでデッキへの旅が幻で、誰も動かず何も変わっていないかのようだ。アンドリューのエネルギーはみるみる消失し、無力感に近い悲しみと絶望がふくれ上がってくる。おれたちが玄関ドアから出たあとも、おれたちの一部はこのキャビンの中で同じ立ち位置のまま永久に閉じこめられてしまうのではないか。

アンドリューは自身の教授らしい厳格な声を最大限に模倣してサブリナに告げる。「後ろを向いてひざまずき、両手を背中に回せ」

サブリナが言われたとおりにし、壁を向いて言う。「わたしに危害を加える必要はないわ。できるかぎりあなたたちを手助けするつもりなんだから」

エリックは尋ねる。「何をしてる?」

「彼女の両手を縛ってから、全員でキーの隠し場所まで歩く」

アンドリューは縛ってあるレナードの両脚からロープを切り取る。シェフナイフはこの作業には大きすぎて扱いにくい。誤ってレナードの肉体を二度ほど突き刺してしまい、傷口から赤いしずくが樹液のようににじくじくと漏れ出す。腕の長さほどのロープをどうにか四本切り離し、まだ膝をついて待っているサブリナのところへ持っていく。もし動いたらどうなるかを告げて脅そうかとも考えるが、結局は単純に、動くなよ、とだけ言う。アンドリューは彼女の後ろにしゃがむ。腫れ上がった右膝がボウリングのボールのようだ。サブリナの手と指は血の記憶とともにピンク色に染まり、シャツの背中が夏空にぽっかりとひとつ浮かぶ雲のように白い。

アンドリューは何も言わず、彼女も何も言わない。一本めのロープで手首を手早くぞんざいに縛る。これで二本めのロープをもっと慎重に縛るあいだも彼女は動けないだろう。縛られるのが不快で苦痛だとしても、サブリナはなんのそぶりも見せない。作業を終えると、彼女の手首のあたりは大きな糸巻きに呑みこまれている。アンドリューは彼女の前腕を左右に引き離そうと試すが隙間も開かず、ロープにゆるみもない。

エリックはカウチを離れ、アンドリューの背後に立つ。玄関ドアを見やり、キャビンの中のものを恐れるのと同じくらい外のものを恐れる。「ぼくらは正しいことをしてる」

アンドリューは〝ぼくらは正しいことをすることになる〟と聞こえた気がして、エリックのほうを思わず振り返る。そして、サブリナに言う。「よし、立っていい。手を貸そうか?」

「いいえ、大丈夫」彼女は右膝を持ち上げて足裏で床を踏みつけると、苦もなくなめらかに立ち上がる。彼女が振り向き、わたしはあなたたちの味方よ、と言わんばかりのフレンドリーな笑みを浮かべるが、われらにとってなじみ深い醜悪な変容によって憐《あわ》れみの表情になる。「わたしは準備できている」

アンドリューは玄関ドアまで歩き、蝶《ちょう》つがいをきしませながらドアを開ける。

エリックは息を呑み、光やその中に宿っているかもしれない存在がどうか外で待ちかまえていませんように、と祈る。光り輝く人の姿をあれから一度も目撃していないがゆえに、エリックはあれが戻ってくると確信している。キャビンの中がいくらか明るくなり、色が洗い流され、さらに影が加わる。この光はどこでもない時間から来ている。夜明けや夕暮れのゴールデンアワーの前でもあとでもない。キャビンの中に動くものはない。エリックのハエたちもじっとしている。

アンドリューは開け放った戸口からキャビンの中をちらっと振り返る。奥の壁にあいたぎざぎざの穴からテレビフレームの曲がった金属部品や配線コードがぶら下がり、床の血だまりが固まって巨大なかさぶたになっている。この部屋は宿主を殺すほど貪欲な寄生虫によって内側から食いつくされたのだ。

アンドリューはナイフを振って言う。「さあ、行くぞ」サブリナが先頭を切り、無言で外に歩きだす。エリックとウェンが続く。エリックは神妙にうつむきながら歩いている。アンドリューは横を通りすぎる夫の肩に手を触れようとするが、ナイフを持っていないほうの手を上げるときにはもう間に合わない。エリックはすでに階段から草地に下りようとしている。最後尾のアンドリューはドアを閉め、それが何であるにせよキャビン内に残っているものがあとをついてこないようにする。

外はつい数分前よりも暗くなり、風も強まっている。暗い灰色の雲が空をおおう。キャビンの建物と周囲の木々にさえぎられて遠くの景色は見えない。少なくともデッキからは湖の向こうの森や山並みが見え、自分たちやテレビの映像よりもはるかに広大な世界を想像することがもっとたやすかった。高い位置からの視点がないと、この前庭はバッタを入れる広口びんの底に等しい。

われらは草地を突っ切り、砂利のドライブウェイへと歩いていく。三人の足音がざくざくと大きく響く。われらは安全だと感じられない。われらは無防備に身をさらし、いかにも弱々しく、すぐさまキャビンに逃げ帰ってこの世界から身を隠したいという衝動を抑えている。

アンドリューは「待ってくれ」とＳＵＶの前で立ち止まる。助手席側の後部ドアが開いたままで、サメの歯の形をした大きなガラス片がフレームにしがみついている。切り裂かれたタイヤは溶けてゴムの池になっている。この車は傾いた難破船だ。「これじゃ、もう走れない。どこにも行けないな」アンドリューは自分たちの所有物を置いていくことを説明もしくは弁明するのが義務であるように言う。リアハッチを開けて頭上まで持ち上げるとシュッと音がする。

エリックの耳にはその音が金切り声に聞こえ、それが森の中に反響してざわめきを巻き起こす。キャビンで聞いたハエたちの嘲るようなコーラスと似ているが、送電線のハム音のように周波数がもっと低い。キャビンから外に出て、立ち去ろうと試み、自分たちが無事に先に進めるかのようにふるまうのは、誤りかもしれない。

エリックはきく。「何をしてるんだ?」

「すぐ終わる」弾薬は光り輝く真鍮《しんちゅう》の脅威であり、鉢植えの土のように黒いトランクにこぼれて散らばった種子だ。アンドリューはサブリナと格闘した過去の証拠の上に無言でおおいかぶさる。残されているものの配置が茶葉占いのようにその後のキャビンのできごとを予見しているようだ。

アンドリューは後ろのポケットから拳銃を取り出し、スナブノーズの短い銃身を見つめる。この筒から、トランクで休眠中の弾薬と同じ形状の一発が破裂して飛び出し、娘の身体を貫き……。

「よせ」とアンドリューはひとりつぶやく。サブリナかほかの誰かが予想外の行動に打って出る場合に備え、この拳銃に弾薬を再装塡して持っていくつもりだ。アンドリューは車内から外のエリックにも聞こえる声で言う。「これがすべて終わって安全になったら、この銃は森か湖か、できれば底なしの穴に投げ捨てる」

「穴を探すのを手伝うから、いっしょに投げ入れよう」とエリックは応じる。あまりに熱心で感傷的な声が出てしまい、どこか見え透いた嘘のように感じられる。自分たちが生きられるのがあと六十秒なのか、六十年なのか、いっしょにいられるのか、別れることになるのか、それを定める恐怖と邪悪による大いなる日々を前にしたら、アンドリューがあの銃に弾をこめ直すことも、エリックが同情を示そうとする気まずい試みも、ごくちっぽけなできごとにすぎない。

　アンドリューは気が変わる前に散らばっている弾薬を急いで集める。手の中の冷たくて小さな物体を五つの薬室にこめていく。拳銃を後ろのポケットに戻す。シェフナイフをトランクのガンケースの隣に置いていく。血に飢えた凶暴な神への捧《ささ》げものだ。そんな者がいるならば、だが。

　アンドリューはエリックに顔を向ける。どうしても何か言葉をかけたい。「銃に弾をこめたから出発できるぞ」以外の言葉ならなんでもいい。

　エリックは腕の中でウェンの遺体を抱え直し、写真のように静止しているサブリナに向かってドライブウェイを歩いていく。

アンドリューはＳＵＶのトランクを開けっ放しにしたまま、エリックに追いつこうと急ぎ足になる。右膝がきしむ音をたてて曲がり、解放されたバネのように脚が震え、あわてて立ち止まる。「くそ！」

ドライブウェイの先にサブリナと並んで立っているエリックが声をかけてくる。「どうかしたか？」

サブリナがまるでエリックだけに何か言いたそうに、そちらを盗み見る。おそらく、これがエリックにとって世界を救う最後のチャンスだと伝えたいのだろう。アンドリューを置き去りにして彼とサブリナとで道を進み続ければ、途中でエリックが犠牲を——自己犠牲を——払うことができ、それならアンドリューが彼の自殺を目撃して苦しむこともなく、アンドリューがその場にいて制止することもなく、犠牲がなし遂げられればアンドリューは生き延びる、と。つらいだろうけど、アンドリューは生き延びるわ。ほかの人びともみんな生き延びるの。

エリックは言う。「たぶん、きみは……」そこで意図的に間をおく。この意思表明をアンドリューにさえぎらせるためだ。〝たぶん、きみはここに残ったほうがいい〟という意思表明を。

「おれのことなら心配いらない。今は……こっちの脚を再起動してるところだ」アンドリューは連中の凶器をひとつ持ってくればよかったと悔やむ。あれを杖《つえ》代わりに使えたものを。彼はもっと用心深く歩くことにし、足を引きずるのが目立っても、必要最小限の体重を右脚にかけたら速やかに左脚に体重移動させていく。ドライブウェイ沿いの森に目をこらし、杖にちょうどよい長さの木ぎれを見つけて拾う。体重を支えるには細すぎるかもしれない。全体に節くれ立ち、黒い樹皮のところどころに緑と白の苔《こけ》が生えている。これを使うしかない。彼は「準備万端だ」と言い、足を引きずりながら前進する。

サブリナが過度に明るく高い声でアンドリューに叫ぶ。「そう遠くないわ。あなたならたどり着ける」アンドリューは彼女の顔に一瞬だけ得意げな笑みが見えた気がする。彼がクラスのグループ討論のときに冗談で鈍感なふりをすると、比較的優秀な学生たちが、ちゃんとわかっていますよ、とばかりに送ってくるあの笑みだ。サブリナが向けてくる目つきにアンドリューは釘《くぎ》づけになる。わたしはいつでもダッシュで逃げられるし、あなたはわたしを捕まえることも撃つこともできない、と言われているようだ。アンドリューは心もとない杖に全体重を預けながら歩調を速め、きびきびとした健康な歩行速度を維持できるのだと必死で証明しようとする。もっとロープを回収して、自分と彼女をつなぐリードにするべきだった。だが、もう遅い。今からロープを取りにキャビンに戻ることはできない。どうあっても戻ることはできない。

われらはドライブウェイの終点で右に曲がる。未舗装の道路はさらに暗く、記憶にあるよりも狭くて、一車線分の幅しかない。われらの想像の産物かもしれないが、進んでいくにつれて道がより細く、余計な部分を削《そ》ぎ落とされていくようだ。木々がわれら一行に押し寄せ、行く手をはばみ、足を止めさせようとする。木々はわれらの陪審員であり、頭上をおおう樹冠でこそこそと評議がおこなわれている。われらをよく調べるためなのか、有罪を告げる前の一瞥《いちべつ》なのか、梢《こずえ》たちが左右に揺れながら見下ろしてくる。声をひそめて話す木々の上空では雲たちが個性を失い、灰燼《かいじん》の厚い層に押し固められている。前方はいっそう暗く、道は視界の届かない地点まで、われらが到達できないかもしれない地点まで続いている。

黙々と何百歩か歩くと、もう小さな赤いキャビンは見えない。われらの数歩先をサブリナが進んでいく。彼女の歩調は安定し、われらが感じていない自信に満ちている。われらふたりは横並びでときおり神経質にたがいの顔を見やりながら、彼女の後ろをよろよろとついていく。

エリックはウェンを見下ろし、ふいに頭に忍びこんできた考えに狼狽《ろうばい》する。あとになって（その〝あと〟がずっとあとでも、すぐあとでも）ウェンをわが腕に抱く感触を思い出すとき、この死の行進のことだけが永遠によみがえるのだろうか？　自分が運んでいるのがあの子ではない気がする。覚えていたいのはこんなことではないと思ったとたん、ウェンの遺体が材木で作られた十字架のように重くなる。エリックは日曜学校のアムスタッツ先生を思い出す。いつも青いプリントドレスと銀色のバックルのついた黒いエナメル靴を身に着け、茶色いストッキングのせいで脚が木のように見える中年女性だ。彼女はにこりともせず、非難がましく結んだ唇のしわはその赤ら顔からけっして消えない。エリックの母親は彼女のことがあまり好きでなかった。あからさまには言わなかったが、母親が彼女を名前ではなく〝あの先生〟としか呼ばないことから、エリックはそれを察していた。そのアムスタッツ先生が授業時間をまるまる使い、イエス・キリストが背負わされた十字架がいかに重かったかをしつこいくらいに話したことがあった。比喩的な重さではない。彼女はクラスの子どもたちに重さの比較を質問した。子どもたちは彼女が意図したほど真剣に質問を受け止めず、車、大きな岩、ゾウ、ピッツバーグ・スティーラーズのオフェンスラインの選手、ジャバ・ザ・ハット、うちの太りすぎの叔父さんなどと熱心に比べていった。エリックは自分の番が回ってきたとき、ほとんど涙ぐみ、心臓の鼓動がドラムロールになっていた。学校のふつうの授業における彼は落ち着きがあって自信にあふれ、どの先生からも年齢よりおとなびていると評価されていたのに、日曜学校ではちがった。エリックが動揺して恐れたのはアムスタッツ先生ではない。あれは神さまのクラスだった。神さまがエリックの言葉やおこないや考えをひとつ残らず注視し、耳を傾け、記録しているのだ。アムスタッツ先生はエリックが答えるまで、十字架はどれくらい重いと思いますか、と質問を三回繰り返さなくてはならなかった。教会に行って祭壇にかかっている十字架を目にするたびに、エリックはあのときの自分の答えを思い出す。十歳の彼は声変わり前の声でこう答えたのだ。あんなに重たいものはほかに何も思いつきません。

アンドリューは言う。「話してくれ、エリック。調子はどうだ？　ウェンの抱っこを少し代わろうか？」

エリックは問いへの答えとしてではなく、アンドリューの問いが不思議なほど的確なタイミングだったことにかぶりを振る。なされる必要があるかもしれないと思っていることを、アンドリューに伝えねばならない。彼の中にはまだ〝かもしれない〟が罪人のわずかな良心のように残っているが、それもしぼみつつある。エリックは口を開く。「ぼくは確かに負傷してる。脳しんとうも起こした。頭もまともに働かない。でも……」

「でも、なんだ？」

われらはいっしょに歩き続ける。われらの足は路面に異なるリズムを刻み、二列の別々の足跡を残す。

エリックは言う。「これは本物じゃないかな。ぼくは、本当に起こるんだと思う」

「これ？　本当に起こる〝これ〟とは何か言ってみろ」アンドリューはエリックが彼らの提示した選択や世界の滅亡について言及するのを遠回しにやめさせたい。エリックに詳しい説明をするよう迫り、それを中西部特有の如才ない曖昧さで――たとえば家族の中で深刻な病気について議論せずに議論するやりかたで――やんわり止めたら、エリックはそれがいかに不合理かを理解するかもしれない。彼らの話の非論理性が補強されれば、アンドリューにとっても恩恵がある。こんなに薄暗くて現実感のない時間の中では、彼自身も確信が揺らがずにいられないのだ。

エリックは日曜学校の先生の〝いかに重いか〟の質問にもう一度答えさせられている気がする。このことがどれほど重いかを説明することなどできない。アンドリューはそれを知るべきだ。知っていなくてはおかしい。

エリックは言いたいことが多すぎて、ひとつにまとめられない。自分たちの身に起こっていることは、この頭では手に負えないほど巨大で、一秒ごとに形や姿を変えている。始まりの始まりがないのだ。そこでエリックは言う。「あの墜落した旅客機はすべて彼らの行為と同時に墜落した。レナードが言ってた、空から墜落すると」

「ちがう。あいつはそうは言ってない」

「いや、言ったよ」

「あいつは旅客機のことなんかひとつも言わなかった。〝旅客機〟って言葉があいつの口から出たか？」

「出てはいないけど……」

「レナードは、空が墜落して粉々になる、と言ったんだ。旅客機とは言ってない。インチキ霊能者みたいに、世界の終わりの物語と文化的に結びついてる抽象的な言葉を使った。テレビ空が落ちてくるとだけ言って、それ以上の詳細はおまえの頭の中で補わせたんだ。テレビのニュースをつけたとき、高層ビルが倒壊するのが見えたとしたらどうだ？　それだって空が墜落して粉々になる、と受け取れるだろ？　あるいはモンスーンや激しい雹《ひょう》の嵐だったら？　どっちも〝空が落ちてくる〟の文字どおりの解釈に近いと言えないか？　鳥の大量死、ばらばらになって落下する人工衛星、あとは宇宙ステーションとか、スカイラブ２号が地球に落ちてくるとか……なんでもいい。比喩的に言いさえすれば、ほとんどどんなものでもこじつけることが……」

「いいや、アンドリュー、空と旅客機なら比喩にそれほど大きな飛躍はない。旅客機は文字どおり空から落ちて粉々になった。彼は〝粉々〟と言ってた」

「はっきり言って、だからなんだ？」アンドリューはそこで間をおく。たちまち大破した旅客機の映像が脳裏によみがえる。あれを目にしたとたん、恐怖が狂犬病ウィルスのように神経を駆けめぐり、それ以上見なくてすむようにテレビを破壊したいという衝動に屈したのを覚えている。ありったけの理性をかき集めた声で言い添える。「旅客機なんか年がら年中墜落してる」

「年がら年中？　そうだな、旅客機は秋の落ち葉並みに落ちてるもんな。ぼくらはいつもそれが頭に落ちてこないように気をつけて上を見てないと……」

「わかったよ。確かに大げさだったが、でも少しだけだ。実際に墜落事故は頻繁に起きてる。これは確率の問題だ。どの時間帯も世界中で何千何万という旅客機が空を飛んでる。

おれたちがここに来る前日も、ダックスベリーの民家にポンドホッパーが落ちた」

「まあね。でも、これはふたり乗りの小型機の墜落とはわけがちがう。何機もの大型旅客機が同時に墜落したんだ。きみが途中でテレビを壊してしまったけど、もっとたくさん落ちてるように思う。空を飛んでるすべての機が落ちたかもしれないし、レナードが殺された直後にも落ちたかもしれない」

「今、気がついたが、それも事実じゃないな」

「事実じゃないって、どれが？」

「レナードが殺されたあとの墜落だ。時系列を考えてみろ。旅客機はレナードが死ぬ前に墜落してたはずだ。おそらく二十分とか、それぐらい前に」

「何を言ってる？」

「もしもレナードが殺された瞬間に旅客機が落ちたとしたら、おれたちが見た映像をテレビ局が集めて放送にのせる時間的余裕はなかっただろ？」

「映像は今どき即座に見られる。誰もがカメラを持ってるんだから」

「放送されてたのは携帯電話の動画じゃなかった。墜落現場の空撮は絶対にちがう。特に海に落ちた機体のはな。一連の墜落はサブリナがレナードを殺す前に起こったはずだ」

「かもしれない。でも、そういう問題じゃないんだ。というか、きみはタイミングに難癖をつけてるのか？」

「タイミングはきわめて重要だと思わないか？」

「もちろん、そうさ、レナードが起こると言ったことはすべて実際に起こって、しかも彼らのひとりが殺されるごとに起こったんだから。ぼくらが見てきたこと、経験してきたことが全部偶然だったなんて、きみは本気で思ってるのか？」

アンドリューはむしろ自分に言い聞かせるように「そう思ってる」と答える。「やつらはキャビンに来る前にアラスカの地震のことを知ってて、そう、二番めの地震と津波が発生したのは偶然だ。だが、次の朝に鳥インフルエンザの番組が放送されることは番組表で事前に知ってて、分刻みで腕時計を確かめながら、ちょうどのタイミングでおれたちが見るように仕向け、それから……」

「それから、レナードが死んだときに偶然にも旅客機が何機も墜落した？」

「墜落したのはもっと前で……」

「アンドリュー！」

「ああ、そうだ、偶然だよ。だが、突飛な話じゃない。墜落事故もやつらのストーリーの一部として計画されていたのかもしれない。やつらはテロリストや……そう、サイバー攻撃に関して政府が警告してる報告書のことを知ってたが、おれたちはここに来ててテレビやインターネットを見てなかったからそれを知らなかった、というだけかもしれない。そうじゃないとしても、やつらは、ひっきりなしに悲惨な事件ばかり伝えてるケーブル・

ニュースをおれたちに見せるだけでよかったんだ。テレビをつければ、数分以内に戦争や自爆テロ、銃の乱射、列車や飛行機や車の事故のニュース速報が入るんだから」

「そんなわけにはいかない。彼らは当てずっぽうでそんなラッキーを得たり、何かおあつらえ向きのニュースを期待してテレビをつけたりできない。そんなんじゃないんだ」

「やつらがおれたちに与えた精神的ストレスと緊張を考えてみろ。押し入ってきて、おれたちを怖がらせ、縛り上げ、おまえの頭に重傷を負わせた。それから、おれたちにインチキな聖書的終末の思いつきを語った。タイミングよくテレビのニュースをつければおれたちの疲れきった脳に何かが刺さると知った上でな」

「つまり、ぼくがカトリック教徒だから彼らを信じた、ということか？　そんなのまったくフェアじゃないし……」

「いや、エリック、そうは言ってない。おまえの気を悪くさせるつもりはないんだ。おれはただ……」

「それに、あれは思いつきなんかじゃない……都市の水没も、疫病も、空の墜落も全部起こった。どれもばかげてると言いたいんだろうが、きみこそ自分自身に耳を傾けるべきだよ。ありえないことに理屈をつけようとして、事実をプレッツェルみたいにねじ曲げてるじゃないか」

「まさにそれだ。おれが言ってるのは……」アンドリューはそこで言葉を切り、初めからやり直す。「エリック、単刀直入にきく。おまえは、世界を終末から救うためにおれたちのひとりがもうひとりに殺されるべきだと考えてるのか？」

「どうしてあの四人がわざわざこんな話をでっち上げて、ぼくらをこんな目にあわせようとする？　なぜだ？」

「それはおれの質問への答えじゃ……」

「ぼくの質問に答えてくれ」

「いい加減にしろ、エリック。差別と憎悪からおれを暴行したくそ野郎がキャビンに押し入ってきたんだぞ。オバノンとほかの三人は同性愛者に目にもの見せてやろうと計画してやってきたんだ。それがおまえの〝なぜ〟への答えだ」

「彼がオバノンだったらな」

「エリック……」

「わかってる、すまない。でも、ぼくには同一人物だという確信がきみほどないんだ。ぼくには……ちがうように見えるけど、たとえ彼なんだとしても、それだけで理由は十分なのか？　だったら、なぜあんな苦痛をわざわざ味わう？　目的がおれたちなら、彼らはおたがいに殺し合わなくてもいいだろう？」

「カルト信者なんだよ。それがやつらの正体だ。同性愛嫌悪と終末論のカルトさ。終わりの日が近いのを知ってると信じて、そこに意味やアイデンティティや目的を見いだしてるんだ。そればかりか、あの敬虔《けいけん》な神の戦士どもはゲイたちをたがいに傷つけ合わせることで終末を阻止できる力が自分たちにあると信じてる。それに失敗したら、今度は世界の終わりを自分たちで始める。やつらはぶっ壊れてて、妄想まみれで、やることなすことすべてその妄想を後生大事に維持するためなんだ。考えてもみろ、妄想が続くかぎりやつらに負けの目はないんだ。もしもおれたちのどっちかが相手を殺したら世界は終わらない……とりあえず今は終わってないからな……それはやつらが正しかったことになるだろ？　もしもやつらが殺し合って自滅したら、もう終末の阻止なんかどうでもいい。やつらは自分のいない世界が続いていくのを見られないんだから」

「まあ……それは論理的で正しく聞こえる。でも、そうじゃない。ぼくらの見たことはすべて、仮にレドモンドがオバノンだったとしても、すべては神が本当にぼくらを試してる証拠なのかもしれ……」

「おれの質問に答える気はあるのか？」

「どの質問？」

「おまえがまだ答えてない質問だ。おまえは、世界を終末から救うためにおれたちのひとりがもうひとりに殺されるべきだと……？」

「まだだ」

　そのエリックの答えが何を意味しているのか、アンドリューにはよくわからない。質問に答える準備が〝まだ〟できていないという意味なのか、それとも、自分たちは犠牲になるべきだが今は〝まだ〟その段階ではないという意味なのか？

われらはとうとう沈黙する。矢継ぎ早の激しい言葉の応酬によってわれらは息が荒く、野ウサギのように神経過敏になっている。われらの頭の中では、自分たちが言ったこと、言わなかったことがひとつ残らず再生されている。われらはたがいの顔を見ようとしない。サブリナが黙りこくったまま、うつむきながら数歩先をとぼとぼ歩いていく。われらは道路から目を離さない。道はわだちが交錯し、くぼみだらけで、無数の石が転がっており、両側から森がいずれ呑みこもうと手ぐすね引いている。もはや道の終点を想像することができない。われらの目はここから逃れようとして上を向く。

アンドリューは今にも嵐を起こしそうな真っ黒な雲を見る。大気の中に雨の味とにおいを感じる。低下する気圧と気温のせいで耳が痛い。遠くで雷鳴が低く鳴り響く。

エリックは黒というより紫に近い異様な空を見る。まるであざの色だ。じっと見ていると色が変化していく。紫色が灰色がかり、灰色が黒っぽくなり、やがてふたつの色よりも紫に近くなり、やがて彼が見たこともない色に変わり、それは紫色よりもさらに紫色であるとしか表現できない。空はとても低く、ペンキを塗った天井のようだ。低地に響いてくる雷鳴は雷鳴ではない。空が崩れ落ちてくる音だ。頭がずきずき痛み、目の奥に刺すような熱い波を送ってくる。

われらは歩き、われらは前を見つめ、われらはサブリナがピックアップトラックのキーを隠した場所に着いたと告げるのを待つ。雨がためらいがちに落ちてくる。肌に雨を感じる前に、葉に落ちる雨粒の密かな音が聞こえる。

アンドリューは咳払いで喉の通りをよくしてから「エリック」と呼ぶ。さらに大きな咳払いをする。「ウェンはどうなんだ?」娘の名前を言う声がひび割れる。

「どういう意味だ?」

「ほかの何よりも、やつらはおれたちに信じこませようとしてる。ウェンの死がけっして犠牲では……」

突然、サブリナが「いや!　やめて!」と叫ぶと全速力で走っていく。両腕を自由に振れないので上半身を左右に不格好にひねっている。

アンドリューは、そこで止まれ、と怒鳴る。後ろのポケットから左手で拳銃を引き抜き、できるだけ身体から離すように前に突き出してかまえる。彼女は止まらず、速度を落とす気配もない。彼は引き金を引かず、足を引きずって彼女のあとを追う。

サブリナとアンドリューの大声とうめき声と重い足音は終わりへの序曲であり、ふたりのぎこちない動きは混沌《こんとん》とした波乱に向かう非対称なバレエだ。エリックはふたりを追って走らないし、足も速めない。彼は自分が愚かに感じられる。自分たちがこれを生き延びられると信じてきた、どうしようもない愚か者だ。

サブリナの手首を縛っているロープはほどけておらず、スパゲッティのようにゆるんで後ろに白い尾となってたなびいてもいない。それなのに、彼女の努力ではなく走る行為自体が引き金だったかのように、ロープのかたまりが形を保ったまますると抜け、道にぺしゃりと落ちる。

サブリナは自由になった両腕を振ったり、その手で耳をふさいだりしながら「わたしは彼らを助けているのよ！」と叫んでいるようだ。

アンドリューは彼女との距離がこれ以上開かないように、空に向けて警告の一発を撃とうかと考える。杖を持つ右手に拳銃を持ち替えようとするとき――彼は左手で銃を撃ったことがない――サブリナが進路を変えて森に入っていく。道からほんの三、四歩入ると、彼女が大きなこぶのあるマツの木の手前で膝をつく。うなり声を発しながら、かなり大きな平石をひっくり返して左横に転がす。そして、下生えの中を両手で探る。

アンドリューはよろめきながら道路の端までたどり着く。エリックはそれほど遅れておらず、すぐに追いついてくる。エリックはアンドリューの右側に立ち、道路から藪《やぶ》に足を踏み入れる。横顔を見せているサブリナは泣きながら独り言をつぶやいている。エリックは泥で汚れた彼女の手が下生えから出たり入ったりするのが見える距離まで近づく。

アンドリューは杖をわきの下にはさみ、サブリナの背中に銃を向ける。「どういうつもりだ？　到着したなら、そう言え。走る必要は……」彼は道に落ちているロープをちらっと振り返る。「キーのありかをただ教えればよかったのに。何をしてる？　土を掘ってるのか？　掘るなんて聞いてないぞ。立ち上がって、両手を見せろ」

サブリナが立ち上がり、われらのほうを向く。右手には赤いチェーンのついたキーがぶら下がっている。それをアンダーハンドで投げてくる。キーが放物線を描きながらわれらふたりのあいだを飛び、道路の真ん中に落ちて小さな音をたてる。彼女の左腕のひじから先はビニール製の青黒い巾着袋の中に消えている。

アンドリューは怒鳴る。「それはなんだ？」拳銃を持ち上げるが、引き金に指をかけることができない。それを感じたくない。最後に引いたときの感触を思い出したくない。人さし指をトリガーガードの前にからめておく。「それを捨てろ、サブリナ。おい、おれたちの手助けをするんだろ？　忘れたのか？　これは助けてることには……」

サブリナが言う。「ここからトラックまでは一マイルほどしかないわ。キーを持っていって。あなたたちならたどり着ける」その口調にはリズムも抑揚もなく、きちんとした形式や句読点のない原稿を読み上げているかのようだ。

エリックは、サブリナがアンドリューではなく自分を見てくれることを望むが、彼女は実際にはアンドリューも見ていない。その目は焦点が合っておらず、われらを越えてずっと遠いどこかを見ている。エリックは彼女の目の中にある恐ろしい光の反射を見なければならない。そうすれば、自分がどうすべきかを確信できるだろう。

サブリナが腕から袋を引き抜いて地面に落とすと、アンドリューのものより大型の拳銃があらわになる。彼女の左手からはみ出ている黒いレンガのような樹脂のかたまりはグロックのセミオートマティックらしい。彼女が言う。「レドモンドがここにこれを残しておいたなんて知らなかった。誓って本当よ。隠したのはレドモンドに決まっている。ああ、なんてこと……」

「サブリナ、手を開いてそれを落とせ」とアンドリューは言う。

「彼がこれを残すところをどうして見なかったのかしら？　彼が石の下にキーを隠すのをちゃんと見ていたし、キーは確かにここにあった。なのに石の下には袋も埋まっていた。わたしは袋を見た覚えも、銃も見た覚えもない……」

「今すぐ銃を下ろすんだ、サブリナ」

「レドモンドが袋をここまで運ぶのを見ていてもおかしくないのに。だって、わたしはこの道を来るあいだずっと彼の隣を歩いていたんだから。でも、レナードが持っていたなら話は別ね。わたしたちがここに来る前にレナードが埋めておいたのかも。トラックを駐めたとき、レナードだけ先に走っていったの。キャビンに彼が最初に着くように。そうするように決まっていたみたいに……」

ここに銃が置いてあることは、アンドリューにとって完全に筋が通る。キャビンですべてがうまくいかなかったとしても、彼らにはこの隠された武器が切り札となる。アンドリューは人さし指を引き金へとすべらせる。自分にできるかどうかわからない。どれひとつとして、できるかどうかわからない。

サブリナがここで拳銃を見つけることは、エリックにとって完全に筋が通る。彼女は四人のうちの最後のひとりであり、ぼくらが選択をしない場合、この銃が彼女にとって最後の犠牲を払う手段になるのだ。

サブリナの拳銃は腰のあたりにさがり、銃口が地面を向いている。彼女がジーンズの後ろのポケットに手を回し、白いメッシュのマスクを取り出す。片手で無造作に頭からかぶる。マスクは斜めに傾き、頭と顔の上半分しかおおっていない。儀式にしては中途半端で、口と鼻先が露出したままだ。

雨がいっそう激しくなり、道路の赤土を暗い茶色に変えている。サブリナのシャツの血痕が流れ、ピンク色になる。

彼女が言う。「あなたたちにはキーがある。もう行って、お願い。とにかく行って。車を走らせてここから離れたら、あなたたちは……」そこで彼女は口を開けたまま静かに泣くことを自分に許す。手の甲を口に押し当てて言う。「本当にごめんなさい。あなたたちを助けたかった。助けようとしたのよ、もっといろいろと」

アンドリューは言う。「銃を下げたら、あんたはまだ助けになれる。おれたちといっしょに警察に行って、起こったことを全部話してくれればいい。おれたちのためにそうしてもらいたい」

サブリナが半分隠れた顔を横に振る。「そうしたい、本当よ。でも、できない。そうすることを許されていないの」

エリックは身をかがめ、シダのベッドの上にウェンの遺体を丁重に寝かせる。かたわらにひざまずくと、娘の埋葬布の色が大粒の雨で濃くなっていく。彼の後頭部の代用ガーゼがとうとう剝がれてすべり落ちる。

サブリナが無駄のないなめらかな動きで拳銃を振り上げる。彼女の左腕はまるでアニマトロニクスだ。彼女のものでないように動き、自分のこめかみに銃口を押しつける。空《あ》いている右手をこちらに向かって振る。その合図は〝もう行って〟と〝どうか助けて〟が入り交じっているようだ。彼女はまだ口を開けて泣いている。その口は悲鳴を上げそうなほど大きい。

アンドリューは彼女の左肩に狙いをつけ、撃鉄を起こす。「銃を下ろせ、サブリナ！そんなことはよせ！」

エリックは勢いよく立ち上がる。その拍子に視界が星で埋めつくされ、光のしみ模様のようににじんでいく。目をつぶり、深く三回呼吸する。ふたたび目を開けると、サブリナがエリックのほうを向き、内緒にする気が皆無の小声で話しかけてくる。「あなたにはみんなを救う時間がまだ残っているわ、エリック。まだチャンスがある。このあとでも、まだ。だけど、すばやくやらないとだめ」サブリナが、今の自分の言葉に同意できないと言わんばかりに首を横に振る。「あなたたちは……」と言いかけたところで拳銃が轟音《ごうおん》を発する。銃弾が彼女の頭を貫き、反対側から血のリボンをたなびかせて飛び出す。彼女がモミの木にぶつかって倒れる。胴体の一部が幹にもたれかかって頭部がだらんと右に傾き、中身が銃弾の射出口からすっかり流れ落ちる。

アンドリューは「くそっ！」と叫び、くるっと後ろを向く。大声で悪態を繰り返してから、両手を膝について身をかがめる。頭と背中を雨に打たれながら、握っている拳銃の撃鉄をそっと戻す。

エリックは下生えの中をサブリナの遺体に歩み寄り、彼女の開いた手から拳銃を取り上げる。拳銃は思ったより軽い。森は暗さを増しており、どこまで暗くなるのか果てが見えない。サブリナの遺体にハエが群がり、マスクの上を這《は》ったり、開いたまま露出している口に入ったり出たりする。騒々しい羽音が雷鳴の底流に加わり、彼はもはやそれが雷鳴でないことに気づく。聞こえるのは太古の歯車が嚙《か》み合う音だ。おそらくその回転はもう止められない。

アンドリューに目をやると身をかがめており、エリックのほうを見ていない。アンドリューがこちらを向く前にやるべきだろうか？　そのほうが容易だろう。エリックは心の中で祈り、胸いっぱいに息を吸いこんで言う。「彼女が言ってた、ぼくがまだみんなを救える、と」

アンドリューは身を起こし、エリックが森の中でサブリナの遺体の前に立っているのを見つける。エリックは右手に彼女の拳銃を握り、その腕を胸の前に曲げている。

「エリック……」

「彼女はぼくに、すばやくやらないとだめだ、と言った」

アンドリューはきく。「ウェンはどこだ?」

「すぐそこだよ。近くにいる。あの子を置き去りにはしない。地面に下ろしたくなかったけど、しかたなかった」

地面にぽつんと横たわるウェンを見やると、キャビンの床に横たわる娘をふたたび見ているようだ。「今度はおれが抱っこしたほうがよさそうだな」

「そうなりそうだ。サブリナによれば、トラックはもうさほど遠くない」

アンドリューは身動きしない。動くのが恐ろしい。「なあ、さっきおれはウェンのことを言いかけて最後まで言えなかった。なぜならサブリナが駆けだして、そのあと……」彼は言葉を濁し、サブリナの遺体を指さす。

「ウェンについて何を言おうとしてたんだ?」レナードたちが〝もう残り時間がない〟と言い続けながら何を感じていたか、今のエリックにはよくわかる。それは身体的な感覚だ。血液の中をそれが音をたてて流れているのを感じる。

アンドリューは言う。「すべて忘れろ。オバノンのこと、レドモンドのこと、偶然のこと、ルールのこと、ほかの一切合切を。ただ、これだけは忘れるな。やつらはおれたちに、ウェンの死がやつらの神にとって十分な犠牲にならない、と信じこませようとしたんだぞ。いいか？　やつらも、やつらの神もくそ食らえだ。全部くそ食らえだ」彼はひと息でそう言うと、泣きじゃくり始める。涙と雨が混ざって顔を流れ落ち、視界の中でエリックも森もにじんでしまう。

エリックは今日まで、アンドリューが泣くところを一度しか見たことがない。バーで襲われたあと二日間の入院からアパートメントに帰宅したときだ。エリックはアンドリューと並んでベッドの端にすわり、両腕を彼に回した。どちらも何も言わなかった。アンドリューが泣いて、泣いて、泣き終わったときに言った。「もうこれで十分だ」

エリックは言う。「きみの言うとおりだ。きみは正しい。そして、きみは起こったことや今起こってることにちゃんと理屈をつけて説明することができる。でも……」そこで間をおき、正しいことを言うチャンスをアンドリューに与える。この状況がすべて消え去って自分たちとウェンが無事に家に帰れるような、とうてい不可能な正しいことを。

アンドリューは、エリックが何を言わせたがっているのかわからず、正解にぶつかるまでただしゃべり続ける。「さっき、キリスト教徒を嘲るようなことを言って本当に悪かった」彼は半分泣き、半分笑いながらしゃべり、それを見るエリックはただ当惑を浮かべている。「だが、おまえは……」

「ぼくはキャビンで、きみの見てないものを見たんだよ、アンドリュー。ぼくはあれを見ることになっていたんだと思う。あれを感じることもできた。体験したんだ。あれはとてもリアルで、光でできていて、レナードたちがレドモンドを殺したとき、殺しを強《し》いられたとき、あそこにいた。それから……次のときはすべて光になって、ぼくはあれを中に入れまいとドアを閉めた」

「おまえが何かを見て感じたことを疑ってはいない。ただ、それが脳しんとうに誘発されたのも疑いなくて……」

「そんなこと言わないでくれ」

「もう言わない。おまえを愛してるし、そんなことをさせたくないから」

「それは……わかってる。ぼくも愛してる、きみが思う以上に。でも、すまない、ぼくらのひとりがやらないと」

「その光とやらは今もここにいるのか?」

「いない」あれがいてくれたら、とエリックは思う。あれが姿をあらわし、サブリナたちを乗っ取ったようにこの自分を乗っ取り、手を引いて導いてくれたらいいのに。けれど、ここにはいない。その存在の欠如が感じられる。存在するのは森と、暗闇と、雨と、雷と、自分たちだけ。

アンドリューは自分の拳銃を濡《ぬ》れた路面に落とす。杖も持たず、足を引きずって森に入っていき、手を伸ばせばエリックに届く地点で立ち止まる。「それで、おれたちのどっちがそうなる?」

やつれて目が充血し、血で汚れ、無精ひげが生えているがまだ美しいおたがいの顔を見つめ合いながら、われらはひとつの答えを、ただひとつの答えを待つ。

「どうか、ぼくから銃を取り上げようとしないでくれ」エリックは前腕を持ち上げて回し、拳銃を自分の顎の下に突きつける。

「おれは銃には触れない。触れないと約束する」アンドリューはじりじりと距離をつめていく。「おれを見るんだ、いいな? おれを見てれば、おまえの見たくないものを見なくてすむ」

「離れてくれ、頼む」エリックは後ずさり、かかとがサブリナの脚にぶつかる。

「それはできない。心配するな、銃を取り上げたりしない。おまえのもう片方の手を取るだけ。それだけだ。それなら、いいだろ?」アンドリューは手を伸ばし、ためらいがちに指先だけで触れる。エリックの手の甲はひんやりと濡れている。アンドリューの指が触れたとたん、エリックの手が弾《はじ》かれたように握りしめられる。「おれをひとりぼっちにして置いていくつもりか?」

エリックはこぶしを開く。その手をアンドリューが握りしめてくる。

「近すぎる。さがってくれないか。きみに怪我《けが》をさせたくない」とエリックは言う。「代わりにおれを撃ってくれないか？　おまえがいないなら、おれはひとりでここに残りたくはない。一秒たりともな」

エリックはアンドリューの顔をじっと見つめる。自分の顔よりも見慣れた、つねに変わりゆく景色だ。エリックは祈らない。光にも、神にも。「きみをひとりにはしたくない」とつぶやく。拳銃のすぐ下にある手首にアンドリューの手がそっと置かれ、エリックは息を呑む。

「大丈夫。おまえから銃は取り上げない。そう言っただろ」アンドリューは拳銃を引き寄せ、エリックの顎からはずす。そのままエリックの腕を導き、銃口が自分の胸を向くまで動かす。「おれを撃てば、それはおまえにとって究極の犠牲になるんじゃないか？　そうなれば、おまえはここでひとり途方に暮れてしまうんだから」

「ぼくがきみを撃って、そのあと自分を撃ったら、そうはならない。それはルールに反しないと思う」

アンドリューは何も言わない。エリックの手首から自分の手を離して下ろす。拳銃はアンドリューの胸骨に突きつけられたままだ。

エリックは言う。「どうしたらいいかわからない」

「いや、おまえならわかる。銃を投げ捨てるんだ、エリック。かなりの困難だろうが、トラックのキーを拾い、道を歩いていこう」

われらの顔と顔はほんの数インチしか離れていない。われらはたがいの息を吸い、たがいの目をまばたきする。われらは手をきつく握り合う。雨がわれらの表情の輪郭という最も複雑な言語の文字をなぞっていく。

エリックは問う。「これがすべて本当のことだとしたら、どうなる?」

「だが、ちがう、おれは……」

「アンドリュー!」エリックが叫ぶと、アンドリューが驚いて頭を反らす。エリックは拳銃をアンドリューの胸から引き離し、もとどおり自分の顎の下に落ち着かせたいと思う。だが、拳銃はその場にとどまり、エリックは懇願するように問いを繰り返す。「これがすべて本当のことだとしたら、どうなる?」

アンドリューは息を吸い、挑むような答えを吐き出す。「もし本当のことだとしたら、本当に起こるんだろう。だとしても、おれたちはおたがいを傷つけるようなことはしない」

「ぼくらはどうなる?　これ以上は進めない」

「進んでいくのさ」

われらは見つめ合う。雨を見つめ、たがいの顔を見つめ、何も語らず、すべてを語る。

エリックはアンドリューの胸から拳銃をはずして下ろし、森の地面に落とす。エリックはアンドリューに身を寄せる。アンドリューはエリックに身を寄せる。

われらはたがいに身を寄せ、頭と頭を隣り合わせ、頬と頬を寄せる。われらの腕は下ろされた旗のように垂れ下がっているが、指は相手の指を見つけ出してからめ合う。

空は果てしなく黒く、闇を切り裂く稲妻の閃光《せんこう》のせいで敵意と悪意を感じずにはいられない。風と雷鳴が森を震わせ、その音は地球が上げる断末魔の悲鳴のようだ。われらの真上で嵐が渦巻いている。われらは数えきれないほど多くの嵐をくぐり抜けてきたが、おそらくこれは今までの嵐とちがうだろう。あるいは、ちがわないかもしれない。

われらは泥の中からピックアップトラックのキーを拾い上げる。われらはウェンを腕の中に抱き上げる。われらはウェンを運んでいく。われらはウェンのことをずっと記憶しておく。われらは自分たち自身を愛するようにこの子を愛する。われらはこの道を進んでいく。たとえ濁流で水びたしになろうとも、倒木で行く手をふさがれようとも、飢えた地割れが足もとで口を開けようとも。そして、この先に待ち受ける、危険に満ちた道という道を歩いていく。

われらは前に進んでいくのだ。

謝辞

まず何よりも、わたしを支え、わたしを愛し、わたしに耐えてくれた家族と身内たちに感謝する。

わがベータ版読者たちに感謝を捧《ささ》げる。二十年以上前にわたしが初めて書いた短編小説を読んでくれた身内のひとりで、本作でも第一稿を読む役に復帰してもらったいとこのマイケル・コランベ、大好きな作家で親友でもあるスティーヴン・グレアム・ジョーンズ、友人であり十年以上にわたってわたしの作品を批評してくれているジョン・ハーヴィ。彼らの助言の価値は計り知れない。

編集者にして友人であるジェニファー・ブレールに感謝する。本書の初期の打ち合わせにおいて破滅的な選択からわたしを救い、脱稿後は作品をすっかりきれいに仕上げ、わたしがつまずいたときには元気づけてくれた。彼女の伴走なしに小説を書くことなど想像もできない。

献身的な働きぶりで本書を世に出してくれた〈ウィリアム・モロー〉社のみなさんにも謝意を表する。

友情と熱意と助言を与えてくれたわがエージェント、スティーヴン・バーバラ、きみはあらゆる面ですばらしい。彼のいない作家人生など考えられない。映画化権エージェントであるスティーヴ・フィッシャーの疲れを知らぬ仕事ぶりとサポート、楽しいランチ、とりわけ本書に対する情熱に感謝したい。

わたしにひらめきを与え、わたしのくだらないおしゃべりや不機嫌を大目に見てくれた友人や仕事仲間には特別な感謝を送りたい。ジョン・ランガン、毎週の電話とやけに恐ろしいサボテンをありがとう。レアード・バロン、わたしに正しい行動をさせる肩の上の悪魔になってくれてありがとう。バンド〈フューチャー・オブ・ザ・レフト〉とアンドリュー・ファルカス、友情と月イチ好例の夜ふけまで続くおしゃべり、そしてエピグラフの歌詞をありがとう。バンド〈クラッチ〉とニール・ファロン、二〇一七年夏の二度のすばらしいライブと対話、そしてエピグラフの歌詞をありがとう。ナディア・ブキン、想像をかき立てる文章と映画の好み、エピグラフの一節をありがとう。バンド〈ホアーズ〉、〝生まれ落ちた日のごとく血にまみれて〟の曲名を本書第三部のタイトルに拝借することを快諾してくれてありがとう。シャーリイ・ジャクスン賞における密談仲間であるサラ・ランガン、ブレット・コックスとジョアン・コックス、いつも寛大で前向きな友人でいてくれてありがとう。ジャック・ハリンガ、友情とウイスキーの専門知識と新刊インタビュアーとしてのすぐれた腕前をありがとう。アンソニー・ブレズニカン、変わることのない親切さでサラ・ランガンとわたしをヴァレンシアにあるセント・フランシス・ダムの廃墟《はいきょ》に連れていってくれてありがとう。ジェニファー・レヴェスク（少し年上のいとこ）とデイヴ・ステンゲル、わたしがニューヨーク市を訪れるときにいつも快く自宅に泊めてくれてありがとう。わがスーパーヒーローであり銃器コンサルタントのブライアン・キーン、ありがとう――文中にその分野の誤りがあればすべてわたしのミスだ。けっしてものごとをあきらめないクリス・マイヤー、ありがとう。スチュワート・オナン、わたしが書き始めるよう、そして書き始めたままでいるよう助けてくれてありがとう。デイヴ・ゼルツァーマン、果敢に闘ってくれてありがとう。そして、本書を読んでくれているあなたにも、ありがとう。

訳者あとがき

ポール・トレンブレイは、米国ではすでに高い評価を得ている新世代のホラー／ＳＦ作家だが、日本では二〇二二年十二月刊行のアンソロジー『フォワード 未来を視る６つのＳＦ』（ハヤカワ文庫ＳＦ）に収録の短編小説『最後の会話』が初めての邦訳作品であり、長編小説（しかもホラー）は本書『終末の訪問者』（原題：The Cabin at the End of the World）が本邦初お目見えとなる。今のところトレンブレイの名前は、〝スティーヴン・キングに映画『カメラを止めるな！』をオススメした友人の作家〟として一番知られているかもしれない。そこで、彼のプロフィールを詳しく紹介しよう。

ポール・トレンブレイは一九七一年六月三十日、コロラド州オーロラ生まれ。生後数ヵ月でマサチューセッツ州に移り、現在も同州に住んでいる。子ども時代は七歳か八歳ごろまでカトリック教徒で、土曜の午後にテレビ放映されていた〝クリーチャー二本立て〟番組でカイジュウ映画と古典的なホラー映画を観るのが何よりの楽しみだった。小学生のとき、ポー『告げ口心臓』やトールキン『ホビットの冒険』などを読んで心躍らせたが、読書にはあまり興味を抱けず、将来はバスケットボール選手になりたいと思っていた。

高校卒業の直後、脊椎の病気で数ヵ月間の自宅療養を強《し》いられ、そこで初めてスティーヴン・キングを読む（両親が所有していた『IT』）が、あまりに怖くて途中で投げ出してしまう。

ロードアイランド州にあるカトリック色の強いプロヴィデンス・カレッジに入学。教養課程でジョイス・キャロル・オーツ『どこへ行くの、どこ行ってたの?』（アンソロジー『どこにもない国』収録）に出会い、小説のおもしろさに目覚める。当時の恋人リサ（現在の妻）から誕生日に贈られた『ザ・スタンド』でキングに再会すると、たちまち魅了され、ピーター・ストラウブ、シャーリイ・ジャクスン、クライヴ・バーカーなどへと読書範囲を広げていく。それでも小説家になろうという気はなく、当時の夢はパンクバンドのギタリストになることだった。

ヴァーモント大学の修士課程に進学したのち、思い立って小説を書き始める。ブラザー製のワープロで八ページ分書いたところで保存ミスからデータが消失してしまい、これは小説を書くなという啓示かと思いつつも、書き続けようと心に決める。

数学の修士号を取得して卒業後、マサチューセッツ州ボストン郊外にあるカトリック学校セント・セバスチャンズ・スクールで高校数学の教師になる。仕事のかたわら趣味として小説の執筆を続けていたが、二〇〇〇年に長男が産まれたのを機に、真剣に書いてみようと決心、長女が生まれた二〇〇四年に最初の短編集を出版する。

二〇〇九年、最初の長編小説を出版。この作品と次作は犯罪小説だったが、ほどなくホラー小説に転向。二〇一五年のホラー小説『A Head Full of Ghosts』がスティーヴン・キングにツイッター上で称賛され、その年のブラム・ストーカー賞を受賞する。二〇一八年には、本書『終末の訪問者』を刊行し、ブラム・ストーカー賞長編部門とローカス賞ホラー長編部門で賞を受ける。

現在も高校の数学教師を続けながら作家活動をしている彼だが、毎日の執筆量は、一時間の自由時間があればその時間分だけ書き、一時間以上書ける場合は五百語を目標とし、長期休暇のときはフルタイムで書くというスタイル。教師との兼業作家である利点は、安定収入があるからこそ好きなときに好きなものが書けることと、若者のスラングや流行の変遷が間近でわかるので小説にうまく取り入れ、子どもや十代の描写がリアルになること。兼業作家としてモチベーションが上がる愛読書はカート・ヴォネガットの『スローターハウス5』と『チャンピオンたちの朝食』で、儀式のように繰り返し読むことで創作意欲が湧くと明言している。教職は楽しいが、いつかは筆一本でやっていきたいと思っているらしい。

数学の専門家であることは作家活動にプラスに働いているようで、小説の分析的局面でとても助けになっているとのこと。執筆とは、ストーリーや登場人物について〝どちらを選ぶか〟という絶え間ない問いであり、それは彼にとって0と1のバイナリのプログラミングに似ているという。

好きな映画はジョン・カーペンター監督『遊星からの物体X』（一九八二）と、五十回ぐらい観たというスティーヴン・スピルバーグ監督『JAWS ジョーズ』（一九七五）。ホラー映画ファンとしては『レイク・マンゴー／アリス・パーマーの最期の3日間』（二〇〇八）と『ラビナス』（一九九九）もお気に入りだとか。

影響を受けた作家は前述のジョイス・キャロル・オーツ、スティーヴン・キング、カート・ヴォネガット。オーツとは彼女にサインをもらう列で会ったことがあり、キングとはネット上のつながりがあって現在はメル友。

このようにかなり異色な作家と言えるトレンブレイだが、『終末の訪問者』の読者に向けておもしろい試みをしている。音楽に〝ライナーノート〟、映画に〝オーディオコメンタリー〟があるように、小説にも作者による解説があってもいいのではないかという考えから、ウェブ上に本作の〝ライナーノート〟を投稿し、発想の原点やイースターエッグ、隠された意味などを明かしているのだ。ここにほんの一例を挙げておこう。

以下、ネタバレがあります

・本書の執筆前に作品のマインドセットを求めて読んだのは、ゴールディング『蠅の王』のみ。冒頭の一行は『蠅の王』の冒頭を模している。

・数学教師なのでついつい数字遊びがしたくなる。今回は7にこだわり、登場人物が七人、捕まえたバッタが七匹、花びらが七枚、侵入者たちの名前が全員アルファベット七文字、全体の章立てが七つ。
・巨体のレナードはスタインベック『二十日鼠と人間』のレニーから命名。
・ウェンとレナードが草むらで向かい合ってすわっている場面は、映画『フランケンシュタイン』（一九三一）の有名なシーンを読者に想起してほしかった。
・ガルシア＝マルケス『百年の孤独』では、黄色が死の象徴。本作でもそれにならい、黄色いシェードのランプに関与することが死亡フラグになっている。
・脳しんとうの描写はきわめてリアル。学校でバスケ部の二軍コーチをしているので、毎年生徒の安全のために脳しんとうに関する講座を受けており、それが役に立った。
・草野球でバットが頭に当たったのは作者の実体験。
・実はアニメ『アドベンチャー・タイム』が大好き。『スティーブン・ユニバース』はそうでもない。
・ホラー／スラッシャー映画では殺人鬼がマスクによってキャラづけされることが多いが、白いマスクで正体を消し去るほうが不気味だと思った。
・バー〈ペナルティ・ボックス〉は実在する店。

このライナーノート〈https://thelittlesleep.wordpress.com/2019/07/18/the-cabin-at-the-end-of-the-world-liner-notes/〉は英文サイトだが、裏話に興味のあるかたはぜひ！（〝cabin liner notes〟で検索可）

ネタバレはここまで

さて、本書はご存じのとおり、M・ナイト・シャマラン監督により『ノック 終末の訪問者』として映画化された。本国では二〇二三年二月三日に劇場公開され、その週の興行収入ランキングで一位を記録している。トレンブレイ自身は映画化に関して、「監督のレンズを通して自作がどのようにフィルターをかけられるか、観るのが待ち遠しい」「たいていの小説の映画化作品と同じくストーリーの改編や小説との差異があるので、すでに読んだ人たちにも映画は驚きだろう」と述べているが、まさしくそのとおりで、多くの点できわめて映画的な（シャマラン的な？）大小の変更がなされている。中でも最大のちがいは物語の決着のつけかた。どちらも心震えるこの二種類のエンディング、果たしてあなたはどちらがお好みだろうか？

二〇二三年二月

入間　眞

【訳】入間 眞　Shin Iruma

翻訳家・ライター。主な訳書に『ファイナルガール・サポート・グループ』『ウィリアム・ギブスン　エイリアン3』『1日1本、365日毎日ホラー映画』『「ダーククリスタル」アルティメット・ヴィジュアル・ブック〜ジム・ヘンソンによる究極の人形劇映画の舞台裏〜』『スティーヴン・キング 映画＆テレビ コンプリートガイド』『ホラー映画で殺されない方法』『女子高生探偵 シャーロット・ホームズ』シリーズ（小社刊）、『長い酷暑』『裸のヒート』（ヴィレッジブックス刊）、『ゼロの総和』『ジョニー＆ルー 絶海のミッション』（ハーパー BOOKS刊）、『パイレーツ・オブ・カリビアン 最後の海賊』（宝島社刊）などがある。

終末の訪問者

The Cabin at the End of the World

２０２３年３月２７日　初版第一刷発行

著……………………………… ポール・トレンブレイ
訳…………………………………………… 入間 眞
編集協力……………………………………… 魚山志暢
ブックデザイン……………………………… 石橋成哲
本文組版………………………………………… ＩＤＲ

発行人………………………………………… 後藤明信
発行所……………………………………… 株式会社竹書房
〒102-0075　東京都千代田区三番町８－１
三番町東急ビル６Ｆ
email：info@takeshobo.co.jp
http://www.takeshobo.co.jp
印刷・製本…………………………… 中央精版印刷株式会社
